望門閨秀 7 完

風 文創 088

不游泳的小魚 著

目錄

第一百五十五章

人群漸漸散去，葉成紹跳下馬車，上官明昊和冷傲晨也跳下了馬，走了過來。冷傲晨迅速地看了素顏一眼，見她雖然神情有些鬱鬱的，但情況還好，並沒有受傷的跡象，微鬆了一口氣，收回視線。

「葉兄是要進宮嗎？怎麼沒有通知順天府的人給你們開路呢？」如果有官兵開路，就算是有人鬧事，也應該不會離得馬車這樣近，那她也不會處於危險之中吧？冷傲晨的語氣有點不豫。

上官明昊聽了這話，也同時看向了葉成紹。他也很意外，葉成紹為何沒有派官兵護路？

「是我不讓的。如果讓官兵護路，只會讓不明真相的百姓更加猜疑，以為我們心虛了，再說了，真有官兵打跑了這些圍觀者，你們帶來的這些百姓不是起不到效果了嗎？」素顏狡黠地對冷傲晨眨了眨眼道。

看她還有心情開玩笑，冷傲晨也笑了。「這其實也是葉兄策劃好了的，不過，我們也是得了皇上首肯，九門提督那邊早就得了命令，不然，我和明昊兄也不可能真的就能將這麼多人帶進城裡來。」

葉成紹聽了就凝了眼，若有所思地回頭看向仍沒有散開的兩淮百姓，對冷傲晨和上官明昊一拱手道：「多謝兩位了，還要煩請兩位妥善安置這些百姓才是，他們長途勞頓，又為我解此大圍，我心中有愧，真沒為他們做多少事情，卻要讓他們付出如此多，這些百姓太淳樸厚道了。」

素顏也點了頭。「確實應該厚待這些老百姓啊，既然皇上知道他們來了，應該也有對策吧？」

冷傲晨笑了笑道：「著實如此。兩位既是打算去宮裡，那便快些啟程吧，皇上正在養心殿等你們。此處的事情，我和明昊兄會處理的。」

葉成紹與素顏聽了對望一眼，辭別冷傲晨和上官明昊，上了馬車，向宮裡行去。

養心殿裡，皇上正與中山侯在說話。「朕已下旨，著劉朗坤為攘北大元帥，即日離京赴任。」

中山侯聽了劍眉微蹙，一拱手道：「皇上，劉將軍確實乃帥才，但是，靖國侯在北威軍裡經營多年，驟然間拿走他的軍權，只怕他的那些親信部下會鬧事啊，可有萬全之策應對？」

皇上聽了微眯了眼，走下龍椅，在殿中踱步。「這一次，陳家膽敢惑動京城百姓當街圍攻皇長子，又派人在皇長子府外鬧事，朕已經著人將鬧事者的中堅分子抓獲了，不治他陳家一個謀逆之罪，難消朕的心頭之恨。」

「即便是如此，臣斗膽，還是認為皇上您須慎重。如今北戎皇室也是內鬥得厲害，靖國侯又將皇后的身分揭穿，更揭穿了皇長子的身分，那北戎皇帝再想要皇長子即位，只怕會受到更大的阻攔，反對派定然會在北境製造事端，挑起兩國戰爭，以加大北戎人對大周的仇恨，從而達到阻止皇長子即位的目的，所以，更怕北威軍內部趁此機會動亂啊！」中山侯沈思片刻後，對皇上道。

皇上聽了深深地看了他一眼，道：「你所顧慮的，朕也想到了。這是很難避免的，朕也只能寄望於紹兒了。他那日讓靖國侯出了個大醜，已經讓靖國侯顏面掃地了，當時，可是有不少武將也在喔，他那大周第一勇將的名頭，哼，已經被紹兒給損得剩沒幾兩了。軍人，可是只認實力。」

兩人又聊了一陣子，這時，才有宮人來報，說皇長子進宮求見。

素顏照例去了坤寧宮。皇后一見她進來，就迎了上來，拉著她的手上上下下地細細察看了一遍，見她果然毫髮無損，這才鬆了一口氣，罵道：「那個死老太婆，被禁足在慈寧宮裡頭了，還不得安生，宮裡的好些事情，都是那趙嬤嬤給拱出去的，若不是要堵悠悠眾口，本宮只想現在就去慈寧宮殺了那個姓趙的賤人！」

素顏聽得怔住。果然這次事件裡，也有太后的影子嗎？太后為什麼就是不肯放過葉成紹呢？葉成紹也是她的親孫子啊……轉念一想，藍府的老太太也是不喜歡自己，自己也是她的親孫女，不是也千方百計地要害自己嗎？有些人，生下來不喜歡，就是不喜歡，再去討好，她也還是不喜歡。

素顏拉著皇后的手溫柔地說道：「讓母后擔心，兒媳心中愧疚。母后，您真要回北戎去繼承大統嗎？」

身為皇后，是很難離開宮廷去別國的，大周的禮制不允許，皇家的尊嚴也不許的。

皇后聽了，淒然一笑道：「一步錯、步步錯，年輕時犯下的過錯，這麼些年了，想要彌補，想要重來，豈是那麼容易？當年，為娘任性，為了所謂的情愛，拋下父皇母后，偷離北戎，背棄了北戎萬千的子民，他們不恨我，我便感激不盡了，再回去……談何容易？可是，父皇年邁體弱，母后思念成疾……我只能，只能……」說到後面，泣不成聲，伏在素顏身上，哀哀哭了起來。

素顏心中酸澀萬分，擁緊皇后嬌弱的身子，靜靜任皇后宣洩著心中的酸痛。

良久，皇后總算止了哭，不自在地抬起頭來，像個孩子似地羞紅了臉，抽噎著躲閃目光，不去看素顏。「紹兒去了養心殿吧？走，咱們也去瞧瞧妳那祖母去，她這陣子操心太多，是不是憂勞成疾了？」

素顏聽得微怔，攔住皇后道：「母后，太后千秋就在近日了，皇上要給太后大辦，聽說屆時不少外國使者也會來，太后若在這當口出了什麼問題，或者心情不好，只怕會影響皇上的計劃吧？」

皇后聽了冷笑道：「這點妳大可不必擔心，那老太婆一直以大周國事為重，不管有什麼怨恨，也會以大周國體為先的，絕不會因意氣而有損國威的。」

素顏聽了皇后略顯孩子氣的氣話，不由想笑。她也確實有多日沒有見過太后了，太后最初給她的親切感如今所剩無幾，她也更想明白，為什麼太后就是不待見葉成紹呢？

兩人帶著青竹和花嬤嬤，有說有笑地往慈寧宮而去。

慈寧宮外守著的，大多都是皇上或太后指派的宮人，見了皇后和素顏過來，他們先是一怔，隨即很恭敬地行禮。皇后笑了笑道：「平身吧，本宮聽說太后身體不佳，特意帶了皇長子妃一同來看望她老人家。」

說著，也不管太后許不許她進去，便大搖大擺地帶著素顏往裡走。

慈寧宮裡頭，太后正對前來報信的人道：「讓她走，哀家沒閒心看她那張臉！」

「母后，臣妾怎麼了？臣妾聽說您身子不好，特意帶了素顏這孩子來看您，您不是說只有吃了素顏開的方子，身子才會好嗎？」太后的話音剛落，皇后已經進來了，一臉笑容地對太后說道。

太后聽出皇后話裡的諷刺之意，抬了眸怒視著皇后。「妳是來看哀家死沒死的吧？可惜哀家身子骨還好著呢，一時半會兒也死不了。」

皇后聽了，還當真就圍著太后轉了一圈，點了頭道：「嗯，看著還真是精神得很呢，一時真是死不了，這可不是大周的福氣嗎？大周沒有了母后您這個定海神針坐鎮，還不得滅亡了嗎？」

皇后的聲音清脆嬌媚，太后聽著卻是刺耳得很，不由又瞪了皇后一眼。

素顏看這婆媳再這樣下去，只怕會鬧起來。

「臣婦見過太后，太后千歲千歲千千歲。」素顏給太后行了個規規矩矩的大禮。

「起來吧，難得妳還有心進宮來看哀家。」太后心中翻江倒海，面色卻不變，淡淡對素顏說道。

素顏謝恩後直起身來，看了看太后的臉色。「太后，您的臉色著實不太好，可是夜間睡眠不足之故？」

太后聽得微怔，略顯渾濁的雙目如電一般地看向素顏，但她只在素顏眼裡看到了坦然，沒有以往的那種孺慕，也沒她想像的怨恨，不禁有些摸不清素顏的態度。她對葉成紹的感覺可謂是恨的，她當國母幾十年了，竟然被自家的孫子當眾甩耳光，這一生也沒受過這樣大的屈辱，到底是流著蠻子的血液啊！這樣的人，無禮粗俗至極，又怎麼能夠當得了大周的皇帝？

因著對葉成紹的恨，連帶著對素顏也恨了起來，不管以前素顏曾經對她有多麼親近孝順，感情已被怨恨所掩蓋了。

「是啊，哀家如今是夜不能安睡、日不得安寧，如今朝中上下流言四起，都說大周國勢危險，哀家心中憂鬱，深恐愧對先皇，愧對大周列祖列宗。」太后意有所指地說道。

「大周如此危急了嗎？那皇上怎麼還不請了母后出去坐鎮，不然，明兒怕是就要亡國了。」皇后臉上帶著譏諷的笑容。好個自以為是的老太婆，真以為這個皇室離了她便轉不起來了，真當自己是聖母，是救世主呢！

太后被皇后的話氣得倒仰，怒喝道：「大膽！便是哀家如今被那不肖兒禁足在此，也由不得妳這賤人來謾罵譏諷哀家，真當哀家拿妳沒法子嗎？」

「您自然是有法子的，本宮也早就知道，您巴不得本宮早些死了才好呢。算了，看在您的千秋就要到了，本宮暫時不與您一般計較，本宮還巴不得您長壽，看著成紹那孩子成為皇太子呢，怎麼捨得現在就把您氣死了？」皇后悠哉地看著自己素白纖長的手指，將尾指上的指套拔下又戴上，不屑地說道。

太后氣急，一口氣就堵在了嗓子眼處，半晌沒有說出話來。素顏搖了搖頭，對太后道：「太后，為何非要想不開呢？難道，相公就不是您的孫兒嗎？他做了大周皇帝，就能將大周帶入困境嗎？如果真是大皇子承了大統，他就真能將大周治理得比我家相公好嗎？您試想一想，如果是大皇子繼承了大周的大統，而相公繼承北戎大統，兩人同為一國之君，您覺得，是誰會將國家治理得更好呢？如果發生戰爭，又是哪一方更可能會贏呢？您這樣做，真的是為大周好，不是將大周推向滅亡嗎？」

素顏的話正好觸到了太后的心底深處，她不喜歡葉成紹，不想讓葉成紹繼承大統，可又不得不承認，葉成紹的確要比大皇子那蠢貨強了很多。論治國、論頭腦，大皇子只會耍些小陰謀，哪裡比得上葉成紹正直剛毅，哪裡比得上葉成紹肯真心為民，何況，葉成紹還有素顏這個賢內助。這個與眾不同的女子，敢當朝考問眾學子的女子，胸懷與韜略並不遜於男人的女子，真讓大皇子繼承大統，讓他與葉成紹統治的北戎對上，那……的確後果不堪設想啊！

可是……葉成紹的心向著皇后，一旦他同時成為兩國皇帝，是大周統一北戎，還是北戎統一大周呢？這同樣對大周是個考驗啊……太后的心糾結了起來。

看到太后的目光閃爍游移，素顏又道：「為君者，應以百姓為重，能治理好國家，讓百姓安居樂業，使得國富民強，不被外辱，那才是好君主。太后，您若真心為大周，就不應該被狹隘的皇室正統思想給制約。大周與北戎連年征戰，世代為仇，兩國邊疆的百姓痛不欲生，受盡戰亂之苦，如果能夠統一，成為一國之人，那戰爭不就消弭了，百姓也安定了，這又何樂而不為呢？」

太后怕的就是這個，一聽這話，臉就沈了下來，怒道：「住口！既是知道是世敵，又怎麼可能輕易消融兩國之間的仇恨呢？統一，談何容易，別到時候，是北戎人奴役了我大周百姓才是。」

「您即使不信皇后娘娘，也要信相公才是。相公是在大周長大的，生於大周、養於大周，大周的文化禮制也是深入他的骨子裡的，他是大周人，他愛民如子，又怎麼會讓北戎人奴役大周百姓呢？您這是在臆想了。」素顏毫不客氣地反駁道。

太后聽了素顏的話，沈默著，沒有繼續再說話。素顏便笑了笑道：「臣婦給您帶了些禮物送給您，請太后笑納。」

她這話鋒轉得太快，太后一時還沒有反應過來，不解地看著素顏。素顏笑著拿出一個精緻的香粉盒子。「這是臣婦才研製出的新品，也是特意為您這個年紀的人研發的，很適合皮膚的保養。太后，您年紀也不輕了，要多保養身子，生活如此美好，何必憂心太多？過好每一天才是最幸福的。」

太后被她這番話說得笑了起來，喃喃道：「也是，生活如此美好，哀家何必庸人自擾？來，給哀家看看，妳送的什麼東西，早就聽說妳的胭脂鋪子開得不錯，裡面的香是以前沒見過的，好些個太妃用了也說好呢。」

皇后在一旁撇撇嘴道：「也沒看到她特意為本宮研製出一款香來，倒是先拍太后的馬屁了。」

那話聽著就酸溜溜的，太后聽了心裡倒爽快了好多，睨了皇后一眼道：「她對妳還不夠好嗎？什麼東西不是往妳宮裡頭送？當哀家不知道妳們婆媳關係好著呢。」

「太后您若是能放下成見，孫媳也能和您的關係一樣好呀！孫媳第一次見您就覺得親切呢。」素顏將臣婦的自稱改為了孫媳，一邊揭開盒蓋，拿了瓶香，自己先倒了些出來，勻在手上，給太后示範。

太后見了眼睛微凝。這藍氏還是一如既往地細心，知道自己心中對她有戒心，所以自己先拿來試了給她看。

女人愛美是不分年齡和身分的，太后也要了些香脂塗在手上，果然清香幽雅，皮膚潤澤光滑，又溫和不刺激，心下便喜歡了，讓趙嬤嬤接過了素顏手裡的盒子。

素顏深深地看了趙嬤嬤一眼。這是太后身邊僅存著的一個心腹，太后應該是很倚重她的吧？想想是她將葉成紹在宮裡的流言傳出去的，素顏心裡便對這個趙嬤嬤厭惡得很。

看著趙嬤嬤將自己手裡的盒子收了進去，素顏眉頭微皺。那盒子裡頭可不止一小瓶，方才自己只試過一瓶香……

趙嬤嬤進了內殿，過了好一陣子才出來。素顏淡定地與太后閒聊著，皇后實在是喜歡不了太后，但素顏那心思她也明白，皇上一日不死，太后在宮裡的影響就一日不會消除，太后想要對葉成紹使壞，再禁足也能想得出法子來，就如這一次的流言，素顏想暫時穩住太后的心意她也是贊同的，只是積怨太深了，要她一會子說幾句好話來討好太后，她還真是做不出來，所以，皇后便在一旁百無聊賴地聽著。

「唉呀，孫媳一時忘了，那幾種香，如何塗、按什麼順序塗可是有規矩的，還有幾種是潔面用的，我還沒教您如何用呢，還請趙嬤嬤將香拿來，孫媳給您示範一遍才好。」說著說著，素顏突然瞪大了眼睛，一副才想起來的樣子，拍著自己的頭說道。

「那好吧，趙嬤嬤，把這孩子送的東西拿來，讓她示範給哀家瞧瞧。」太后笑著說道。

剛從內殿出來的趙嬤嬤聽得微怔，面無表情地又回了內殿，將那盒香粉拿了出來。

素顏接過盒子，卻並沒有打開，而是突然對趙嬤嬤道：「嬤嬤緊張什麼？怎麼手都在抖呢？」

趙嬤嬤聽得愕然，不解地看向素顏，太后和皇后聽了也都轉過來看向趙嬤嬤。皇后冷笑道：「不會是做了什麼虧心事吧，不然，怕什麼？」

太后對趙嬤嬤道：「是昨兒個晚上一晚沒睡好，累著了吧？叫妳別撐著了，有那些個小的服侍哀家也是一樣的呢。」

趙嬤嬤憤怒地看了素顏一眼，恭敬回道：「太后不用擔心，奴婢無事，奴婢並沒有發抖，皇子妃看錯了。」

素顏聽了不置可否，揭開手中的盒子，伸手將先前試過的那瓶香倒了一些，抹在了手上。「太后，這一瓶是淨面後，最先用的潤膚露，用完這個後，再塗些營養霜，這是蘆薈汁做的，最能養顏喔。」邊說邊塗，又拿起另外一瓶。

突然，她的手一僵，手中的香瓶「哐噹」一聲，摔落在了地上。皇后便是一聲驚呼：「素顏，妳的手怎麼了？怎麼又紅又腫的？」

太后聽了，也向素顏剛塗過香粉的手看去，只見那裡果然迅速紅了一大塊，而且，有起泡的模樣，她不由震住了，衝口問道：「這是怎麼回事？妳的香有毒嗎？」

素顏的手痛得直哆嗦，咬著牙道：「太后，這瓶香先前孫媳可是試過一次給您看的，並沒有毒啊，再說了，孫媳就算想要害您，也不會在親手送您的東西裡下毒，這不是送了罪證給您抓了嗎？」

「可不是嘛？再傻也沒傻到這個地步的，母后，您就是再不喜歡成紹那孩子，也不能遷怒於素顏吧，她可是一直都對您很孝順的。」皇后心疼地拉住素顏的手，大聲道：「還不快快請太醫來？」

外面的宮人聽了，忙著去請太醫了。沒多久，請來的正是陳太醫，他上前來，一看素顏那紅腫的手就道：「唉呀，中毒了，趕緊先用水清洗吧！」

用水清洗素顏當然也知道，但她不想那麼快就洗淨，想讓傷勢更加重一些……

「我一痛就忘了，虧得陳太醫來得及時，用清水清洗是最好的。不知這是什麼毒？陳太醫。」素顏的小臉痛苦地擰著，眉頭皺得老高，一副很難受的樣子。

「這毒性倒是不太烈，只是傷皮膚就是，不過塗在手上還好，若是塗在了臉上，那可就……」陳太醫一邊使著宮人幫素顏洗傷口，一邊說道。

太后聽得一震，回頭看了趙嬤嬤一眼。趙嬤嬤的臉都白了，怒視著素顏，手也開始發起抖來，見太后看過來，她也回望過去，哀聲道：「太后……」

「如果到了臉上，那不是就毀容了嗎？唉呀，幸虧素顏這孩子又試用了一遍，不然，母后您的容顏可就……」皇后在一旁擔心地說道。

「陳太醫，將餘下的香瓶全都給哀家試一遍，看看是不是有毒！」太后冷聲對陳太醫道。

第一百五十六章

陳太醫依言拿了根銀針去試，結果讓大家震驚的是，竟然每一瓶裡都有毒。

這是當著太后的面試出來的，太后半晌也沒有作聲，神情很是委頓。陳太醫給素顏上完藥後，就退下去了。

皇后大怒，對太后道：「母后，這老賤人是想害您還是想害素顏？哼，想來，母后對她情深意重，她想害的只是素顏吧！這東西是素顏送給您的，如果您在試用的時候，也中了毒，那您定然是要遷怒素顏的。如果臣妾沒有記錯的話，這老賤人的姪子，娶的便是陳家的一個族女吧？」

話要點到為止即可，以太后的安危來謀害皇長子妃，這是何等的大罪？趙嬤嬤直直跪在了太后面前，猛地磕頭道：「太后，老奴服侍您幾十年了，從來都沒有違抗和背叛過您，此事絕不是老奴做的，請您相信老奴啊！」

「這件事也算不得妳背叛太后，妳只是在逼太后恨我和相公罷了，因為，相公也是太后的親孫子，身上也流著太后的血脈，所以，妳怕太后有朝一日終究會站在相公這一邊，所以，妳處心積慮地要害相公。」素顏輕蔑地看著趙嬤嬤道，又問太后：「太后，她是不是從來就沒有在您跟前說過相公的一句好話呢？二皇子暴死的消息，是不是由她透過宮外送給您的呢？慫恿您帶了人去殺相公的，又是不是她呢？將乾清宮發生的事情洩漏出去的，又是不是她呢？據孫媳所知，當時，在場的宮人和御林軍，除了護國侯和趙嬤嬤以外就再也沒有人了，乾清宮裡發生的事情，傳將出去後，相公的名聲縱然不好，太后您的名聲不也要受損嗎？相公到底是皇家的子孫，皇家的家教就是那樣的嗎？太后您在百姓中的形象原是那樣高貴優雅，被孫兒打，還被皇上禁足，百姓會如何想？真的會是所有人都只說是相公的不對嗎？俗話說，一個巴掌拍不響，什麼事情都是有原由的……您想一想，那樣的秘辛流傳出去，對大周皇室的影響有多糟糕啊？」

這話與其是指責趙嬤嬤，其實也是勸誡太后，不要為了一時意氣做下令皇家蒙羞之事，她總算是找著了機會對太后說了。

太后眼神悠長，再抬眸看趙嬤嬤時，她眼裡的信任變成了懷疑。皇后卻是沒有耐心等太后下決心，大聲道：「來人，將這個大膽的奴才拖出去——」

「饒她一命吧！她畢竟服侍了我多年，趕出宮去，也算全了這麼些年的主僕情分。」太后不等皇后的話說完，截口道，又對趙嬤嬤揮了揮手。「妳走吧，收拾妳的東西，再支一千兩銀子，找妳的姪兒養老去吧。」

趙嬤嬤聽得淚如泉湧，哭著向太后磕了三個響頭。「主子，老奴走了，以後，您可要好生照顧自己，不要被那些心懷叵測的人陷害了。」

太后頹然地揮了揮手，不再看她，讓人領了趙嬤嬤下去了。

素顏看出太后的孤寂，拉住她的手道：「過幾天就是您的壽辰，您要開開心心的才是啊，不要再多操心了。兒孫自有兒孫福，您現在應該是享福的時候，國事有皇上在呢，您再如何，也應該相信皇上的抉擇才是啊！」

太后眼眸深深地看著她，竟然握了握素顏的手，道：「妳這孩子，就不恨哀家嗎？哀家可是一再對成紹不好啊！」

「恨一個人是很痛苦的，我只喜歡記住別人對我的好，沒時間也沒有精力去恨人。每一個怨恨都是伴著傷痛來的，恨一次，傷口就會痛一次，不如忘記那些傷害，看向未來，還有很多美好的日子等著我們去享受呢。」素顏也反握了太后的手，笑著說道。

至少，她不想恨太后。她不是聖人，方才的趙嬤嬤就是她設計趕走的，而陳太醫向來與她有默契，合作也不是一次、兩次了，只是一個眼神，再看當時的情形，陳太醫就明白了她的意圖，配合得天衣無縫。那香，她會收回去，不能留下把柄，因為，每一瓶裡並沒有毒，她只是臨時起意才這麼做的，要是讓太后發現，她是在陷害趙嬤嬤，那就前功盡棄了。

太后聽了素顏的話，半晌沒有作聲，良久，她看向皇后，皇后那雙美豔的眸子也正好看了過來，苦笑一聲，皇后道：「只要您能改變對成紹的態度，我也會忘記過去的。其實，我也不喜歡恨，恨人的確是件很辛苦的事情。母后，我不知道為什麼您一直不喜歡我，但我捫心自問，從沒有做過對不住您的事情，哪怕您作主，把我才生下的孩子抱走，我也沒有恨過您。這二十年在宮裡頭，我著意地討好您，希望得到您的認同，可是您呢，一直不肯接受我，還一直打壓我，如今，陳氏也去了冷宮了，我們的怨恨還不能解開嗎？您就不想我能孝敬您，而不是怨恨您嗎？」

太后聽得眼睛終於紅了，顫著聲道：「妳……妳不記恨了嗎？我真的……」

「不記恨了，因為我的紹兒如今很成材，他受了苦，但是苦難讓他成長為一個頂天立地的男子漢了，我為什麼要恨您？我的兒子還在，兒媳也乖，生活著實很美好啊，我為什麼不能好好地生活呢？」皇后眸光真誠，眼中含淚，嘴角卻是帶著笑容。

「原來只有哀家是著了相嗎？只有哀家執著了嗎？」太后喃喃的轉過頭去，她的眼裡有了愧意和內疚。是啊，何必要執著，執著了又會贏嗎？贏了又如何？正如素顏說的，真讓大皇子繼承了大統，大周的將來就會很好嗎？

自己老了，應該享兒孫福了，兒孫的事情，自有他們自己操心啊！於是，太后笑道：「嗯，素顏，好久沒有吃過妳做的點心了，今兒要是有空，就給哀家做點吧。」

素顏聽了正要說話，外面宮人來報。「三公主、東臨國皇后駕到！」

太后聽得眼睛一亮，聲音都顫抖了起來。「快，快有請！」說著，自己竟然起了身，迎了出去。

東臨國皇后？素顏不解地看向皇后，皇后小聲道：「是太后的小公主，嫁到東臨去了，應該是給太后祝壽來的吧，好些年沒有回來過了。」

說話間，素顏便看到一個身著異族服飾，相貌清麗端莊的貴婦人帶著另一名身著異族服飾，相貌美麗，神情卻清冷高傲的女子走了進來。

「寧兒……」

「母后……」

兩個微顫而激動的聲音同時響起，那端麗的貴婦一見太后便奔了過來，撲進了太后的懷裡，嗚咽哭泣了起來。

太后也是淚盈於睫。「寧兒，我的孩子，妳總算回來看娘了，娘可真想妳呀！」

「母后……」東臨皇后的頭埋在太后懷裡不肯起來。「都是母后狠心，將孩子嫁得那麼遠……」像孩子一樣的撒嬌語氣，與她一身華貴雍容的打扮很不協調。

「傻孩子，妳是公主啊，不是一國之君，又怎麼能配得上妳？」太后撫著東臨皇后的背，安撫著。

「母后，您要哭到何時去？」那清麗孤傲的異族公主站在一旁很不耐，高傲地揚起下巴，看了眼皇后，又看了眼素顏，才冷聲說道。

東臨皇后這才自太后懷裡抬起頭來，含淚帶笑，忙將那異族公主拉到身邊，對太后道：「端雅，快來見過外祖母。」

那名叫端雅的異族公主這才不情不願地上前行了一禮道：「端雅給外祖母請安，外祖母吉祥。」規矩完整的異族禮儀，大眼裡也帶了些探究，細細向太后打量著，不等太后說話，她又說道：「母后說端雅與外祖母長得像，如今看來，果然是像了四、五分的。外祖母，您看端雅說得對不對？」清冷的聲音裡竟然帶了絲俏皮，配她那高傲的樣子倒是另一番俏麗。

「何止像了四、五分，分明就是六、七分相似。」被冷落在一旁的皇后眼裡露出羨慕的神情，笑著說道。

東臨皇后似是這才看到了皇后，挑了挑眉問太后。「這位是……皇嫂？當年……可不是這一位啊！」

皇后聽得臉一沈。皇上當年大婚時，所立的皇后就是自己，這位東臨皇后，當年的長寧公主分明也認得自己的，說這樣的話，是故意氣自己嗎？

「寧兒！」太后經得素顏一番勸說，心思初轉，不想再與皇后對立，嗔了聲東臨皇后。「怎麼不是？幾年不見，妳怎地比母后的記性還差呢？她可是妳皇兄元配的皇后，快快過來見禮。」

東臨皇后卻是揚起下巴，只是對皇后點了點頭，並未行禮。「本宮乃東臨皇后，除了母后您，不會向任何大周人行禮！」

她這是代表一個國家的尊嚴，但這不是在見嫂嫂嗎？小姑子向嫂嫂行禮是再普通正常不過的禮儀啊！這位東臨皇后分明就是不喜歡皇后，在挑釁呢。

皇后被東臨皇后說得怔住，臉色有些尷尬，卻是不屑地搖了搖頭，並不介懷。太后也有些不好意思，覺得東臨皇后有些不知禮，但到底是心愛的女兒，又隔了多年才遠道回娘家一次，捨不得責怪，便笑了笑對端雅道：「小端雅，過來見過妳皇舅母。」

端雅看了東臨皇后一眼，還是上了前，卻是高揚著下巴，只是屈了屈膝，並未行大禮，就算是普通的晚輩禮也行得勉勉強強，神情也是倨傲得很。「端雅見過皇舅母。」

這是很明顯地藐視皇后，素顏看著便生氣。據她所知，東臨與大周向來交好，東臨臨海，物產豐富，國家富庶，兵力卻不強，因著臨大周，與北戎相毗鄰，所以，大周就成了東臨的屏障。多年來，東臨並未遭受過戰亂，東臨國應該是很感激大周，對大周禮遇相待才是，東臨皇后與端雅公主的態度卻是很令人費解。

一個附庸於大周，要靠大周保護的小國國母，竟然敢對大周皇后無禮，這讓素顏好生惱火，也不等太后介紹自己，上前一步道：「小小東臨，比起大周來，不過彈丸之地，遠來大周，皇后自然要向國母行大禮。妳們來時，難道沒有受過東臨外交禮儀的教育嗎？或者是，東臨也是蠻夷之地，原就不懂禮儀？」

東臨皇后聽得大怒，正要說話，端雅公主高傲地挺胸上前道：「看妳不過一介命婦，好大的膽子，竟敢侮辱我母后？見了母后和本公主還不快快行跪拜之禮，難道這就是妳大周的禮儀典範嗎？」

「妳們連我大周國母都不拜見，我又為何要拜見妳們這等不知禮儀之人？」素顏毫不退讓地冷聲道。

「妳——放肆！」端雅大怒，大聲喝道，氣得小臉都脹紅起來，話音將落未落之際，她的手就揚了起來，向素顏打了過去。

太后和皇后同時震驚，沒料到端雅竟是如此粗魯，眼看著那巴掌就要拍向素顏的臉龐，突然就聽得一聲怒喝。「哪裡來的野蠻女，敢打我娘子?!」旋即一道頎長的人影像風一樣的捲了進來，箝住了那隻素手。

素顏原本也是要出手擋住的，一見來人，臉上頓時綻開笑顏。「相公……」

端雅公主的手被葉成紹箝住，手骨疼痛無比，痛苦而憤怒地罵道：「你才是野蠻人呢，放開本公主！」說著，抬了腳向葉成紹的腿上踢去。葉成紹腿一抬，揚了手就要將端雅扔出去，太后急切間就叫住他。「紹兒，她是你姑姑的女兒……」

葉成紹聽得微怔。太后自被他打了耳光便恨他入骨，平素見他便如仇敵一般，今天怎麼會喚他「紹兒」了?揚到空中的人及時被他扯了回來，只是稍稍一帶，便穩住了端雅的身形，左手在端雅腰間托了托，讓她站住了身形，但隨即鬆手退開。

太后和東臨皇后看得出了一身冷汗。以葉成紹方才的勁力，端雅要是真被他扔了，只怕會摔到殿外去，怎麼著她也是一國公主，若被扔出殿外，那顏面可能就難找得回來了。

「母后，殺了這野蠻人！」端雅還是覺得丟了顏面，劈手就向葉成紹擊去，看她那樣子，好像還學過一些功夫，行止間有模有樣。素顏看著就有些慶幸，方才若不是葉成紹來得及時，只怕端雅的那一巴掌自己躲避不過去呢。

葉成紹放開端雅後，就去打量素顏的臉色，端雅向他擊來，他連頭都沒有側一下，只是大袖一甩，便將端雅甩了出去。端雅只覺得一股勁力如狂風一般捲向自己，身子飛起，卻又是輕巧地著了地，並沒有傷著她，她頓時小臉脹得更紅了，卻也知道自己不是對手，睜大了眼睛，像看怪物一樣地看向葉成紹。

一時又怔了眼，眼前之人，俊逸而狂傲不羈，身材挺拔，眸子深邃幽暗，但看向前方那女子的眼神裡卻閃著溫柔和疼惜，她的心猛然一顫，心尖上像是有什麼東西滑過，撥弄了一下，好半晌，她都呆呆地看著葉成紹，一動不動。

東臨皇后以為她被葉成紹嚇到了，惱怒地斥道：「大膽！母后，這個野蠻的小子是誰？他怎麼對我的端雅如此無禮？」

素顏在一旁聽得就直皺眉。這個東臨皇后在大周時怕就是個任性妄為的公主吧，自己就無禮得很，還一再地罵別人無禮，也不知道臉紅。

「紹兒，過來見過你皇姑，她是你最小的長寧姑姑，遠嫁東臨的那個。」對於葉成紹能聽了她的話及時收住力道，沒有傷害到端雅，太后很是欣慰，雖然心裡對他那天打了自己的行為還是有些膈應，但方才情急之中，自己叫出口的那聲是那樣自然又輕鬆，也許，在心底裡，自己還是承認紹兒是孫子的吧？於是，她的聲音也變得和悅了起來。

葉成紹有些發怔，一時沒有轉過彎來，不知道太后為何突然又對他轉了態度。素顏對他眨了眨眼，他立即明白，也許是娘子說通了太后呢，心頭一喜，大步向前，先向太后行了個大禮。「孫兒見過皇祖母。」這一聲恭恭敬敬的，像是他與太后之間從來就沒發生過過節一樣。

太后有些不自在地抬了抬手道：「起來吧，見過你皇姑母，她難得回大周一趟，是來給哀家祝壽的，是大周的國賓。」

葉成紹依言起了身，剛要向東臨皇后行禮，皇后卻出聲道：「紹兒，行個晚輩禮就成了。」

葉成紹斜睨著東臨皇后，懶懶地作了一揖。「見過皇姑母。」算是給了太后面子了，不然，他都懶得拿眼看東臨皇后。

東臨皇后這才正眼打量，只見自家的姪兒相貌英俊灑脫，身手不凡，與皇兄倒有幾分相似，只是不知他是哪一個皇子，身分如何？便收了怒氣，淡淡地點了頭道：「你是皇兄的第幾子？」

「他是皇長子，皇后所生。」太后不等葉成紹回答，倒是先介紹了，又道：「端雅，過來見過妳表兄。你們是第一次見面，也算是不打不相識了，還有，也見過妳表嫂。」

端雅似是被人從夢中驚醒，一改那倨傲無禮的模樣，微羞地走了過來，乖巧地給葉成紹行了一禮。「見過表兄。」竟是將方才的不愉快忘得一乾二淨，清麗的眸子，不時小心翼翼地睃向葉成紹，卻是不肯給素顏行禮。

葉成紹見了眼裡就泛出了冷意，淡淡說道：「表妹沒聽懂皇祖母的話嗎？」語氣裡，卻是帶了一股威脅的意味。他可容不得別人對素顏無禮。

端雅聽了撇了撇嘴，鼻間輕哼了一聲，不屑地看向素顏道：「我堂堂一國公主，憑什麼向一個命婦見禮，何況，她對我母后不敬，理當受罰才是。」

葉成紹聽得微瞇了眼，渾身頓時便散發出一股陰厲之氣，沈聲道：「她是本皇子之妃，妳一胡族公主算個屁呀，若敢再對我娘子無禮，本皇子將妳扔回東臨去。」說著，再也不看端雅一眼。

端雅聽得眼圈一紅，衝口道：「她的身分比得過我嗎？我可是堂堂公主呢，她最多不過是個朝臣家的女兒罷了，表哥你——」

東臨皇后見她的神情有些怪，忙扯住她，止了她的話，卻是笑著對葉成紹道：「端雅年紀小，不懂事，皇姪不要怪罪。」看葉成紹的眼裡，卻是露出一絲興味。

葉成紹不置可否地點了點頭，轉身對太后行了一禮道：「皇祖母，過幾日便是您的壽宴，京城中治安堪憂，孫兒這就去佈置防務了，務必讓您過一個熱鬧快樂的壽誕。」

太后聽了臉色微窘，點了頭道：「你去吧。」

皇后與素顏也一起告辭，剛走到門口時，東臨皇后突然大聲道：「母后，這位皇姪是不是皇太子？」

太后聽得一怔，眼神複雜地看向東臨皇后，竟然說道：「再過幾日，妳皇兄就要冊封他為太子了，哀家也看好他。」

皇后和葉成紹微怔，沒料到太后轉變得如此之快，竟然真同意葉成紹為太子了。皇后便看向了素顏。先前那一番話怕是真的觸動了太后，讓太后認清了形勢呢，只是東臨皇后這句問話就有些耐人尋味了，這本屬於大周皇家之事，她一個異國皇后，一來就問起如此大事，又像是故意問給自己這些人聽的，是要示好嗎？

既是要示好，為何一開始又那樣傲慢無禮？如此前倨後恭，醉翁之意在哪裡？

第一百五十七章

自慈寧宮出來，葉成紹與素顏一起回了皇后的坤寧宮。皇后氣呼呼地坐到軟塌上。「欺人太甚了，一個小小的東臨國皇后，就敢藐視本宮？哼，這就是你父皇的錯，長寧公主未嫁前就飛揚跋扈得很，你父皇最是寵她，任她妄為，所以，她才敢不將本宮放在眼裡。」

「柔兒，這怎麼又怪到朕的頭上了？」皇上的聲音竟然適時地自殿外傳了進來，人也隨聲而到，龍行虎步，看得出心情不錯。

皇后聽了，鼻間輕哼了一聲，冷笑道：「不怪你怪誰？你那妹妹，一回來就給我個下馬威，你那外甥女連禮都不給我行，哼，都是你慣的。」

「柔兒何必與她一般計較？她自來就是被母后寵壞了，嫁到東臨後，東臨國主也是寵她，所以就養成了這種性子。柔兒，北戎也派使者來了，妳要見上一見嗎？是妳的老熟人，拓拔將軍。」皇上走到皇后身邊坐下，也不管兒子媳婦就站在一旁，旁若無人地握了皇后的手，眸中精光閃閃地看向皇后，一瞬不瞬。

皇后的眼裡果然露出一抹欣喜。「是他來了嗎？許多年不見了，你……你會讓我見他嗎？」皇后的喜悅半點也不加掩飾，皇上的眼神果然有些黯淡，臉上的笑容也僵了些，轉過頭來，有些黯然地說道：「自然是要見的。聽說，妳父皇好像病情又加重了，朕也不能不通情理不是？」分明就是極不情願，又不得不同意的語氣。

「那現在就召他進宮吧，我真的好想見到宏大哥啊。」皇后激動得嬌顏泛紅，豔麗的眸子裡泛著興奮的期待，大聲對皇上道。

皇上的臉色更黑了。「柔兒，要見也得是母后宴上見，朕會安排妳和他見面的，不過，妳不想讓紹兒也見上一見嗎？」聲音飄著濃烈的酸味，素顏聽了就覺得好笑，感覺皇后好像在故意刺激皇上。

「說到紹兒，你什麼時候冊封他為皇太子？非要讓那些人以為還有一線希望，逼得他們鋌而走險，對紹兒和素顏使出更激烈的手段才成嗎？」皇后甩開皇上的手，冷聲道。

「只要柔兒妳讓拓拔宏承諾，大周立太子期間，北戎不得騷擾大周邊境，讓朕有絕對的時間處理北威軍的統帥一事，朕就宣佈紹兒為皇太子……嗯，就定在太后千秋那天，也算是雙喜臨門吧！屆時，各國朝賀，紹兒也風光。」皇上再一次捉住皇后的手，握得緊緊的，微挑了眉，對皇后道。

皇后甩不開他的手，也蹙了眉道：「好，我答應你，不過，他能不能作得了主，我可不知道了。」

對於皇上立葉成紹為太子還要提條件，皇后有些窩火，雖然這是她多年來的願望，但心裡仍是不痛快。皇上看著就嘆了一口氣，柔聲道：「柔兒，如今寧伯侯死了，他手中的軍權朕交給了中山侯，但陳家父子在朝中勢力根深柢固，朕要剷除他們，非一時之功就能成的，妳就體諒體諒朕吧，一旦北威軍安定下來，陳家父子也就走到了頭。妳和紹兒受的委屈，朕心裡都清楚，朕不會容忍此等侮辱我妻兒的人長期活在這個世上的。」

皇后聽了臉上這才緩了些。皇上又轉而對葉成紹道：「紹兒，太后千秋之後，你就必須要去一趟北威軍，朕怕劉朗坤一人難以控制得住北威軍，怕引起軍變就不好了。」

皇后一聽立即道：「不成，北威軍裡沒有肅清之前，絕不能讓紹兒去，太危險了。你也說了，陳家在北威軍裡經營多年，你讓紹兒去，不是羊入虎口嗎？」

「柔兒，紹兒長大了，他要成為皇儲，將來要成為一國之君，連自己的軍隊都不能掌在手裡，以後如何能坐得穩那個位置？朕這些年來犯了大錯，不該太過信任陳家，以至於讓陳家在軍中坐大。紹兒承位之後，便不能再犯與朕同樣的錯誤，他必須要在軍中樹立至高無上的威望。」皇上無奈卻又堅定地對皇后說道。

「母后，父皇說得沒錯。兒臣是應該靠自己的力量在軍隊建立威信，如果連一個區區陳家都擺不平，兒臣又如何能夠治理得了大周？讓兒臣去吧！」葉成紹的眼睛裡也是堅定，也有滿滿的自信。「兒臣自小沒少讀兵書，對用兵之道還算通，只是一直紙上談兵，沒有確實運用過，早就期盼著到軍中一展所學，這是兒臣的志願啊！」

聽他如此說，皇后也只能應允了，卻看向素顏，愛憐地說道：「兒媳，可憐你們才聚沒多久，又要分離，怎麼著也得給我生個孫子了再讓紹兒走才成啊。」

素顏被皇后說得面紅耳赤，不自在地低下了頭，不過，心裡確實對葉成紹要去邊關的消息很是震驚，但好男兒志在四方，要成大事，就必須要有付出——

自皇宮出來，素顏的神情懨懨的，坐在馬車裡一言不發。葉成紹一把將她摟進懷裡，親吻著她烏溜溜的秀髮，柔聲道：「娘子，妳還是不相信我嗎？」

素顏聽了就微微嘆了口氣，搖了搖頭道：「信又如何，不信又如何？有時候，你也身不由己啊。相公，有時，我真的很不願意你真的成為皇帝。」

葉成紹伸出手來，托住素顏的下巴，對上她清亮的眼睛，眸子裡是堅定的執著和柔情。「娘子，妳要信我，就算我的後宮塞滿了人，我也只要妳一個，那些個人，願意做那飛蛾撲火之事，怪不得我們。」

素顏聽了，還是鬱鬱地垂了眸。這樣就好了嗎？那些女子也是人生父母養的，她們也是懷著美好的憧憬進宮，花兒一樣的年紀，卻要將青春耗費在那深宮內苑裡，面對那樣一群可憐的女子，自己與葉成紹能自私、恩愛得起來嗎？倘若自己的幸福建立在別人的痛苦之上，這種幸福，還是不是幸福呢？

葉成紹緊握著素顏的手，看她神情仍是不豫，心裡便著急起來，手心裡也沁出了汗，歪頭看了她半晌。「娘子，妳是擔心沒有孩子嗎？為夫一回去，就好生努力好不好？大不了，去北境之前，為夫天天就累趴在娘子身上罷了，到時候，娘子一定會懷上的。」

他在故意逗她開心，但素顏卻對孩子的事情並不上心，這種事情急不來的，他們在一起的時間也不少了，但她一直沒有動靜，就連陳嬤嬤都有點著急了，明著暗著也沒少提醒過，讓她心中煩悶得很。

看她仍是不笑，葉成紹雙手捧住素顏的臉，凝眸看著她，眼裡掠過一絲慌亂，語氣也是期期艾艾的。「娘子……妳……妳不會又想當逃兵，打退堂鼓了吧？」說著，就撇了嘴，語氣酸溜溜的。「我知道，冷傲晨對妳很好，一直在暗中保護妳，總在妳危急的時候出來幫助妳，他長得又俊……嗯，還有啊，上官明昊那小子也一直沒死心，我就不明白了，他就不能快些找個好姑娘成親算了嗎？非要在京城裡晃蕩，給我添堵，娘子啊，妳……妳不能……」

素顏聽了好不惱怒。這廝看著不介意，其實介意得很呢，原來先前那樣子都是裝出來的大度呢！她不屑地對他翻了個白眼，隨即又揚了眉道：「也是喔，你不提醒，我還忘了這事。你說，要是我主動找這兩個京城第一、第二的美男子，他們會不會接受我呢？」

葉成紹聽得跳了起來，頭差一點就撞上了馬車頂，車外趕車的車伕只聽得馬車裡一聲巨響，嚇得身子一歪，差一點就自車轅摔下去了。

「妳說什麼？娘子，妳再說一遍！」葉成紹一雙星眸鼓得圓溜溜的，裡面像是燒了一把大火，整個人都要炸開了。

「哼，就興你們男人三妻四妾，不興我們女人找個把情人嗎？你給我扔了那麼多小三、小四在園子裡頭，我還沒找你麻煩呢，如今又要弄幾個名正言順的小老婆進來，好啊，那我也收情夫好了，而且啊，還全是京裡的名門公子呢，我就——」素顏存心氣他，但是話音未落，嘴唇就被兩片溫潤柔軟的唇覆上了。

葉成紹霸道的撬開了她的唇，粗暴地侵略著她的領土，一進去就捲住了她的香舌，激烈地吮吸起來。

他吻得霸道而熾烈，像要將她整個人都揉進骨子裡去似的，又帶了一絲的懲罰和怒氣，看她在他的擁吻下漸漸軟了身子，他仍肆無忌憚地吻著她，像是要抽乾兩人胸中的空氣，要同歸於盡一般。

素顏感覺被他吻得生痛，但他吻裡如火一般熾熱的情感也灼燒著她，她也將心裡的鬱堵和不快吻進了唇舌裡，與他抵死纏綿。死就死吧，一起死……

到底還是捨不得，心疼素顏，葉成紹懊惱地放開了素顏，嘟囔道：「妳就不知道要換氣的嗎？」邊說，自己也邊喘著氣，無奈地將素顏的頭壓到自己的胸前，喃喃道：「娘子，我該拿妳怎麼辦呢……為什麼在妳面前，敗陣的總是我呢？」

素顏喘著氣，安靜地伏在他的懷裡，伸手環住了他精瘦的腰身，心裡既甜又澀，也有些無奈。

「娘子，我死都不會接受任何一個女子，不會在這上面給妳添堵，妳也不要氣我了好嗎？妳的話，讓我好難受。」葉成紹悶悶地說道。

「傻子，不是說過了嗎？我不會離開你的。」素顏在他腰上擰了一把。這傢伙，難道以為她真的會不守婦道不成？

「我知道妳是好娘子啊，可是，我就是怕啊，娘子，就算我坐擁天下，若是沒有了妳，我就會一無所有。」

兩人一時都沒有說話，路過藍府那條大街時，素顏突然就開了口。「我想要回趟娘家，去看看我娘親和弟弟。」

葉成紹聽得愣然，轉瞬忙道：「好啊，娘子，我陪妳一起去。我回來後，還沒有去拜見岳父岳母。」

素顏抬頭，淡淡地看了他一眼。「不用，我想一個人回去，你自己回府吧。」

說著，就要下馬車，葉成紹一急，抓住了她的手臂。「娘子……」他的聲音有些懊惱。

「你不會是不許我去吧？相公，要不要我現在正式請示你，我要回娘家？」古時女子回娘家，必須得經由婆家同意才行，素顏因如今與侯夫人關係已經變好，加之侯夫人現在也不是她的正經婆婆，她若要去哪裡，也無須要經得誰同意了。事實上，葉成紹從來就是把她寵到了天上去，凡事以她的意思為先，哪裡限制過她的行為？

她這麼一問，分明就是帶著氣，更有一層淡淡的疏離，這讓葉成紹聽得好生刺耳，手不自覺地就鬆了。

「那妳就算不要我同去，也讓我送妳去藍家大門才是吧，大街上可不安全呢。」他心中一陣發緊，臉上卻帶著討好的笑，小意說道。

素顏正好掀開了車簾子，在一旁走著的青竹看馬車停了就覺得詫異，再見素顏似乎要下車，忙過來道：「大少奶奶，街上著實不安全，您還是讓爺送您回藍府的好。」說著，就對車伕使眼色。車伕也是寧伯侯府裡做久了的，看著主子們的臉色似是不對，揚了鞭就打馬啟程。

到了藍府，素顏下了馬車，葉成紹嬉皮笑臉地就要跟著去，素顏淡淡回看。「相公莫非真的聽信了街上的流言，以為為妻我不守婦道，所以要隨時監視？」

葉成紹聽得一滯，抬起的腳就跨不出去了，心頭好一陣冒火。娘子這是在故意找茬呢。他尷尬地笑著伸了手道：「沒有的事、沒有的事，我不信娘子，還誰信啊？娘子進去、進去，我一會子就回府去，絕不跟妳一同回娘家。」話是這樣說，腳下卻像釘了釘子一樣，杵在那兒連半步也不移。

「大姑奶奶、大姑爺，快快請進，奴才這就使人去報老太爺和大夫人。」門房忙過來幫素顏接東西，彎著腰請素顏和葉成紹進門。

葉成紹眼瞅著素顏就要進去，他哈哈大笑跟著門房打招呼。「啊呀，是藍四嗎？啊哈哈，岳父在府裡頭嗎？老太爺呢？好久沒有和老太爺下過棋了，唉呀呀，手真癢啊，不知道老太爺的棋藝是不是又提高了呢？」

藍四看著大姑奶奶進去了，大姑爺卻站在馬車邊上原地打圈，兩手還不停地搓著，對他擠眉弄眼的，一時怔住，不解地看著葉成紹，眼珠子一轉，嘴裡就熱情地回道：「大姑爺來得正好呢，老太爺今兒老早就下了朝，大老爺也逗著大少爺呢。外邊天兒冷，您快進來啊，就算事忙，喝口熱茶了再走也不遲吧？」
葉成紹一聽，抬了腳就往門口走，邊走邊道：「呃，爺一點也不忙啊，不忙，唉呀，肚子餓了，早上就用了一點粥，娘子……我喜歡吃岳母做的紅燒獅子頭啊，都大半年沒吃過了呢。」
大老爺得了信，已經趕了出來。素顏沈著臉，回頭就瞪了葉成紹一眼，沒見過這樣死皮賴臉的，心情卻是被他這麼一攪，又好了些許，上前向大老爺請安，大老爺卻是只對她淡淡說了句。「回來啦？快進去吧，妳娘在等妳呢。」就直接奔向葉成紹，屈膝就要向他行大禮。
葉成紹哪敢受大老爺的大禮，這會子只要能讓他進得藍家大門就好了，忙托住大老爺的手，隨即自己就拜了下去，笑咪咪地道：「小婿給岳父大人請安，岳父大人看起來更精神了。」
「哈哈，是啊，殿下倒是黑了、瘦了。素顏啊，殿下也回來不少日子了，妳有沒有好生給殿下調養身子啊？做人家娘子的，就應該體貼溫順，關心相公是為妻本分啊，知道嗎？」大老爺沒想到葉成紹對他如此恭敬，身為皇子後，仍是如此平易親和，半點也沒有皇長子的架子，更不拿皇室的那一套禮制來對待自己，心裡就暢快得不得了。
素顏無端被大老爺訓了一頓，對葉成紹就更沒好臉了，大老爺看著又要說，葉成紹忙挽著大老爺的手，昂首闊步往大門裡走。

「岳父，您可是養了個天底下最好的女兒啊，小婿可是這京城裡頭最得意的公子哥兒呢，任誰家的娘子也沒小婿我的溫柔賢淑，又體貼能幹，還貌美無雙啊，小婿我的日子就像是掉進了蜜缸裡，岳父，您可算得上是這京城裡頭最好的父親啊！」

這順道又拍了一通大老爺的馬屁，大老爺聽了眼睛都笑彎了，也跟著昂首闊步起來，得意得緊，嘴裡卻謙虛道：「哪裡哪裡，那孩子脾氣還是倔了點，要再教育啊，再教育。女婿你才是文韜武略，有經天緯地之才啊，我藍家得你這佳婿也是祖上都開了光啊！」

葉成紹聽了偷偷笑。素顏懶得聽他們爺兒倆拿她來相互吹捧，大老爺在，她再趕葉成紹回去也不可能了，腳步就加快了些。青竹沒有緊跟在她身邊，而是故意落後了兩步，看了葉成紹一眼，欲言又止。

葉成紹就打了個哈哈，跟大老爺說道：「岳父啊，小婿也有好些日子沒有拜見老太爺了，您先往前一步，小婿這就去老太爺書房去。」

大老爺也是在官場混成人精了，他一眼就看出來，素顏與葉成紹今天有些不對勁，這會子看素顏的丫頭好像有事要跟葉成紹說，他便很見機地笑了幾聲，當真就與素顏一道往大夫人屋裡去了。

第一百五十八章

青竹見兩邊的人少了，就走近葉成紹，小聲道：「爺，您的心裡當真只有大少奶奶嗎？」

葉成紹聽得一震，兩眼就瞇了起來，眼裡帶著危險的氣息，渾身上下也透著一股陰厲的寒氣。青竹頓時如浸冰潭之中，不由打了個寒顫，但她還是硬著頭皮，強自撐住，抬了頭，勇敢地看向葉成紹道：「爺若是心裡只有大少奶奶，就應該瞭解大少奶奶的心，要明白她為什麼會生氣，不然還有得苦吃。」

葉成紹聽她這樣說，才知是誤會了她的意思，渾身的冰冷之氣頓時消散，皺了眉頭，難得對青竹柔聲，苦惱地道：「那妳說說，我要怎麼才能哄得妳家大少奶奶好啊？她都不信我的話啊。」

青竹心中一陣揪痛。爺的心從來就只有大少奶奶一個啊，若是自己方才不小心流露出一點什麼，只怕爺又要趕走自己了。

她將心中的苦澀強壓下去，大膽說道：「爺只是一再地說，只在意大少奶奶，不管園子裡有多少女人，也不會多看一眼，但爺可知道，有女人的地方就會有戰爭啊！

「尤其是同一個男人的妻妾之間的戰爭更加激烈，何況爺將來還會要繼承大統，那三宮六院都要住滿了人，宮裡女人間的鬥爭有多殘酷，爺還不清楚嗎？哪朝哪代的宮廷裡不是充滿了血與恨，到時候，一後宮的女人，爺專寵大少奶奶一人，大少奶奶就會成為眾矢之的，會被那些女人剝皮拆骨了去。

「爺自己是怎麼樣長大的，難道不記得了嗎？您難道希望您的孩子一被懷上，就被莫名其妙的陰謀詭計給扼殺了嗎？爺，大少奶奶要的並不多，她喜歡過平靜簡單的生活，而不是成天勾心鬥角，隨時隨地都要擔心受怕的日子啊！」

一席話說完，青竹的後背汗水淋淋。這是她有史以來對葉成紹說話最多的一次，更是最大膽的一次，她不敢抬眸瞧葉成紹的臉色，只敢透過長睫偷看，卻見葉成紹也是一臉的慘白，額頭上也冒著細細的汗珠。

他陰沈著臉，好半晌才對青竹道：「是我疏忽了，想事太過簡單，以為只要我的心、我的人都只守著她就成了，卻沒顧慮到她的難處。青竹，謝謝妳。」說著，葉成紹真的就拱手向青竹致了個謝禮，目光也變得柔和起來。「妳用心服侍和保護大少奶奶，爺不會虧待妳的，妳和紅菊的終身，爺會讓大少奶奶給安排的，大少奶奶的為人妳應該信得過，北威軍中有不少年輕、尚未成親的將領……我也會幫妳們物色的。」

青竹聽得一震，心揪得更痛了，像是有什麼東西撕咬著一般。爺，青竹已經明白你的心意，也死了心了，你又何必再逼青竹呢，青竹所求不多啊……

她立即就跪了下來，顫聲道：「謝爺的關心，但是屬下不想嫁人，一輩子跟在大少奶奶身邊就好，只求爺不要趕走青竹。」

葉成紹幽深的眸子凌厲地盯著青竹看了良久，才收回了目光，冷冷道：「記住妳的職責就好。」

說罷，他大步向前走去，又與老太爺談了些國事。老太爺向葉成紹保證，會聯合他的門生故舊，支持葉成紹，並打擊站在大皇子那一派的文官。葉成紹便笑著辭別老太爺，慌忙地就往大夫人屋裡去了。

一進門，卻被眼前的情景怔了眼。屋裡，素顏正抱著快一歲的藍家少爺逗弄著，藍小弟長得粉妝玉琢，很是可愛，圓溜溜的大眼如同黑亮的珍珠一般，正看著素顏笑著，嘴角一條銀亮的長線流著，正在素顏的腿上興奮地蹦著，小胖手揪著素顏的圓領子，咿咿呀呀地說著大家都不懂的話。

素顏眼裡含笑，正低了頭去，抵住小胖子的胸，在他胸前拱著，逗得小胖子咯咯笑個不停，素顏也跟著笑，那笑容寧和安詳，透出一股慈愛柔靜的美。

一時就想起了青竹的話：大少奶奶喜歡平凡卻安寧的日子，爺能給她嗎？

不知如何，他心裡就湧起了一股愧意。這種簡單而安寧的日子，自己真的能給她嗎？真登了基，專寵她一人……那些女人會恨死她，拿她當靶子一樣吧？心突然就疼了起來，臉上卻帶上了懶懶的笑。

「娘子，這小傢伙長得像誰啊，我怎越看他越像為夫我呢？」

他突然出現讓素顏怔了怔，再聽他這話，不由回頭瞪了他一眼。那是她的弟弟，又不是她生的兒子，怎麼可能像他？沒見過這麼沒臉皮的。她扭了頭過去，不理他，兀自逗著自家的小弟玩。

大夫人見他來了，老早就要迎過來，是葉成紹用眼神示意，不要驚動素顏，這會子聽他這樣一說，也是無奈地搖了搖頭，感覺到素顏與他的異樣，忙笑道：「快進來坐著吧，那門邊一口子風呢。」

葉成紹笑嘻嘻上前給大夫人行禮，大夫人忙閃了身道：「你如今身分可不同了，我可不敢受你的禮，不過，你既是跟素顏一塊兒回來的，那我仍是當你為女婿看待就好，這禮咱們都不行了。」

「正是、正是，小婿也覺得頭痛得緊呢，這虛頭巴腦的禮呀，還真是少行些的好。娘親，小婿看您怎麼比去年還要年輕了些呢？越看越不像是娘子的娘親，倒像是姊姊呢！」葉成紹的一張嘴說得大夫人的眼睛都笑彎了，青楓幾個忙去沏茶、端果子來招待他。

葉成紹也不肯往那酸梨枝木做的太師椅上坐，自行搬了凳，挨挨蹭蹭地就坐到了素顏身邊，伸了手去捏小胖子的臉蛋。他才從外面進來，手指冰涼的，小胖子忍不住就縮了縮頭，圓溜溜的大眼轉過來瞪著這個不認識的傢伙。葉成紹看著有趣，又伸手去呵他的脖子，笑道：「來，叫姊夫，快，叫姊夫，姊夫給你糖吃的。」

結果小胖子半點也不受他的誘惑，突然就伸了手來，猛地在葉成紹的俊臉上抓了一把。

他的小指甲雖然剪了，可還是在葉成紹的俊臉上抓出了四條長長的小印子，滿手的口水掛了他一臉。素顏見了終是憋不住，哈哈大笑起來。葉成紹垂了眸去瞅自己臉上流成條的口水，苦著一張臉對素顏道：「娘子，小弟打我。」

一旁的大夫人看著葉成紹裝寶，也是笑得眼淚都出來了，青竹和青楓幾個不敢大聲，都躲在一旁偷笑。

素顏笑著呸了他一口，驕傲地抱著小胖子狠親了一口，輕哼一聲道：「誰教你欺負我，以後小弟就幫我報仇了。」說著，又對小胖子道：「是不是啊？小弟，以後一定要保護姊姊和娘親喔。」

小胖子被她逗得咯咯直笑，一雙胖短手在空中亂舞著，倒是乖，並不去抓素顏的頭飾，看來也是在家裡跟大夫人鬧慣的。

大夫人已經遞了帕子過來，給葉成紹擦臉，葉成紹見素顏終於開了顏，也肯理他了，笑得一雙墨玉般的眼睛變成了月牙形，對著小胖子道：「小弟，真是好樣的，一出手就讓你大姊笑了，來，再抓姊夫一下，姊夫給糖吃喔。」

傻子，受虐狂啊！素顏拿起小胖子的手就往葉成紹臉上打，邊打邊罵道：「打他、打他，打了我們還要糖糖吃喔。」

幾人又鬧了一氣，大夫人看時辰差不多了，就小心地提醒素顏。「老太太那邊，妳是不是還要去看看？好幾個月沒回家了，總是要請個安的。」

素顏聽了便將小胖子遞給了大夫人，起了身，理了理被小胖子踩得縐巴巴的衣服。

「嗯，原也沒打算今兒回來，只是臨時起意的，沒有備禮，就怕她會說呢。」

「娘子要禮物啊？為夫我這裡有好東西。」葉成紹一聽，討好地遞上了一塊玉珮。素顏一看那玉成色極好，也不知道他是從哪兒來的，便瞋他一眼道：「那一塊兒去吧，你也有大半年沒來過了呢。」

葉成紹立即高興地站起來，殷勤地扶著她道：「是吧，帶著為夫我還是有些用處的吧？娘子，以後回娘家，還是捎上為夫我吧，不要一個人回啊。」

素顏知道他這是在討還自己不許他進藍家門的氣呢，清麗的眸子回頭橫了他一眼。葉成紹立即直了身道：「娘子以後想什麼時候回來，就什麼時候回來，要不要帶上為夫，都由娘子說了算，為夫不敢有半句怨言。」

大夫人在一旁看著又好笑又嘆氣，瞋了素顏一眼道：「素顏啊，做妻子的，要以夫君為天啊，妳這樣子，女婿都怕了妳了，傳出去，還不說妳是悍婦？」

素顏聽了正要說話，葉成紹就趕在頭前說道：「呀，岳母，不是這樣的，娘子是最心疼我、最關心我的，娘子待我是沒得話說的，您可不要冤枉娘子啊。」

大夫人聽了只好搖頭，跟在素顏身邊嘮叨著，素顏只好向大夫人保證，自己絕對沒有虐待過葉成紹，卻在大夫人沒注意時，狠狠擰了葉成紹的腰一把。誰讓他在自家娘親面前做作的？好像自己真的是悍婦一樣。

葉成紹痛得嘴角直抽，卻仍是咧了嘴笑著，歪著腰一拐一拐地跟著走。

大夫人打了圓場，笑道：「女婿啊，你不是說喜歡吃我做的紅燒獅子頭嗎？我這就去做，你們先坐著歇會子，飯菜馬上就備好。」

素顏卻是攔了大夫人。「不用了，我還要回別院裡頭去。三妹在別院裡頭幫我看了好些日子了，我要換她回來。」心裡還是對葉成紹有氣，所以想去別院待幾天，與葉成紹分開些日子也好，兩人各自都能想清楚一些。

葉成紹一聽臉都青了，立即起了身，嘻皮笑臉地湊到素顏跟前。「三妹待在別院裡過得很自在呢，娘子就不要去了吧。」說著，拿手肘去碰素顏，擠眉弄眼地給她打暗號。

素顏莫名地看著他，不知道他是什麼意思。他擠了半天眉眼，見素顏不解，便悄悄地附在她耳邊道：「娘子可是怕三妹會累著，一個人沒伴，會孤單？完全不要擔心，我早早就派了個幫手過去了，幫著管帳呢。」說著，又頓了頓，見素顏的臉色一變，他忙跳開一些，生怕又被素顏擰腰。「呃，郁三可是最好的帳房先生了，他這會子正閒著呢，幫娘子管帳不好嗎？為夫我也是物盡其用、人盡其才啊。」

素顏聽了便白了他一眼，回頭小心地看了大夫人一眼，見大夫人像是並沒有聽見，這才鬆了一口氣，還是留下吃了午飯才離開。

回到寧伯侯府，看到圍在門口的人果然全散了，這才鬆了一口氣。文英見她回來，忙與她商量著家裡的一些瑣事，素顏便笑了笑，說讓文英自己拿主意就好，遇到難以決斷的，去問侯夫人就是。

回到屋裡，紫綢看到素顏面色鬱鬱的，便抬了眼看青竹，青竹對她搖了搖頭，看了葉成紹一眼，葉成紹大步流星地跟著素顏進了裡屋，隨手就把門關了，大聲嚷道：「爺和大奶奶有大事要做，妳們不許進來打擾。」

他這話說得曖昧，外面的紫綢紅著臉退了開去，陳嬤嬤聽了就面色古怪地拖了紫綢就走。屋裡，素顏頓時就氣紅了臉，瞪著他道：「光天化日的，你……你有什麼大事要關了門在屋裡做？」說著，就要出門去。

葉成紹長臂一張，環住了她的腰，將她摟在懷裡，柔聲道：「娘子，我錯了，我知道錯了。」

素顏被他說得鼻子酸酸的，眼圈就紅了，冷著聲，悶悶道：「你如今都快成皇太子了，你會有什麼錯？」

「娘子，是我錯了。我一直以為，只要我的心不變，心裡只有妳，只放著妳一個人就好了，不管園子裡來多少女人，都不會影響我對妳的感情。可我那只是站在我的立場上想，沒有替妳想，那些女人進了園子後，娘子妳要如何自處？日日與她們周旋都是一件勞心費力的事情，何況，那還會讓妳置身在危險當中。宮裡的女人有多可怕，我自己是見識過的，竟然還把妳往那樣的環境裡丟，我實在是該死……」

葉成紹的話還沒說完，素顏就急急伸了手，蒙住他的嘴，神色緊張而嚴肅。「不許說那個字……」

葉成紹握住素顏的手，貼著自己的臉頰，漆黑如墨的眼睛柔柔地看著素顏。「娘子，今兒我就去把園裡的其他女人全部打發了，一個不留。不管是誰，除了給我當妾，她們可以選一條更好的路。」

呃，他還真是說風就是雨，不過，這也不失是一個好法子，總把她們晾在園子裡，年紀一年一年地大，青春一天天逝去，對她們也很殘忍。而且，葉成紹在被冊封為太子之前解決掉那些後園子的女人，這也未嘗不是給京城所有想擠破頭送女兒給葉成紹做良娣的人一些警告，讓他們早些死了心的好。

想了想便道：「她們也是可憐人，相公，你儘量幫她們安排好一點的吧，儘量給她們下半輩子一個好的歸宿吧。」

葉成紹聽了便將她摟緊一些。「嗯，這事娘子妳就不要操心了，下午妳就不要出門了，只管待在屋裡就好，我怕會有那沒眼力的來衝撞妳，把責任全怪到妳的頭上去。」

素顏聽得心中暖暖的。葉成紹似乎突然之間又成熟了許多，變得更加體貼了，但這種事情，她就算不出面，那幾個也會怪到她頭上。這是她與他之間現在存在的最大問題，將來能否幸福地生活下去，就看今天這第一步了，所以，她想與葉成紹一起面對。

「相公，我不怕，女人更懂得女人的心一些，一會子，我同你一起去，除了留下，儘量滿足她們的要求——喔，長孫氏還在園裡，咱們也要一視同仁。」

「那也好，不過，長孫氏是母后給的，就直接送還母后身邊好了，讓她改個身分，母后會再給她尋門好親的。」葉成紹笑著說道。

沒想到後園子裡的女人如此輕易就打發了，素顏的心裡像是落下了一塊大石，鬆快了好多。

葉成紹溫柔地拉起她的手。「娘子，製香很辛苦吧？以後，我怕是更沒有時間幫妳了，而且，將來進了宮之後，妳只怕也沒有時間去打理廠子，妳……不會後悔嗎？」

以後他若成了皇帝，她便要做皇后，後宮的事情繁多複雜，只怕的確是沒有時間搭理了。不過，做生意原就不用自己什麼事情都親力親為，走上正軌後，便讓得力的手下去打理就好，這一點素顏倒是不擔心，所以，莞爾一笑道：「無事的，我不過是練練手，先經營一個小廠子，經營得好了，以後就幫著你經營一個國家，看看我的經營手段在國事上能不能起到作用？」

葉成紹聽得哈哈大笑，狡黠地眨了眼道：「是不是也要用妳的仙術來幫我啊？」

素顏聽得好笑。以前葉成紹曾說過，她是天仙下凡，腦子裡裝的都是仙人的術法，她原也想告訴他一些自己的來歷，又怕他聽了誤會，就乾脆任他胡猜了。

第一百五十九章

太后千秋之日終於要到了，舉國歡慶，街上提前幾天就張燈結綵，周邊幾個國家的外使都來朝賀。北戎是第一次派使者前來，這讓東臨等幾個國家的使者心頭劇震。他們也聽說過大周皇后的身世，心裡隱隱擔憂了起來，如今大周與北戎真的會成為一個國家，那將會是一個無比強大的存在，如一頭雄獅一樣強壯，其他幾個難望其項背，如果再治理得當，將來，不排除這個新興的國家會將其他幾國都吞併的可能。

而大周的一些青年們，有著狹隘的民族情結，看到北戎使者在大周京城街上大搖大擺地經過，就恨得牙齒發癢，口中怒罵：「胡蠻子，殺了多少大周百姓，竟然還敢在我大周京都耀武揚威，真是不知死活！」

京城的茶館裡，不少文人坐在一起議論得口水紛飛。「皇上也不知道是怎麼想的，怎麼會想要讓葉成紹那浪蕩子當皇太子？那種品性低劣之人成為我主，讓我等聖人之徒如何自處？羞死個人啊！」

「可不是嘛！還是個北戎與大周的混血，誰知道他的心會站在哪一邊？」另外有人附言道。

「聽說，太后千秋那一日，北威軍會來不少高級將領，靖國侯受了那麼大的污辱，他的老部下怕是會為他出頭呢。」

「我說兄臺，你的消息也太慢了，不只是北威軍，南威軍帥也要來呢！據說，皇上是要讓皇長子在軍中樹立威信，在千秋節那一日，又會有一場好戲看呢。」一名頭戴方巾，相貌普通的書生說道。

「有好戲看好啊！不過，小生倒不希望那一日只來個武比，最好是文比也來。我大周雖以武立國，但想做一國之君，光會打打殺殺可不行，太粗俗了，我們的君王必須是文武雙全才行。」

「就是，只會武，那可不配做大周的皇帝，只配做那胡蠻人的首領。北戎蠻子就是個還沒有開化的民族，粗野不堪，怎能與我泱泱大周，幾千年的文明歷史相比？不過是一群螻蟻罷了。」有個激進的書生，仰頭灌下一杯酒，大聲說道。

他話聞未落，突然一柄寒光閃閃的飛刀盤旋著飛在他的頭頂，頓時，這位書生的一頭青髮根根掉落，散了一肩一地。

眾人大驚，抬眼看去，只見那書生的頭髮不知被誰用飛刀給割了。

那書生嚇出一聲冷汗，但他原就是個不怕死的，又仗著是天子腳下，皇城裡的茶樓，不會有人當眾行凶，所以氣得一掌拍在桌上，環顧四周大罵道：「哪個無齒小兒，敢暗算你大爺?!」

就聽得一聲銀鈴般的冷笑，一個嬌媚的身軀輕盈地飄了過來，手中飛刀寒光一閃，竟然就向那書生的脖間割去。這一桌全是書生，手無縛雞之力，只會耍嘴皮子功夫，哪見過這等如鬼魅般的功夫？立即傻呆住，眼看那書生就要血濺當場，一命嗚呼，一隻白皙而修長的手在那刀鋒堪堪要割破那書生喉嚨時，及時抓住了那隻殺人的手腕。

「姑娘，有話好好說，動不動就殺人，會嫁不出去的。」一道溫和的、帶著磁性的男子聲音在眾人耳邊響起。

「東王世子，是東王世子！」一眾人回過頭看向那隻手的主人後，大聲歡呼起來。

「要你多管閒事，這人嘴賤，本姑娘要割了他舌頭。」被捉住手腕，使勁掙扎半天也不能脫開的女子，惱怒地對冷傲晨罵道。

「銀燕姑娘不去保護世嫂，怎地到這茶樓來鬧事了？這可不符合妳的身分。」冷傲晨的手如鐵鉗一樣攥住銀燕的手，讓她動彈不得。

「哼，本姑娘不過是給大哥面子，才去保護她的，如今本姑娘可是北戎國的副使，前來給大周太后祝壽的，這群鳥人竟然敢污辱我北戎，本姑娘殺了他們也不為過。」銀燕高傲地看著在座的眾書生，氣憤地對冷傲晨說道。

「姑娘已經罰過他們了，何必要再行殺手呢，他們不過是一群書生，並未練過武功，姑娘如此，不是有恃強凌弱之嫌嗎？難道，妳是想讓他們的話落在實處？」冷傲晨一派雲淡風輕，語速也是不緊不慢，箝著銀燕的那隻手卻是牢牢的，讓銀燕怎麼掙也掙不脫。

「這位公子，請放過敝國的郡主。」一名身材高大的北戎青年，身穿北戎胡服，沈聲對冷傲晨說道，說話間，他手裡還端著一個酒杯，話音未落時，手中的茶杯竟然被他輕輕一捏，化為粉狀。

茶樓裡立即響起了一陣驚嘆聲，將酒杯捏破並不算什麼，難就難在頃刻間就將其捏為粉末。茶樓裡也有大周練武之人，他們暗嘆，這要有何等深厚的內力才能辦到啊！

這位北戎青年無疑是在向冷傲晨示威，一時，茶樓裡寂靜下來，大家連呼吸聲都變得輕緩了。大周不少人全都看著冷傲晨，雖然這只是個普通的鬧事，但關乎的卻是兩國武者之間的臉面。

不少大周人都擔心起來，也更畏於北戎人的武功之高。北戎人雖然是蠻族，但是歷代尚武，騎兵尤其厲害，沒想到，內家功夫也是如此深厚，這還只是一個普普通通的青年。

眾目睽睽之下，冷傲晨輕輕一笑，仍是雲淡風輕的樣子，卻是出手如電，瞬間鬆了銀燕的手腕，卻併指如刀，將銀燕那割向書生喉嚨的飛刀夾在指間，只是輕輕一錯，那刀立即斷為兩截。

「叮咚」兩聲作響，那兩截斷刀掉在了地上，打破了滿樓的沈靜。立時，一片喝彩聲響起，人們鼓掌如雷、大聲叫好。「好，東王世子威武！」

那飛刀寒光閃閃，一看便知是上好的鋼刀鍛造，冷傲晨竟然生生用兩根肉指將其截斷，那又要多麼深厚的內力才能達成？比起徒手碎茶杯來，自然是更勝一籌，大周人立即感到心中大快，壓服住了北戎人。

那北戎青年的眼裡果然露出一絲異色，手一揚道：「世子果然好功夫，佩服、佩服，此處地方太小，不若我們去外面切磋一二如何？」

「阿木圖，我們走。」銀燕惱怒地瞪了冷傲晨一眼，拉住那青年道，說著，轉身就走。

那青年看了銀燕一眼，默默地跟她走向茶樓門口，但是，銀燕走到門口，又不甘心地回頭對冷傲晨道：「不敢同我一道去北戎嗎？上京有更多的武者，你敢去與北戎最強的武者比試嗎？」

「有何不敢？有機會，我一定去見識見識北戎最強武者。」冷傲晨淡淡地說道，聲音裡沒有半分的懼色，長身玉立在茶樓裡，一身白衣勝雪，便是處在這喧鬧混雜的茶樓之中，也成了一道令人眩目的風景。

銀燕聽了冷笑一聲，高傲地說道：「好，我等著你，到時，可不要做縮頭烏龜喔。」

阿木圖聽得一震，深深地看了眼銀燕，欲言又止。銀燕看也不看他一眼，便走下樓去，阿木圖回頭，眼眸意味深長地看了冷傲晨一眼，眼裡竟帶著一絲怨恨。

冷傲晨淡淡地回過頭，對被驚得半點也沒有話說的那桌文人道：「各位，大家一起喝酒吧？我與明昊兄也加入如何？」

不遠處，上官明昊笑著從角落裡的一張茶桌旁站起來，也走了過來。

那桌書生先頭大聲辱罵和議論葉成紹，如今見了這兩位，都是葉成紹的好友，又有流言說葉夫人與這兩位關係甚好，頓時便有些不自在。不過，方才沒有冷傲晨，只怕他們這一桌的人都會被北戎人修理一頓吧，心裡還是存著感激的，其中一人便笑著拱手道：「兩位世子肯賞在下幾位的臉，在下求之不得，快快有請。」

冷傲晨與上官明昊大馬金刀地坐在這一桌。

那位被冷傲晨及時救了的書生，此時仍沒有回魂，牙齒還在打著顫，手也不停哆嗦著，眼睛直直盯在一個地方就不挪眼，上官明昊看著就好笑。「兄臺方才慷慨激昂，以大周救國義士自居，如今怎地是這番顏色？若是讓北戎人看了去，這才算是丟了我大周的顏面吧！」

一桌的書生便都聽出了上官明昊話裡的諷刺，不少人低下了頭去，也有些不服氣的，小聲道：「我們不過一介書生，與那粗蠻的北戎人比武力，自然是比不過的，若是……」

「若是比什麼？比文嗎？你們方才不是一再貶損皇長子嗎？來來來，我與傲晨兄都是皇長子妃的門下考生，你們先同我們比上一比如何？若比我們不過，那便更比不得皇長子妃了，就更沒有資格同皇長子比了。你們有誰見過浪蕩子弟被萬民愛戴過？」上官明昊不屑地看著那桌書生道。

那桌書生原是連太學院也入不了的，不過是來京裡準備參加明年春闈的考生，雖說也是飽讀詩書，但眼前這兩位是誰啊，太學院的才子，早就聲名在外的京城名公子，他們自忖根本沒法子與這兩位相比，可這兩位世家名公子竟然自稱是葉夫人的門下考生，那位葉夫人的才氣，又是何等高華？

一時間，這些書生們全都垂了頭，沒一個人敢再說話。冷傲晨喝了杯茶後，笑著起了身，淡淡地說道：「一個強大的大周就要出現了，你們不覺得如果是皇長子繼位，大周與北戎的百年硝煙從此就能夠消弭嗎？你們沒有看到東臨和西華幾國的使者惶恐不安嗎？那些小國巴不得大周與北戎從此征戰下去，永遠不能統一強大起來才好，你們怎麼就如此淺薄，不思為國效力，反而在此胡言亂語，誹謗自己的皇儲？真是不知所謂。」

說罷，率先走出了茶樓。上官明昊也微笑著跟上，回頭又淡淡對那一桌書生道：「皇長子惜才，如果諸位有真本事的話，明年的春闈便奪得好名次，進入皇長子門下，定然能使你們一展所學，不負平生抱負。」

聲隨人走，話音落時，兩個俊逸偉岸的身影已經消失不見了。茶樓裡不少人若有所思地端著茶，卻是半天也忘記了要喝上一口，有人悠悠說道：「在下所說那位皇長子妃的確曾經出題考過京城前十名的學士，這兩位世子也在其中之列，東王世子才華傲世，竟然也甘願在皇長子妃之下，可見，那位皇長子妃的確才華橫溢啊。」

「可不是？最重要的是，她那一次出的試題，並非以四書五經、策論為主，而是論如何治河，如何在大災過後安置百姓、防治災後疫情呢，這可是最實用的利國利民的才學，小生聽說，當時有好些個太學生都做不出來，甘願認輸呢！」

「哼，你們這群窮酸書生，只會空論國事，那位夫人一曲激勵世人，你們能作得出那樣熱血激昂的曲子來嗎？」另一桌一位武將昂然站立，邊說邊唱了起來。「怒髮衝冠，憑欄處，瀟瀟雨歇，抬望眼，仰天長嘯，壯懷激烈……」

頓時，茶樓裡，有不少便衣的軍士跟著哼唱了起來，群聲激揚，那桌書生一時只想找個地洞鑽了進去才好。

這時，也有人發出不同的聲音。「光只一曲有什麼了不起？千秋節上，多國同慶，要能在慶典上再作一曲，鎮壓外國使團，這才是我們心中的才女，大周未來的國母。」

「哼，就是，總拿些舊事來說，有什麼意思？剩飯炒三遍，狗都不聞了，有本事，將方才那北戎的狗屁郡主也治得心服口服才是。」

上官明昊與冷傲晨下了茶樓便分開了。上官明昊騎著馬往中山侯府而去。前陣子，雖然街上那場危機化開了，但京中的名聲裡，不利於葉成紹和素顏的仍有，所以，他和冷傲晨有意無意便往茶館酒肆裡去，聽百姓們都在議論些什麼，同時也幫著正名，化解一二。

中山侯最近忙得很，一直來往於軍機處與兵部，他知道父親在做什麼，雖然擔心，心裡卻是很高興的，難得父子同時都站在一條線上，同時都幫助著同一個人，雖然，他幫的是那個女子，父親幫的是葉成紹，但結果是一樣的不是嗎？

終於知道父親那時候為何不肯救藍家大老爺，他心中確實有過一陣怒氣，也怨父親，但與葉成紹在兩淮同時治河，在生死之間結下了友誼之後，他心裡的那段感情開始昇華。也許，就如冷傲晨說的那樣，喜歡一個人，不一定要得到她，也不一定要常伴在左右，只要把她藏在心裡就好，看著她能幸福，那也是一種付出吧……

騎著馬，邊走邊想，突然一聲尖斥，馬兒前蹄就揚了起來，他驚得忙拉緊了韁繩，抬眼看去，卻見一輛寧伯侯府的馬車被他的馬兒衝撞了。那馬車有些傾斜，他心中劇震，一陣慌亂。裡面不會是她吧？思慮間，人已經縱身飛起，長臂探向馬車裡，果然一具嬌軟的身子正縮成了一團，正驚慌地抱緊了雙臂，他心一緊，顧不得那許多的禮儀，伸手就攬住她的纖腰，將她救了下來。

但等他救得人下來，那車終於平穩了下來，他半晌還沈浸在方才的驚懼之中，沒有回神……

「上官公子，請放開我。」一聲清亮的聲音略帶著不豫，小聲對他說道。

這個聲音有些陌生，他不由怔住，這才垂眸看自己臂彎裡的女子，驚得立即就鬆了手，問道：「妳是……葉大姑娘。」

「請世子快快放手。」文英好生惱火。她急著去請大夫，成良自從吃了那失憶的藥後，便癡癡呆呆的，像個傻子一樣，雖然寧伯侯府請太醫是常事，但她也知道成良過去做過什麼陰狠的事情，侯夫人還有文嫻都對成良恨之入骨，雖然看在她的面上並沒有如何，但對成良是不聞不問，巴不得他自生自滅了就好。成良對紹揚更是下過幾次毒手，所以，她也不敢去求紹揚，更不敢去求大哥大嫂。大嫂肯放過成良一命已是恩典了，她怎麼還敢多奢望大嫂再救成良？只好自己偷偷出來找人為成良醫治。畢竟是她的親弟弟，她不想他渾渾噩噩地過下半生，沒想到，坐在馬車裡也是禍從天降，自家的馬車突然就被人衝撞了。

「你以為我是誰？」文英沒好氣地說道。上官明昊與大嫂的那點子事情，她當然是知道一些的，她更知道，那都是上官明昊的一廂情願罷了，方才這位明明可以用另一種方式救人的，卻偏生在這大街之上，伸手將自己抱下來，他就沒想過，真是大嫂的話，又會影響了大嫂的名聲嗎？

上官明昊被文英問得很是尷尬。他方才確實是無狀了，沒有多思考，怪只怪碰得那麼巧，正思念她時，寧伯侯府的馬車就出現了，他以為她會有危險，所以……其實只是藉口吧，只是因為太想念了嗎？只是因為夢裡多次重溫能將她再次抱在懷裡的感覺嗎？

「對不起，衝撞了姑娘，在下給姑娘道歉。」上官明昊誠心誠意地賠禮道歉。

看他眼神落寞，俊逸的容顏上帶著幾分苦楚和無奈，文英的心突然感到一陣心疼。他其實也是個傷心人吧，曾經與大嫂議過親，差一點就成了大嫂的……若不是大哥那麼無賴，耍了手段……

「算了，上官公子，我方才的語氣也不好。我還有事，就此別過。」文英對上官明昊福了一福道。

上官明昊見文英如此爽快大方，不像別的閨中女子那般，因為被冒犯而哭哭啼啼，羞怯難當，不由鬆了一口氣，真誠地對文英拱了拱手。「多謝葉姑娘。」正要打馬走，見文英神色間有些憂鬱，便好心多問了句。「姑娘行色匆匆，可是有急事要辦？」一個大姑娘家，雖是坐著府裡頭的馬車，但卻只帶了一個貼身的丫頭，出門在外，著實不太安全。

「是啊，舍弟病了，我正要去請大夫，可是……」可是，她以前很少出府門，又因著是庶女，認得的人也不多，真不知道除了太醫以外，還有哪裡能請到好大夫？

「在下認得一位名醫，是位致仕的老太醫，就在前門街那兒，不過，只是他架子大，一般人難請得動，索性在下無事，就陪姑娘走一遭吧，他應該會給在下幾分薄面的。」上官明昊聽出了文英話裡的意思，笑著說道，也算是為自己方才的無狀賠禮。

文英聽得大喜，忙又向上官明昊行了一禮道：「那便麻煩公子了。」

第一百六十章

太后的千秋節的前一天，素顏和葉成紹被皇后召進了宮裡。

因為在千秋節，皇上要當著眾大臣的面，宣佈封葉成紹為皇太子，所以，皇后既緊張又開心，早早就讓人給素顏和葉成紹講解宮廷禮儀，還有冊封大典的儀式。

素顏累得很，一整天都在練習宮廷儀式，到了晚上，皇后將他們二人留在宮裡，不許他們回去，因為第二天的慶典開始得很早，回寧伯侯府住，一來一回費時間；再者就是，葉成紹成了皇太子後，寧伯侯府已經不再適合他住了，要住在空了多年的東宮之中去，那裡也要派人清理打點。

晚上用膳時，太后得知素顏還在宮裡，特意召了素顏和葉成紹一起去用膳。

素顏聽了，與葉成紹對視一眼。自從見過那位端雅公主之後，她便不太喜歡去太后宮裡了，那位公主實在是太任性了一些，像個沒長大的孩子一樣……

但太后既然宣召，不去又不行，只好硬著頭皮往外走。葉成紹含笑牽了她的手，兩人步行，在宮人的帶領下往慈寧宮走，也不管一路上的宮人怎麼看他們夫妻，他只管牽緊了素顏的手。

走到慈寧宮門口時，正好遇到東臨后和端雅公主也來了。素顏正想要施禮，結果，葉成紹牽著她的手，昂首走進慈寧宮，完全無視那一對母女。

東臨后當場便氣得喝道：「成紹，本宮怎麼著也是你的姑母，你為何見我不行禮？」

葉成紹聽了嘻嘻一笑，轉了身道：「姪兒方才以為見到的是東臨皇后，東臨不過是彈丸小國，姪兒乃堂堂大周皇子，自是不用給東臨后行禮的，唉呀，不知道竟然是姑母在此，眼力不好、眼力不好啊，姪兒給姑母請安了。」

東臨后聽了氣得臉色煞白，瞪著葉成紹半天說不出話來。這番話分明就是在打她的臉，那天她對皇后無禮，今天葉成紹立即就現時報來了，果然這個姪兒一點也不好相與。

素顏也給東臨后行了一禮，東臨后正有氣沒處發，冷冷地對素顏道：「成紹眼力不好也就罷了，妳呢，難道也是眼力不好嗎？本宮可是聽說，妳不過是個五品小官之女，怎麼也如此不知禮數、眼高於頂？便不當本宮是東臨皇后，本宮也是本朝的公主，到底是缺乏皇室教養的。」

葉成紹聽得火大，正要發火，素顏將他一扯，揚了眉對東臨后道：「姑母說得好生無理，自來女子以夫為天，夫君尊國禮，為大周國格而不給他國國母行禮，姪媳自然要以夫君的意願為重，豈能與夫君對著幹？姑母受了如此多的皇家教養，如何連《女誡》中最基本的規矩也不懂呢？難道說，姑母的禮教都沒學到自己的肚子裡去？」

東臨后氣得手都在發抖，葉成紹聽了卻是哈哈大笑，牽了素顏的手道：「娘子果然賢淑，姑姑是在東臨小國待久了，忘了大周的禮儀規矩了，怪她不得啊。」說著，不再與東臨后糾纏，牽了素顏的手率先而去。

東臨后氣得手腳發涼，一旁，難得沒有作聲的端雅公主小聲在她耳邊道：「母后何必與那女人逞一時的口舌之快，如今皇帝舅舅可是正寵著表哥呢，您便是要出氣，也不要當著表哥的面啊！咱們這回來大周，可得要住好一陣子，有的是時間不是？」

東臨后聽了這才忍了氣，拉著端雅，高傲地往裡走去。

不遠處，皇后見了這一幕，笑得直不起腰來，對著花嬤嬤道：「妳說，本宮這對兒子媳婦的口才可真是越發長進了啊。」一直起身，又道：「哼，想趁紹兒不在的時候欺負素顏，以為素顏就是好欺負的嗎？真當本宮這皇后是泥捏的呢！」

那一頓飯，因為有東臨后和端雅公主在，吃得並不開心，兩人早早就回了宮。太后也看出來東臨后與皇后、素顏之間的不對勁，多次示意東臨后，要她別亂來，東臨后這才收斂了一些。

第二天，正式的大典開始，素顏和葉成紹都是盛裝上殿。大殿上，群臣早早地就到了，多國使者也都到齊，群臣分文武兩排坐下，而外國使者則坐在另闢的一處。

太和殿裡金碧輝煌，太后也是盛裝坐在皇帝身邊，皇后姿態雍容華貴、豔光照人，也坐在皇帝另一側，接受群臣的朝拜與祝福。

上午，最大的事情便是向太后致賀，舉國同慶，祝太后千秋千歲。而外國使者，包括東臨使者在內，也送上了早早就準備好的禮物。

一上午，素顏像個木偶一樣，任宮中的禮儀擺布著，跟著命婦們一同行動。

太后喜笑顏開，眉宇間再也不似往日般帶著愁戾之色，真的就像一個慈眉善目、風韻猶存的婦人。自從東臨皇后回來後，太后享受了不少天倫之樂。多年來，她一心掛念的小公主回來了，有生之年能再與小公主一同相伴些時日，也算是了了多年的心願。兒孫自有兒孫福，太后再也不願意操那些心了。有些事，也不是她能改變得了的，何必吃力不討好，惹得人生怨呢？享受著朝臣的祝賀，聽著外使們的吉祥參拜，太后真的很開心，也很滿足了。

午膳後，大家酒足飯飽，太后自道乏了，回了慈寧宮歇息。皇上卻沒有退席的意思，大臣們更樂得與帝后同樂，與外使閒談，問些外國的奇聞趣事。

大殿裡一派熱鬧，氣氛熱烈，但就在此時，皇上突然朗聲道：「各位卿家，朕有大事要宣告。」

大殿上驟然安靜了下來，朝臣們有的手中還端著酒杯，有的與同僚的一句話還沒說得完，全都怔怔地看著皇上，目光中有期待，也有擔憂。

北戎國的使者拓拔宏率著幾位北戎國官員，與東臨來使坐在一起，聽了皇上的話，眼裡也帶了幾分深意。

皇上的雙眼精光內蘊，凌厲的眸光巡視了一遍下方眾臣的神色，威嚴而果斷地說道：「朕即位二十餘年，勵精圖治，為大周創下盛世榮華。如今百姓安樂、國泰民安，然，朕之江山若要萬代穩固，便必須有後繼之人。朕考察思慮多年，不惜忍住父子分離之痛，竭力鍛鍊朕之嫡皇長子，令其成長為一個才華橫溢又堅忍不拔的皇儲，如今天佑我大周，嫡皇長子果然不負朕之期望，成長為一代優秀的帝王之材，朕甚欣慰，今天，朕便要當著群臣的面，當著友國使者宣佈，立嫡皇長子冷成紹為大周太子。」

冷成紹當然就是葉成紹。寧伯侯死後，葉成紹的名字回了宗室玉牒，姓當然就改為了國姓，只是葉成紹的名字大家叫慣了，一時倒忘了這事。

群臣包括外國使者都被皇上突然的宣告震住，半晌也沒有回過神來。任誰也沒有想到，皇上會在太后千秋之時宣佈立儲，尤其是北威軍中來的，為太后祝壽的好幾名高級將領更是愕然地看著皇上。

靖國侯回京後，屢次敗在皇長子夫妻手上的消息，他們也聽說了，這一次回京，便存著要為靖國侯報復出氣的意思。只要葉成紹一日還未成為太子，他們便還有希望，輔佐大皇子為皇太子，但皇上根本就沒有給他們時間，太后千秋慶典未完，便讓他們措手不及，竟然當朝宣佈立儲的聖旨……

還好，正式詔書還未下，他們可以當作是皇上在朝議立儲便是。

靖國侯的傷勢養得差不多了，上一次策劃流言中傷葉成紹和皇后，並沒有達到預期的效果。他那原也算是對皇上的試探，看皇上到底有幾分真心想要立葉成紹為太子，如果皇上鐵了心的話，那流言事件過後，陳家的羽翼定然會受影響，那些依附於陳家的官員，也定然會遭受打擊。但是很奇怪，皇上並未採取任何動作，甚至北威軍的統帥一職，也還是他靖國侯，靖國侯不由驕傲了起來。也是，幾十年威震北疆，他可不是徒有虛名，數十年的經營固若金湯，皇上想要懲處他，還得掂量手中的籌碼，一旦北威軍軍變，皇上也會吃不消的。

而且，靖國侯還知道，皇上重禮孝，太后最疼愛的是大皇子，大皇子遭人暗算後，太后是最氣憤的。不過，好在大皇子還有後，嫡庶子加起來都有好幾名，所以，靖國侯私心裡也認為，皇上應該對大皇子還沒有死心，大皇子在皇上心中還占有一定的地位……

可如今，那一切都成為了泡影。皇上的話，將他所有的希望都打碎了，陳家與皇后一族積怨太深了，已經沒有了轉圜的餘地，不是魚死就是網破，一旦葉成紹即位，陳家滅亡便是頃刻之間的事情，所以……靖國侯是不拚也得拚了。

他向自己一個最親密的部下使了個眼色。那部下是他一手提拔的，與陳家也是繫在同一條船之上，接到他的暗示，果斷地走了出來，大聲道：「恭喜皇上終於下了決定，要議定太子人選了，但臣認為，皇長子不適合太子人選。皇長子這麼多年來，一直是以寧伯侯世子之身分存於世間，群臣及百姓的心中，仍當他是一個普通的世家公子，突然讓他成為了皇太子，莫說淺薄的百姓，便是臣等也是接受不了，感覺大周的皇室像是被葉家人篡奪了一樣，心裡很不舒服。」

這位武將還真會說，皇上明明用肯定語氣確定了葉成紹就是太子，他偏說成是朝議太子人選，而且，他說的這些也並非沒有道理，百姓一時難以接受一個原是侯府世子之人，突然成了皇太子。

但他也忽略了皇權在百姓心中的地位，葉成紹的皇子身分公開也有一段時間了，尤其是陳家在街上鬧了一回流言事件後，更是在百姓心裡烙下了印，原本不知道葉成紹是皇子的人也都知道了，這一點，怕也是脫離了陳家的初衷，始料未及的吧！

所以，他的話一出，戶部尚書顧大人首先就不高興了，出列道：「李將軍這是在公然違抗皇命嗎？皇上已經宣佈了立皇長子為太子，而且，如今全京城的百姓，誰人不知道過去的葉大人就是當今的皇長子？皇長子優秀純正的大周皇室血脈是不容置疑的。」

另一名北威將軍立即跳了出來，大聲道：「我們北威軍人就不知道，誰知道他是哪裡冒出來的，是不是冒認皇親呢！皇上，您不要被奸人所蒙蔽了，寧伯侯那奸賊殺了二皇子，怕為的就是讓他親生的兒子上位吧？多年前的公案，誰知道是不是有人在其間做了手腳？」

皇上聽得大怒，喝道：「公孫將軍，你是在質疑朕嗎?!你認為朕會糊塗至此，連自己的親生兒子也認錯了嗎？眾位臣工可以看看，看看朕與皇兒的相貌便知曉了，公孫將軍這是在強詞奪理！」

群臣細細端詳皇上與葉成紹的長相。以前沒有細想過便不知道，如今被皇上一點，再看之下，果然葉成紹與皇上有六、七分相似，尤其這會子葉成紹一改往日吊兒郎當的樣子，穩坐於皇上下首，神情肅穆端嚴，與皇上便更像了，一些也跟著懷疑之人不由也認同了皇上的話。皇家血脈，哪裡可以那般容易就混淆的？

公孫將軍被皇上斥得垂了頭，連聲道：「微臣不敢。」便退到了一邊去。

那位李將軍又道：「皇上，就算嫡皇子確實乃是皇室血脈，但他畢竟在民間多年，雖然被正了名，但於百姓間、於軍中威望不足，根基太淺，立他為皇太子，只怕會鎮不住朝綱。如今諸藩國力量也強大，若是讓個名不正、言不順的人為太子，怕是會引起動亂。」

南威軍統率東方志雖然沒有靖國侯權勢大，但也是一方統率，在軍中威望很高，這時，他也出列道：「臣也附議。作為一國太子，且先不論他在百姓間聲望如何，就憑他初出茅廬，未立寸功，更無過人之處，便想讓我十幾萬南威軍俯首稱臣，著實令人不服，請皇上三思。」

靖國侯終於也跳了出來，大聲道：「東方將軍言之有理。我大周以武立國，一國皇儲，如果連治下的軍隊將領都不能心服，那還如何治國？軍隊不服，便是國之大患。」

這算是赤裸裸的威脅嗎？皇上眯了眼，眼神如刀一般，又含著幾分譏笑地看著靖國侯。他還真是迫不及待往挖好的坑裡跳啊……一轉眸，看向葉成紹，葉成紹也是冷笑著起了身，走向殿中。

「侯爺，多日不見，身上的傷可痊癒了？」葉成紹似笑非笑地看著靖國侯。

靖國侯身上的傷休養了一個月，也算是好了個七七八八，但那割皮削肉的痛苦，至今令他心驚膽寒，被葉成紹一問，頓時人就僵了，氣勢也矮了一大截，迎向葉成紹的眼光便帶了一絲怯意，嘴裡卻是強自蠻橫。「謝皇長子關心，臣百戰之身，這點皮肉傷算不得什麼。」

「那便是痊癒了？」葉成紹聽得笑嘻嘻的，上上下下地打量著靖國侯，突然轉了身，面對著所有的武將，朗聲道：「請問各位將軍，一個軍人，最重要的是什麼？是不是信譽？如果有人好戰又輸不起，他算不算得上是合格的軍人？」

「當然不算，大周軍裡可不養孬種。將軍百戰身可死、血可流，志氣不可丟！」一名南威軍將領大聲道。

「好，說得好，那今天，本皇子便要向北威軍統率靖國侯討要一個月前的戰利品了。在座大臣裡，不少人都知道，本皇子在一個月前與靖國侯曾比武，三場勝二，當時的彩頭便是，若誰輸了，任對方當眾打四十記耳光，此言，不知靖國侯可還記得？」葉成紹大聲說道。

靖國侯當場便白了臉。他沒想到葉成紹真會這樣強橫，半點也不愛惜顏面，敢當著群臣與外國來使的面，做此有損他自己身分和臉面的事。堂堂皇儲，當廷毆打大臣，群臣們會怎麼想這個皇子？粗暴蠻橫的名聲怕就從此刻在了臣子們的心裡了吧，所以，他一直沒當這為一回事，如今葉成紹還真的提了出來……這場上，可還有不少自己的追隨者，都是北威的高級領導，他還想不想要做那皇太子了？

靖國侯的臉白了又黑，黑了又白。且不管葉成紹要不要做皇太子，名聲會如何，他自己現下就是顏面先掃地了。一個堂堂十萬大軍的統率，被一個名不見經傳的皇子以武力打敗了，還要被當眾打四十記耳光，他自己先就想要找個地洞鑽進去了。

半晌，靖國侯也沒有說出話來。偏偏中山侯大聲道：「靖國侯爺不是想賴帳吧？當日之事，可是當著群臣和皇上的面打的賭，北威軍裡，有這樣沒擔當、沒氣魄，願賭又輸不起的軟蛋做統率，你不是要丟盡北威軍的臉嗎？」

果然，自北威軍裡來的一些將領就聽不下去了。作為軍人，戰敗是常事，誰也不可能永遠都是常勝將軍，但是最讓人瞧不起的，就是輸不起的孬種，敗了就逃的縮頭烏龜。一名年輕的軍官大聲道：「侯爺，您真的是輸了嗎？」

靖國侯的臉已經黑成了鍋底。被自己部下質問的情形讓他更為難堪，他抬了頭，求助地看向皇上，但皇上的眼裡全是戲謔，冰冷的寒意讓他感覺一陣陣地刺骨，突然心裡明白，這是皇上設計的，皇上早就看他不順眼了，想要滅他陳家吧！

一時，一股豪氣就衝上了心頭。陳家為大周做牛做馬了幾十年，臨了就得了主子給的這麼個結局嗎？他不甘！

「輸了又如何？老夫願賭服輸，明日便還你賭注就是。」靖國侯挺起寬闊的胸脯，豪氣地說道。怎麼著，也不能失了自己部下的心才是。

「就在今日，本皇子憐你老弱，已經容了你一個月養傷，今天，便是你還債之時了。」說話間，也不等靖國侯作出反應，人已經欺身上前，手也伸了出來，人影快如閃電般在靖國侯身邊移動著，出手毫不留情。太和殿裡，所有的人都屏住了呼吸，只聽得一陣噼啪作響的耳光聲響起。

靖國侯暴怒。到了這個時候，他也不會老實地站著挨打了，他左突右閃，想要躲過葉成紹的巴掌，但是無論他躲向何方，葉成紹的手掌就是能夠準確無誤地甩到他臉上去，哪怕他用手格擋，那噼啪的巴掌聲也沒有半分停歇。

文官看得眼花撩亂，他們看不清招數，只看見葉成紹的身影圍在靖國侯身邊不停旋繞，瞬息百轉。

而武將全都震驚了。皇長子不只是在懲罰靖國侯，同時也在向他們展示他高強深厚的武功。北威軍都知道，靖國侯是百戰之身的大將，功夫之深，也是高不可測，雖老彌堅，軍中能勝他者不多，如今卻像個木偶一樣，任皇長子凌辱毆打。他們也都看到了，靖國侯並沒有老實挨打，而是在運功抵抗，卻全然沒有招架之力，皇長子的功夫到了何種地步了？

外國的來使中也有不少武者，他們也被葉成紹顯露的這一手功夫給震驚了。大周富庶，國民不像北戎幾國一樣，因生存所迫不得不練武，在兵馬上討生活。自來，幾個周邊國家便覺得大周文弱，便是以武立國，大周的軍隊也是軟弱得很，比不上他們的軍隊。但是，如今大周的皇子竟然表現得超出他們意外的強勢，更有一身高深的武功，大周有這樣的人統治……他們還能隨隨便便在大周的北境上搶掠嗎？

第一百六十一章

這四十記耳光並沒有多久便打完了。葉成紹停下身子，含笑立在靖國侯身邊，一身煙青色的朝服纖塵不染，連縐褶都沒有，整個人如迎風而立的青松，灑脫不羈又飛揚恣意，彷彿剛才動手打人的根本就不是他一樣，哪裡看得到他的戾氣？

而再觀靖國侯，一張老臉被打成了青紫色，一雙原本精光四射的虎目此時腫得只剩下了條縫隙，睜不開了，鼻間兩條血正流淌著，身子也搖搖欲墜。

「侯爺……」

「元帥……」幾名北威將軍聲音哽咽地喚道。

南威軍的東方志一雙老眼瞪得老大，滄桑的眸子湛亮如晨，似乎看到了一件稀世珍寶一樣。

「靖國侯，雖然你不情不願的，但本皇子戰利品收完，也就不為難你了，請回座位吧。」葉成紹拿了帕子出來擦著自己的手，含笑走回自己的座位坐下。

但人還沒坐下，便有一名北威軍人大聲道：「殿下，末將來領教幾招，請賜教。」

北威軍中，立時便有人高興起來。這個青年將領可是北威軍中，年輕一代功夫數一數二的，曾聽說他一拳打死過一頭獵豹，力大如牛，卻又身輕如燕，若是皇長子敗在他手上，那……可就要大失顏面了，靖國侯的面子，也能挽回不少。

葉成紹歪了頭，看向那名年輕將領，只見他看著自己，眼中含著憤怒，他微微一笑，朗聲道：「好，不過只三招，不論勝負，三招便收手如何？你乃大周良將，本皇子惜才，不想傷你。」

那年輕將領聽得更氣，昂首出列道：「三招就三招，不過，到時傷了殿下，請不要怪臣手下沒有輕重。」

葉成紹但笑不語，縱身躍入殿中。那青年將軍也不廢話，上前就是一記三招，葉成紹不緊不慢，只是大袖一拂，那軍官便被他摔出了數丈遠，趴在東方志的桌邊，半天也沒有起來，說三招，算是給他面子了。

東方志笑咪咪地踢那年輕人一腳道：「打不贏可不興裝死，你北威軍不會都喜歡耍賴皮吧？」

一旁的南威軍將領聽得哈哈大笑，北威軍譁然，只覺得今天真是丟盡顏面了。

那青年將領倒也豪爽，爬起身來，抖了抖自己的朝服，向葉成紹一揖道：「殿下果然功夫高絕，末將認輸。」

東方志見了大聲道：「好，是個好漢子！」

葉成紹也對那年輕軍官拱了拱手道：「承讓。」

皇上適時地說道：「各位將軍，可還有誰不服？」

那位公孫將軍聽了便道：「臣不服。皇長子只是以武力見長，但戰場上講究的可不是單打獨鬥，要的是懂得運兵統率，一國之君更應該熟悉兵法，不然，兩國交戰之時，對敵國策略出了問題，那可是比一場戰役敗了更加可怕的。」

東方志聽得直點頭道：「確實如此，為將者，不重自身武力，而重帶兵策略，個人武力再強，也敵不過千軍萬馬，只有運籌帷幄，才能決勝千里。」

皇上聽了點了頭。「那好，現在便請東方愛卿出題，考考皇兒的兵法吧。」

東方志聽得震住。讓他出題？皇上這話的意思……可太深了，這不是明著抬舉自己嗎？這一次的題出完，皇太子可就成了自己的門生了，自己不就是將來的帝師了嗎？這可是無上榮耀……他立即明白了皇上的深意，這是讓他輔佐皇太子，拉他站在皇太子一邊。

東方志素來不參與皇室內爭，只忠於皇上，誰當皇上他聽誰的話，皇上既然一心扶立皇長子，而這位皇長子又不是傳言中的無能平庸，而且，他的強勢正是自己喜歡的類型，聽說他還是北戎皇室之後，也許若干年後，自己的戰馬真的能夠站在北戎的草原上呢？

「微臣遵旨。」東方志臉色肅穆地起身，向皇上行了一禮後，又轉過頭來，看向大周所有將軍們。「還有誰願意與皇長子殿下同時參考？」

頓時，有不少軍中將領站起身來要參考。

皇上便命人去準備出題，這時，端雅公主突然出列道：「皇舅，端雅也要參考，不過，不與表哥比試，端雅要向表嫂挑戰，不知表嫂敢不敢應戰？也來參加兵法策論的比試呢？」

皇上聽得愕然。在座的眾大臣也是聽得莫名其妙，從來沒有女子也參與兵法考試的，女子再如何聰慧過人，也沒有幾個會對兵法感興趣，何況，皇長子妃還是藍學士的孫女，出自文官之家，更不可能學過兵法了。

素顏也確實不懂得兵法，就算是前世看過一些戰爭片，那也是現代高科技的武器對拚，哪裡瞭解古代戰爭？

端雅還真是會故意找茬呢，抬眸看去，端雅眼含挑釁，更得意地看著自己，她不由火大，朗聲道：「我不懂兵法。」

自端雅向素顏提出挑戰的話一出，在座的眾人便全看向了素顏，不知道這位京城第一才女會如何應對東臨公主的挑釁。大周人有的擔心，有的則是幸災樂禍，但大家也素知這位才女最是聰慧，定然會有良策應對才是，但任誰也沒有想到，她會很坦然地承認不懂兵法。

端雅聽了格格嬌笑起來，高傲地看著素顏道：「都言表嫂乃京城第一才女，原來，所謂的大周京城第一才女只是會繡繡花，弄些胭脂女紅嗎？這樣的女子，在我們東臨，簡直就是廢物，一出門，就會被野狼叼走，連自己的命都會保不住，算什麼才女？」

不光是葉成紹，就是很多與會的大周大臣們，一個個臉上也很不好看。在大周，女子首要學的便是女紅，至於詩詞歌賦都是閒暇時的調劑，養在深閨裡的女子，懂那些打打殺殺做什麼？那是男人們的事情，這位東臨公主揚長避短，專挑大周女子的弱項來比試，分明就是無恥。

素顏身後的青竹忍得手骨都捏得咯吱作響了，小聲道：「大少奶奶，讓奴婢去會會她，奴婢非要打掉她的一顆牙齒才好。」

素顏搖了搖頭，示意她稍安勿躁，自己有辦法對付這位驕傲的東臨公主。

「怎麼？表嫂，妳不敢應戰，就是承認自己不如本公主嘍？」端雅洋洋得意地說道，眼中滿是譏誚與鄙夷之色。

「兵法我確實不懂，也沒感覺到羞恥，不過，我倒是知道一種戰術，不知道妳聽聞過沒有？這種戰術，適應於以弱勝強，以少勝多，以打野戰為主，在己方條件不如敵方時，避其主力，擾其邊鋒，最終以蠶食之法勝敵。這法尤其適用於地勢險要的山地作戰，不知，端雅公主可曾聽說過呢？」素顏含笑對端雅說道。

素顏此言一出，很多軍中將領都好生莫名，他們從來沒有聽說過此種戰法，不由都沈思起來，一些酷愛軍事的將領便被素顏勾起了興趣，便是東方志也是饒有興趣地看著素顏。這位皇子妃果然非同凡響，若此戰法當真存在，那還真是實用得很，以小股軍隊擊潰敵人大部軍隊也是有可能的。

「兵法上，從來沒有聽說過這一種，以弱勝強倒是有的，但適宜於野戰，倒是山地的作戰方法著實很少。皇子妃，北戎山地較多，還請不吝賜教。」北戎大將軍拓拔宏最是坦誠，站起身，對素顏行了一個北戎禮，朗聲說道。

「不行，皇子妃，如果真有此戰法，還請皇子妃不要隨便洩漏給他國，應該列入我大周兵書上才是。」一名南威軍將領大聲道。

立即有很多大周將領附和，連皇上也露出不贊成的眼神。端雅聽了，卻是冷笑道：「只怕是吹大牛的吧？哪裡有這樣的戰法，妳一個深閨的女子，連山地都不知道是什麼樣子，從來沒有見識過，怎麼知道這種戰法？不過是不敢與本公主比試，才說出來的託詞吧？」

北戎使者裡也有人小聲附和。「可不是？若真有，不妨說出來聽聽，讓大家全都品評品評，真能實用的話，說明皇子妃雖然不懂兵法，卻是個博學的天才。」

「自然是有的，也不怕說與友國大使知道。此乃游擊戰術，說出來，其實簡單得很，就是十六字方針：敵進我退，敵犯我擾，敵疲我打，敵退我追，再配合險要的地勢，將此十六字方針運用得當，便是敵方多於我方，是不是也能戰勝？」素顏不緊不慢，聲音清亮，神情淡定從容，如一株深谷幽蘭般秀雅。

「敵進我退，敵犯我擾，敵疲我打，敵退我追，很有點意思啊……」拓拔宏自言自語著，認真思索起這十六個字的戰法。

而東方志也是皺眉深思。他統率的南威軍，面對的是南詔國，南詔國也是屬於高原，山多平地少，當地的土著還真是常倚仗對地勢的熟悉，用這種戰術騷擾他的大軍，讓他的軍隊不勝其煩。他從來沒有認真總結過土著的戰術，有了這十六字方針，自己倒是可以研究出一種對策來了。

便是東臨來使裡的武將，也是細細思索起素顏所說的戰術來，一時，大家都忘了端雅公主的挑戰，把她晾在了一邊。

「這種小打小鬧的兵法，不過是過家家般的遊戲罷了，若是遇上兩個大軍交戰，妳這種戰術便是半點用處也沒有，哼，所以說，妳的小家子氣是無處不在啊！」端雅哪裡受得住被人冷落，更不願意被素顏強過了，冷聲說道。

素顏笑了笑，又漫不經心地說道：「我不是早說過了嗎？我不懂兵法，現在說的，不過也是書上看到的而已，真要實戰起來，也不知道能用得上不。不過，我倒也不只是知道這種小戰術啊，還有很多呢，比如說：圍點打緩，重點合圍，精心設伏……」她一口氣說了好多戰術名稱，不過是前世看電視裡學到的名詞罷了，真要細說，她是半點也不太懂的，就她這幾句看似隨意的話，卻讓在座的武將們聽得睜大了眼睛，眼裡放出熱烈的光芒。

尤其是北威和南威的年輕將領，一個一個像看天神一樣地看著素顏。東方志率先道：「皇子妃殿下，您後面所說的戰法，臣等有機會，來日再討教吧！」他可不想素顏傻乎乎地當著這些外國使者的面，將這幾種新型的作戰方法全都講解一遍，那些都有可能是大周的敵人啊。

雖然素顏所說的戰法中，這些將領們不少也曾用過，但有的東西是沒有總結的，他們臨時運用，卻不一定能成為戰術，所以，素顏所說的這些東西，對於軍人來說，是很寶貴的。而東臨和北戎幾個國家的人也知道，再請大周的皇子妃在大殿之上給他們講兵法，他們自己也丟臉，所以，也不再強求了。

端雅聽得一愣一愣的，半晌也沒有回過神來，像看怪物一樣地看著素顏。難道，除了比武，就沒有什麼能勝得過這個大周女人的嗎？勝不過，怎麼將這個女人趕下太子妃的寶座？不過是一介五品文官之女，憑什麼將來成為一國之母，大周可是強大又富庶的國度啊，何況，還是母后的母國。

「喔，那我們就以後再交流吧，東方大人，你還是出題考皇子殿下吧，這兒有不少將軍們都等著參考呢。」素顏從善如流。真要她說，她哪裡知道那許多戰術啥的啊，不過就是拿幾千年的文化忽悠這些古人罷了。

東方志聽了點了頭，這時，筆墨也都備好了，端雅還是挑了眉對素顏道：「本公主可是要參考了喔，世嫂，妳方才說了這麼多，不是只會說、不會寫，只是紙上談兵吧？」

這丫頭還真是不死心呢，自己跟她前世有仇嗎？素顏心頭好生惱火，臉上卻是帶了笑，不卑不亢地說道：「我早就說過，我不懂兵法，也不懂軍事啊，自然是紙上談兵也不會的。為人妻者，侍奉好自家丈夫，給他一個溫暖安寧的家就好了啊，打仗治國自有大丈夫扛著，用不著我這個弱女子操那麼多心的。」說著，轉過頭，柔聲對葉成紹道：「是嗎？相公。」

葉成紹墨玉般的星眸湛亮如晨，目光早就定在她的身上沒有挪開過，聽她呼喚，走了過來，當著全殿的人牽了她的手，溫柔地說道：「是的，娘子，妳說得很對。身為男兒，保家衛國，讓妻子和父母過上平安喜樂的日子，這是做男兒的本分，娘子，妳只需待在家裡好好打理家務就好了。」

滿殿的文武百官加上外國使者，看到大周的太子與太子妃夫妻恩愛，鶼鰈情深，心情各不相同。沒私心的人，便認為素顏是賢妻榜樣，將來帝后情深，後宮安定，大周朝政也會要清淨一些；而有私心的，則在心裡打算盤了，原本想要送自家女兒進東宮，搶占一個太子良娣位置的，心裡就有些打突了，聽說這位準太子心裡只有這位準太子妃，容不下別人，如今親眼所見，還真就是那麼一回事，女兒……還要不要送呢，送進去，怕也是個受苦受冷落的命啊。

端雅氣得啞口，尤其是葉成紹看素顏的那眼神，深情如海，刺痛了她的眼。這種男人，外表放蕩不羈，果然真愛一個女子時，會全心全意啊……

東方志已經在出題了，他只出了一題。皇上讓參賽者在當殿考試，還當真就問了端雅。

「端雅，妳當真要參考嗎？那就上殿來吧，也讓朕見識見識妳東臨國的帝師教育出來的公主，在兵法上有何高見。」

端雅聽得心頭一喜。皇帝舅舅這是在向她暗示嗎？同意她與男子一同參與兵法策論的比試，是在給機會展示自己，好讓自己比過那藍氏嗎？嗯，一定是的，太后最疼的就是自己的母后，皇帝舅舅也是對母后寵愛有加，如果讓太后施加壓力，皇帝舅舅指不定就同意讓自己成了東宮的正妃，那個藍氏嘛，就做個側妃好了，表哥那裡……嗯，遲早他會知道，高貴美麗的端雅公主，比起那個小家子氣的藍氏，不知道要強多少倍，只有自己這種身分，才配坐在表哥的身邊！

「端雅謹遵皇命。」端雅公主喜得兩眼放光，欣然上前，與一眾男子同臺參考。

葉成紹瀟灑上前，大剌剌地走到第一排的第一個位子坐了，提筆揮毫，神情自信而灑脫，運筆如行雲流水。不過兩刻鐘後，他便放下筆，大聲道：「東方大人，請閱卷。」

東方志向他行了一禮，才上前拿了他的試卷，認真細看。首先映入眼簾的便是葉成紹那恣意放肆卻又灑脫俊秀的行草。以前東方志也知道這位皇長子還是寧伯侯世子時，名聲臭不可聞，京城人皆說他是不學無術之輩，還與陳閣老打過一賭，陳閣老輸了，被迫在紫禁城樓公然向他道歉。他身在南境，只是聽聞，如今親眼所見他這一筆好字，心中的輕視之意便去了很多。人道以字觀人，這一筆字，還真是很符合皇長子的性格。

東方志微笑著繼續看策論的內容，越看越欣喜。皇上果然眼光獨特，這一位皇子不只是字寫得好，文采也很是出眾，而他所列的兵法策論竟然就將皇子妃方才所論之游擊戰術寫了進去，觀點新穎又很實用，最難得的是他能活學活用，指不定，那游擊戰術的十六字方針，原就是殿下總結的，夫妻二人在閨房裡交流過呢！嗯，大處著手，小處落腳，通篇策論嚴謹而不失幽默，觀之輕鬆，卻又有深意，像是一位少年將軍馳騁沙場、指點江山，他不禁大叫三聲：「好、好、好！好策論，殿下不僅熟讀兵法，且運用靈活、見解獨特，若非親眼所見，臣還真以為此策論是出自一位兵法大家呢！大周有殿下此等人才做皇太子，真乃萬民之福、軍隊之福啊！」

北威軍裡的老將們看了就不太相信。先前皇上讓東方志出題考校皇太子，分明就是給他一個莫大的恩典，這老東西怕是在包庇皇太子，故意讚揚他，一個從未上過戰場的世家公子，又怎麼能有多好的兵法策論來？

公孫將軍道：「如此好的策論，東方大人不介意讓末將幾個也見識見識吧？」

李將軍也附言。「是啊，東方大人一番話可是說得末將幾個心頭癢癢的，想一睹為快。」

東方志也很想拿給他們看，但皇上還沒有觀看，便道：「臣還是請皇上先閱吧。」

皇上聽了，卻是微笑著道：「無妨無妨，讓諸位卿家先睹為快吧，吾兒的策論朕看得多了，自然是知道他的才華的，不然，朕也不敢將這萬里江山交到他手裡去。喔，眾卿家看過後，也給友國使者觀閱觀閱吧，由大家一同品評。」

眾人自然是聽得出皇上話裡的得意和驕傲，竟然不看就如此信任葉成紹的才能，這位皇子的太子之位只怕是不會再有何變故了。

各國來使聽得愕然，但隨即也明白了皇上的意思，那便是向他們顯擺，大周的皇太子驚才絕豔的才華，雖是心中不喜，有的人也不服氣，很想看上一看，也許只是浪得虛名呢？

結果，葉成紹的一張策論試卷在大周眾將領手中傳閱過後，又到了外國使者手裡傳閱。北威軍中的將領看完之後，神情變得謹慎平和了起來，不如開始時那麼憤憤不平了，有的人還直接如東方志一般為他叫好。

靖國侯被打得鼻青臉腫，眼睛都睜不開了，但皇上卻未下旨許他退下去醫治，而是讓他頂著那張如開了染料鋪子般的臉皮坐在北威軍當中。當葉成紹的策論傳到他身邊時，他鼻間輕哼一聲，原本想要叫好的將軍們，看了他的面子，沒有作聲，而有的原本與他親密相交的部下，神情也有了變化，有的稍稍遠離了他一些，看得出，他們的心裡發生了什麼變化。

靖國侯那腫成了條線的眼變得越發凌厲了，如暗夜中的惡狼一樣凶狠可怕。

試卷到了拓拔宏的手裡，他看得俊目圓睜，眼裡露出興奮的光芒，抬了眼，深深地看向高坐於殿上的皇后。雖是隔了二十多年，依柔公主美豔依舊，脫去了年少的稚氣與青澀，卻更有了一股成熟豐潤的美。她的美令人窒息，令他癡狂，她的兒子，也是如此地出類拔萃，北戎若是有這樣的皇子即位，何愁國不強大？尤其是熟知大周國情的大周皇太子，若他肯脫離大周，回到北戎……

第一百六十二章

「皇太子果然才情卓絕，光是這一筆行草就令我等佩服之至。」拓拔宏的讚美之色溢於言表，上前一步，對皇上行了一禮道：「大周皇上，請給本使一個恩典。」

皇上聽得出拓拔宏對葉成紹的欣賞和喜愛之意，得意地抬了眼眸，裝作大度謙虛的樣子道：「來使，你要什麼恩典？大周地大物博，你儘管開口就是。」

言下之意是你們北戎荒蠻窮乏，到了我大周來了，我賞給你們一點好處，你就該受用不盡了。語氣裡，有著明顯的居高臨下的威勢。

拓拔宏聽得火大，眼中的鄙夷一閃而過，傲然道：「本使對大周的物產並沒有興趣，只是看上了皇子殿下這篇策論，想收為墨寶珍藏，請皇上應允。」

拓拔宏的話四兩撥千斤，只看得上皇子殿下的策論，那便是說，大周還真沒什麼別的讓他們挾得進眼裡去，炫耀個什麼勁兒？

皇上忽視了拓拔宏話裡的諷刺，被他的請求聽得心中大喜。他明白拓拔宏這是要拿了葉成紹的策論回去給北戎皇室看，北戎皇室如今內亂得很，鬥爭十分激烈，老皇帝重血脈，一心就想要依柔回國即位。

哼，依柔是我的皇后，我偏不放她回去，你們重血脈，那就得讓我兒子回去即位。

北戎皇室，帝主那一脈一直單薄，依柔連親叔叔都沒有，如今爭得厲害的不過是旁支，而且是皇家血脈稀薄的幾支，真論起來，只有成紹的血統是最接近的。多年的願望就要成真，由不得皇上不興奮狂喜，嘴裡毫不猶豫地說道：「此乃小事一樁，皇兒啊，你的策論，就送給北戎來使吧！」

葉成紹不置可否。皇上的打算他心裡知道一二，他也樂見其成，兩國交戰多年，如果真能在自己手上從此止戈，將兩國共建成為一個強大的國度，這何嘗又不是造福百姓的一件大事呢？

大周的群臣聽了心裡也與有榮焉，畢竟葉成紹是大周的皇太子，他的墨寶被北戎人膜拜，那也是大周人的榮譽，所以，此事無一人反對。

皇后高坐於殿堂之上，美麗而清亮的眸子裡泛著慵懶神色，此時，她微瞇了瞇豔麗的明眸，眉頭稍皺了皺，並沒有作聲。

葉成紹的策論在群臣與外使之間打了個來回，又被北戎大使拓拔宏收藏之後，參賽的那些將領才有人交了卷子，仍是由東方志先閱。東方志看完最先交卷的那名將領的試卷後，心裡頗為激動。這名將領是北威軍裡較為年輕的一個，兵法也是嫻熟得很，一篇策論洋洋灑灑寫了千字，論據充足，觀點也正，確實也是個人才，不過，還是太過限於兵法的套路，沒有創新，比起皇太子來遜色了不少。不過，太子畢竟是將來大周的國主，強是應該的。

雖然東方志是南威的統帥，但他為人正派，又最是惜才，對北威那名將領的策論也是公允地誇讚。北威軍自然心感榮耀，但也同時感慨於東方志的公正。

最後連端雅的策論也寫完了。老實說，東方志對這位東臨的刁蠻公主很是感冒，但也算是給長寧公主面子，還是拿起策論看了一遍。用詞很華麗，不得不說，端雅在兵法上確實有些功底，一個女子能熟讀兵書也算是了不得了，但畢竟只是女子，眼界太過狹窄，又並非真上過戰場，寫出來的東西未免有些華而不實，東方志又很公允地點了幾句。

原本在座的大周將領並不太看得起端雅，身分再高又如何，且不說東臨是小國的公主，就說一個女子，跟男人較什麼勁，還與男子同殿考試，這讓很多將領心生排斥。

聽到東方志對端雅的誇讚，眾將領便有些不屑，只當東方志是在給東臨國面子，都發出輕微的嗤聲。

端雅聽了東方志的點評，正暗自怪他沒眼色，自己的策論明明就得過東臨帝師的誇獎，帝師曾說，即便男子也不一定能勝得過自己，哼，這個大周老頭子，竟然只說文采不錯，沒看出來，本公主也是熟讀兵法的嗎？

再聽大周將領的不屑輕嗤，便紅了臉，氣鼓鼓道：「皇上，您看看端雅的策論，是不是作得很好？比起男人來，是不是不遑多讓？哼，不是端雅自誇，大周能作得出本公主這樣策論的女子，只怕還未出生呢。」

見過自大的，沒見過如此不要臉的。大周青年將領們，對這位東臨公主更是討厭起來，對一旁文雅貞嫻地坐著的太子妃素顏就更加欣賞了，這才是國母該有的風範。

皇上對端雅的話也很是不贊同，但長寧是個最難纏的主，她的女兒也跟她一樣的任性，自己真要說上端雅兩句，一會子下了朝，她又要找自己不痛快，到太后那裡去告狀。

今天是太后的生辰，皇上也不想惹太后不高興，便無奈地笑了笑，正要說話，就聽見北威軍最先交卷的那個小將軍大聲道：「端雅公主，您也別太自傲了，您的這篇策論看著是華麗，實際上一點用處也沒有，比起方才太子妃的那幾種戰術來，您的這個只能算得上是皂角泡泡，看著光彩，一戳就破，而太子妃的戰術才是珍珠。」

端雅聽得大怒，剛要發火，就聽得皇上道：「好了，端雅，妳一個女孩子，能作了這樣的策論，也難能可貴了，朕給妳一個賞賜就是。」

端雅這才收了與那年輕軍官理論的心，高興地向皇上一拜道：「皇帝舅舅，端雅只有一個請求。」

皇上聽了笑咪咪地看著她道：「說吧，什麼請求？妳難得來看舅舅一回，只要不過分，舅舅儘量滿足妳。」

端雅大方而熱烈地看了葉成紹一眼，對皇上道：「端雅喜歡大周，想永留在大周，做大周與東臨世代友好的橋樑。」說著，到底臉紅了一紅，才大膽地說道：「端雅要嫁給表哥為妻，成為大周的皇太子妃。」

皇上聽得一怔。他是有要與東臨國繼續聯姻的打算，但是，端雅的身分貴重，做太子側妃是不成的，原想著讓她嫁給其他皇子……紹揚還沒有成親呢，如果有端雅這個他國公主為正妻，紹揚的地位也能再提升一些，卻沒想到，端雅竟然存著這個心思，成紹那小子定然又要發飆啊……

他正要一口否決，東臨后也站了起來。「皇兄，端雅是妹妹我的心肝，妹妹只得了這麼一個女兒，妹妹求你了。」眼裡就泛出了淚光。

皇上的心一軟。當年，為了與東臨交好，自己狠心將這個妹妹遠嫁東臨，她為大周也算是作了貢獻的，而且，太后對長寧也最是疼愛，又覺得愧疚……

「皇上，紹兒的脾氣您要知道，素顏那孩子並沒有做錯什麼，憑什麼讓她身居側位？你可得三思啊。」皇上還沒有說話，皇后在一旁就氣紅了眼，看在滿殿大臣的分上，給了皇上一點面子，小聲提醒道。

大周的眾臣們被端雅的要求震得目瞪口呆。這位東臨公主也太厚臉皮了吧，哪有女子當眾說要嫁人的，還是搶人家的正室之位，太不講理了吧？

「皇上，您方才已經下旨，封皇長子為太子，皇子妃為太子妃，君無戲言，何況是朝令夕改？再者，皇太子妃品性賢淑，氣度雅質大方，正符合我大周國母之風範，我大周可不要一個粗鄙又任性刁蠻的女人為太子妃。」竟然是北威的那名年輕將領站了出來，朗聲說道。

靖國侯聽得肺都要氣炸了。他巴不得皇上休了藍家那賤人的太子妃位，葉成紹不是夫妻情深嗎？藍氏不是敢當眾罵老夫嗎？讓他們棒打鴛鴦、一拍兩散的好，就算散不了，讓他們難受、添堵，他心裡也痛快。

於是，狠狠地瞪了自己部下一眼。誰知，北威軍將領在今天這次的事情上，已經對他不如過去那般敬重和愛戴了，畢竟連連敗在了皇太子手裡，還被皇太子打了四十記耳光，一記都躲不過去，這位統帥也太弱了些吧，真給北威軍丟臉。

接著，那位年輕將領的話音才落，又有北威軍的軍官出言附和。

一時，南威軍也有人附議，就是文官這邊，以顧大人為首的大人們也很是不屑端雅的作為。有人站起身來道：「皇上，選皇太子妃可是有關國體之事，現今的太子妃就很好了，大周不需要一個只會打打殺殺、談兵論將，不講婦容婦德的人來做太子妃，臣等請聖上三思才好。」

端雅不知道自己竟然犯了眾怒，氣得美目橫視。畢竟是小姑娘，從來沒有受過這等羞辱，當場就氣紅了眼。她也倔強，眼淚一直在眼裡打著轉，卻不肯流下來。平生還是第一次受如此大的屈辱，她狠狠地瞪了素顏一眼道：「好、好，他們都說妳好，都以為本公主只會論兵法，本公主便與妳再比一場，這一次，比文如何？」

「比就比，還怕妳不成？太子妃，不要有顧忌，臣等相信您的才華，一定能勝過這胡蠻公主。」軍官裡，有個大膽的就高聲說道。

「與太子妃比文，這不是找死嗎？誰不知道太子妃是大周的第一才女啊。」又有人小聲嘀咕道。

端雅氣得臉上一陣紅一陣白，眼淚一直在眼睛裡打著轉，委屈得要哭了，卻是倔強地揚了下巴道：「你們不就是說她文才絕豔嗎？本公主就與她比樂律和詞曲了，輸了最多不做太子妃就是。」

素顏原是懶得跟她比，不想與這彆扭又任性的女孩子一般見識，她知道，有葉成紹在，她半點也不用擔心會被下堂，這點自信還是有的，但看群臣激憤，都期待地看著她，而端雅竟是一副英勇赴死的豪壯樣子，一時又好氣又好笑。再推託，倒對不起她那副樣子了，就讓她輸個心服口服吧！

「好吧，妳想比什麼，妳先來。」素顏淡淡地笑著，對端雅輕聲說道，眼裡根本就沒有要比賽的激烈，太平淡了。

端雅看得就更氣。這分明就不拿她當對手，藍氏真以為什麼都是第一嗎？

「好，本公主就歌舞一曲，也讓你們見識見識東臨女兒的風采。」說著，下去換衣服了。

再上來時，端雅一身雪白的胡服，頭上戴著一頂綴滿玉墜的垂頭冠，上身緊裹著一件小巧的雪白短襦，下著一條輕紗繡銀絲花邊的長裙，露出腰腹間瑩白如玉的肌膚，整個人像一個天池的仙女般，婀娜而輕盈地走來，皓白如玉的兩臂上戴著兩串彩鐲，使得她更是聖潔而高雅。

不得不說，這樣的端雅讓人眼前一亮，成為了全場的焦點，美麗得令人眩目。素顏立即明白，她是有備而來的。

殿中的年輕軍官們，也是頭一回看到女子在大庭廣眾之下穿得如此暴露，頓時眼神變得灼熱了起來。

音樂聲響起，來自異國之樂讓人聽著既新鮮又舒適，端雅踏樂起舞，身姿柔韌嬌媚，舞步輕靈，像一隻草原上的火鳥，隨著樂聲旋轉起舞，又像一個活潑可愛的精靈，跳躍在音符之上，令人目眩神迷。

素顏都被她的舞姿震撼了，端雅跳出常人難以想像的高難度動作，舞姿輕盈又極具張力，確實給在座的觀眾帶來了強烈的衝擊。

一曲終了，人們仍沈浸於她的舞姿當中，久久回味而不能自拔。

良久，東臨后眼中含淚，首先擊掌，頓時，場中掌聲雷動。

素顏回過頭來，看向葉成紹，葉成紹正好也轉過頭來看她，嘴角勾起一抹溫柔的笑意。「娘子，我喜歡聽妳唱歌。」他才不想要自家娘子穿成那個樣子，給一幫老少爺們看呢，娘子可是他一個人的。

東臨公主一舞震撼全場，人們不禁又想，皇子妃拿什麼節目跟這位公主比試呢？也跳舞嗎？人們的眼神越發期待起來，很想要看到大周的皇太子妃，會用什麼樣的技藝壓住東臨公主。

素顏臉上仍是掛著淡淡的微笑，一旁的宮人已經幫她拿了古琴來，放置好，她從容地走上前去，神態淡定而優雅，臉上不見半分的驚慌與緊張。

她素指輕彈，十指撥動間，竟是一股鏗鏘之音流瀉而出，大周眾臣立即眼睛亮了起來。壽王梅花宴時，曾有幸聽過素顏彈琴高歌的大臣們，能再聽一回，心情都或多或少有些激動。

只是，不知道這一回，皇子妃是不是又能唱出震撼人心的歌曲，壓那東臨公主一頭呢？

「狼煙起，江山北望……馬長嘶，劍氣如霜，心似黃河水茫茫，二十年縱橫間誰能相抗……馬蹄南去人北望，人北望，草青黃，塵飛揚，我願守土復開疆，堂堂中原要讓四方來賀……」

歌聲清越激昂，琴聲高亢，殿中軍人居多，這些將領們頭一回聽到如此熱血沸騰的樂曲，渾身的血液都似乎被這一曲給啟動了，心跳如鼓，鬥志昂揚，感覺自己正如歌中所唱，踏馬揚鞭，奮力殺敵，尤其是後面那句「我願守土復開疆，堂堂中原要讓四方來賀」，這是幾輩大周人的夢想，幾代大周兒郎為之流血犧牲的目標。

一名軍人大聲高呼：「好，壯哉！痛快！」

「好，太好了，不愧是我大周的太子妃！」

此曲也許不如端雅公主舞姿驚豔，但卻喚起了大周軍人的血性，更是大揚國威，外使聽得都被震住，大周人聽了更是無比的自豪。這才是大周太子妃應該有的氣概，不會兵法又如何？這樣的歌曲能讓一個孬種也敢上場殺敵，問世間，有幾個女子能作出如此激勵人心的歌曲？美妙的歌舞有舞姬跳著就好，但是，如此激勵士氣的詞曲，可就只有太子妃才能作出。

冷傲晨一直靜靜坐在角落裡，手中一杯清酒斟滿，他高高舉起，也不管那女子會不會看過來，自己示意了一下，再仰頭一飲而盡。

從端雅向素顏挑戰起，他就一瞬不瞬地看著素顏，他對她有著難以言喻的自信，不管那東臨公主如何刁蠻，他都知道，素顏定然會讓她敗得灰頭土臉，她就像一顆晶瑩的寶石，從不與人爭輝，卻又光彩奪目，任誰也壓不去她的光輝。

酒清冽而甘，卻也帶了辛辣的刺痛。冷傲晨微笑著又給自己斟滿，再仰頭，一飲而盡，心中澀澀的，更多的卻是揮不去的無奈。恨不相逢未嫁時，他此生，只能錯過。

「怎麼，強勢的東王世子也有喝悶酒的時候？」一個清越又帶著譏諷的聲音在他身邊響起。

冷傲晨頭都沒有偏一下，兀自又倒了杯酒，酒杯卻被一隻素手奪了去，他這才不耐地轉過頭來，眼中冰冷如霜。這個時候的他，不喜歡有人打擾。

銀燕搶過冷傲晨手中的酒，一飲而盡，俏麗的粉臉泛起一絲紅暈，眼神卻帶著挑釁。

「如何，敢與我拚酒嗎？」

冷傲晨懶得理她，也不喝酒了，抬了眸，向殿中看去。

銀燕撇撇嘴，不屑道：「癡心妄想。沒見過這麼傻的，明知不可為而為之，這不是自找苦吃嗎？」

冷傲晨被她說中心事，怒火蹭地就沖了上來，饒是他素來沈穩淡定，也忍不住瞪了銀燕一眼。「多事！」

場中，端雅聽到眾人全都誇讚素顏，她的風光再一次被藍素顏掩蓋，不由氣得終於流下淚來。不過，她倒也是率直得很，她再遲鈍，也知道素顏這首詞曲正符合大周群臣的心意，正符合這個場景，奪了民心，自己那一曲跳得再好，也得不到如此高的讚譽，也不等皇上評判，自行對素顏道：「表嫂，我輸了，甘拜下風。」她的驕傲讓她不屑於讓別人指出自己的失敗，要說失敗，也是自己承認。

素顏倒是有點欣賞端雅的率真，拿得起、放得下，很有草原女兒的豪爽，對她微微一笑。「公主的舞姿也是風姿卓絕，令人佩服。」

端雅小嘴一嘟，卻是又道：「我不搶妳的太子妃位置了，但是，我喜歡表哥，我要做表哥的側妃。」

素顏的笑容立即僵在了臉上。她還真有些頭痛，這位端雅公主怎麼這般難纏啊，就算是率真爽直，也要讓人受得了不是？

皇上倒是不反對這一點，只要端雅不與素顏爭太子妃位就好了，她肯屈居素顏之下，皇上很欣慰，先前看著任性刁蠻得很，到底是妹妹教出來的，還是很懂事的。

人家一國公主，肯屈身於本國太子做側妃，這也是大周人的驕傲，大臣們也樂見其成，再沒有一個人出言反對了。

皇上也是笑著說道：「端雅既然如此愛慕太子，那——」

「等等，父皇。」葉成紹不等皇上的話說出口，便截口道。

皇上不解地看著葉成紹。這小子還想怎麼樣？怎麼說端雅也是自己的外甥女兒，若他連側妃之位也要拒絕，那就太不給自己面子，也不給東臨國面子了，這可是有關兩國友好邦交的事情。

葉成紹走向端雅，懶懶地看著她道：「妳喜歡我什麼？我改還不成嗎？」

端雅聽得面紅耳赤，既羞又憤。這話太傷她的自尊了，她就那樣令人討厭嗎？眼淚再次在眼中打轉，饒是她直爽大方，也受不了葉成紹的羞辱。

整個大殿裡也寂靜無聲起來，東臨后氣得猛然站了起來，正要說話，葉成紹又道：「表妹，妳怕是還不知道吧？前兒個，表哥將自家府裡頭所有的妾室全都請出府了，每人給了一筆錢，由她們自行嫁娶，她們有的嫁與我三年，有的兩年，在府裡與我朝夕相處，卻全都是處子之身，妳知道為什麼嗎？」

葉成紹這話頓時讓全場人抽了一口冷氣。這是為什麼？要不是這位皇太子某些方面不行，要嘛，便是太過專情，眼睛容不下任何人。前者當然是不太可能的，因為他與太子妃的感情擺在那裡，那麼，便只有第二了嗎？

「為什麼？」端雅美麗的眸子瞪得老大，不可置信地看著葉成紹。

「因為，除了我娘子，我看任何女人都沒興趣。妳如果還想要嫁與我為側妃，我不介意將妳關在後園子裡，養著妳，不過，妳休想我多看妳一眼。」葉成紹定定地看著端雅。他一直任由端雅對素顏挑釁，等的就是這一刻，他正是想藉端雅之名，來向所有對他存著小心思的所有朝臣，國內的、國外的，一併宣告，他葉成紹一輩子只要一位妻子，就是藍素顏。

「不可能，大周不是奉行三妻四妾嗎？我都甘居側位了，你怎麼能夠這麼對我？表哥……」端雅咬著唇，強忍著心中的羞澀，怨恨地看著葉成紹。

「皇上，臣也覺得不妥，太子殿下怎麼能只有一位妃子，這不合規矩，可是對皇家血脈的一大危害啊！試問，若是皇太子妃不能生育，那便如何？難道讓大周皇室後繼無人嗎？」陳閣老終於等到了說話的時機。兒子受的辱，他暫時沒辦法報仇，但只要找到機會，他就要給葉成紹夫妻添堵。

「是啊，後宮只得一妃，這可不合祖制，至少一后四妃是要有的，這才能給皇家開枝散葉，鞏固大周皇室血脈。」另一名老學究模樣的文官也附言道。

冷傲晨愕然地看著葉成紹。他沒想到葉成紹對素顏的感情也是如此之深，他方才還在想，若是葉成紹真收了端雅為側妃，不管有多因難，他都會將那個女子帶走。他明白，她的高傲和自尊，絕對不會容許自己的丈夫有二心，所以他在等這個機會，等這個唯一可能照顧她、擁有她的機會。

但是，葉成紹卻讓他失望了……不過，他又搖了搖頭，為自己的自私而不屑。這樣不是更好嗎？至少，她不會傷心，她的感情，付出是值得的。

大殿上，大臣們議論紛紛，尤其是那些思想守舊又倔強的老頭子們，走出列來，跪向皇上，一副死諫的樣子，大聲說著後宮不能專寵的話，有的還老淚縱橫，說得慷慨激昂。

東臨后更是指著素顏的鼻子罵道：「此女妖媚惑眾，迷惑太子破壞祖制，皇兄，應該將她打入冷宮，以正大周國法！」

東臨后的話音未落，突然葉成紹如一尊地獄惡魔一樣，縱身閃到她身邊，一手掐住她的脖子。

「任何人再敢辱我娘子一句，別怪本皇子六親不認、痛下殺手！」

第一百六十三章

大殿上立即安靜下來。

東臨國兩名武將立即站在東臨后的身邊，隨時準備出手相救，但是，葉成紹渾身散發著森冷之氣，眼神暴戾如一頭野獸，修長而乾淨的兩根手指，死死地掐住東臨后的喉嚨，只要他的手稍加用力，東臨后就會一命嗚呼，那兩名東臨武將根本就不敢輕舉妄動，只能眼睜睜地看著東臨后被葉成紹掐得臉色脹成醬紫，兩眼鼓得像死魚一樣。

大周的群臣也是被驚呆了。皇太子也太過任性妄為了些，他掐的可不僅僅只是東臨后，也是大周的長寧公主、太后的小女兒、皇帝的妹妹，就算不顧大周與東臨兩國的邦交，也要顧及太后的心情、皇上的面子。

在太和殿上，動手打自己皇姑、友國的皇后，這位剛晉升的太子殿下還真不是一般地勇猛魯莽。

「紹兒，快放開你皇姑。」皇上陰沈著臉。知道這小子渾，沒想到會渾到這步田地，太后敢打，如今是連皇姑也打，還是當著眾大臣和外國來使的面，剛剛才讓他在群臣的面前露了臉，在軍中樹了威信，這一會子又胡來，那點子努力怕是都要泡湯了去，真是混帳！

葉成紹像是沒有聽到一般，仍是瞇了眼看著東臨后。

端雅真的怕了，這個她才動了心的男人根本就不是人，他是惡魔，是個瘋子。

「你……你放開我母后，我不再要嫁你就是了……」端雅哭泣地哀求著。她所有的自尊和驕傲今天全被葉成紹踩在了腳下，現在的她，不再是高貴的公主，也不是大周皇帝的外甥女，只是一個可憐的、想要救出自己母親的小女孩。

「求求你，放過我母后……你放過她，我們明天立刻回東臨就是，表哥，請你放過母后好不好……」端雅哭成了淚人兒。她最親的人就是母后，只有母后是最疼愛她的，父皇心裡只有江山，只有那幾個與她同父異母的兄長。

葉成紹還是沒有鬆手，他眼神凌厲地看了端雅一眼，眼裡滿是危險的氣息。端雅突然福至心靈，鬆開他的手，向素顏看去。「表嫂，求妳，讓表哥放過我母后好不好？求妳了，我錯了，我不該說要嫁給表哥的話，我收回，我全都收回，只要表哥放過我母后就好……」

從葉成紹動手時開始，素顏就一直癡癡地看著葉成紹，從來沒有如這一刻般覺得，他是屬於她的英雄，這一刻，她的心在顫抖，一直忐忑不寧的心，被他用最激烈、最特別的方式安撫了，那種對將來的恐慌和焦灼頓時煙消雲散。

葉成紹這一手很絕，直接就給所有懷了小心思的人一個下馬威，只要是冒犯素顏的，他殺無赦，連堂堂的東臨國的皇后，他都敢殺，還有什麼是他不敢做的？

端雅哭得梨花帶雨，素顏聽出了她心裡的恐懼，也知道是該她出面的時候了，葉成紹不會真的殺了東臨后，不過是給大家一個警示罷了。

「相公，快快鬆手，傷了皇姑可不好。」

葉成紹聽了沒有鬆手，卻是回過頭來道：「娘子，她罵了妳。」

素顏聽了柔聲道：「皇姑只是跟我開玩笑呢，放手吧，相信皇姑以後再也不會開這種玩笑了。」

葉成紹又問：「妳不生氣了嗎？」

素顏幾乎要笑出聲來了，若不是考慮到太不合時宜的話。

「嗯，不生氣了，一點也不生氣了。」她裝作緊張地連連說道。

葉成紹這才鬆開了東臨后。東臨后剛一得到自由，立即大口大口地呼吸，整個人像是碎了骨頭一樣，癱軟在地上，眼神都變得渙散起來，心裡的恐懼半天也揮之不去。

「誰敢再提讓本皇子收側妃良娣的話，本皇子就讓他有如此桌。」葉成紹突然就拔出自己隨身的佩劍，一劍砍在了一旁的小几子上，頓時將那小几子砍成兩段。

群臣震驚，尤其那些有小心思的，立即縮了縮脖子，好像那凌厲的一劍就砍在自己的脖子上一樣，再也不敢多言半句了。

而武將們卻是看得熱血沸騰，他們喜歡這樣的太子，有血性，敢作敢當，如果一個男人，連自己心愛的女人都保護不了，連自己那份感情都不能保護，那還算是什麼男人？他們不是贊同皇太子妃專寵，他們是看重皇太子對待一件事情的態度和方式，這就是他們所喜歡的皇太子。

大周在對待北戎時，太過軟弱，出戰少，求和多，朝中大臣漸漸享受慣了安逸驕奢的生活，越來越不願意用武力解決爭端，而是求和居多，缺少血性；而太子殿下強勢得很，將來，太子的作為一定會比皇上強悍，一定會讓大周人揚眉吐氣，一定不會讓軍人失望。

所以，當文臣中，還有不怕死的想要死諫時，那些年輕的將領，不管是北威軍，還是南威軍，全都大聲叫好起來。「好，太子殿下威武！」

「好一個專情專意的男人，我們挺你，大周的皇太子殿下！」北戎人中，以銀燕為首的幾個女使者，也跟著大聲叫好。

北戎可不像大周那樣，男人可以三妻四妾，還把女子的地位看得很低，在北戎，女子同樣有地位，同樣能封侯拜相，同樣能繼承皇位，所以，北戎女子最看重的就是男人的癡情、專一。

皇上聽了也是瞇著眼睛看著葉成紹。渾小子、渾小子，有了老婆就不要爹的渾小子！心裡連連罵著，忍不住就偏過頭去看皇后，誰知皇后眼裡全是讚賞和羨慕，見皇上看過來，她小聲譏笑道：「素顏真是好命啊，我怎麼就沒有碰到像紹兒這樣的男人呢？」

皇上聽得一怔，老臉立即就紅了，眼睛躲閃著不敢再看皇后。當初，他也曾信誓旦旦地說要愛皇后一輩子，要只寵她一個人，但是後來呢？先是有陳貴妃，後來，又有王貴妃、劉婕妤、葉才人……太多了，他自己都數不清楚，自己究竟都寵幸過多少女人了，多得皇后看他的眼裡只剩下了幽怨……不對，如今連幽怨也沒有了，只有譏誚和淡漠了。

皇后又看向殿裡，好半晌才道：「好沒意思，臣妾累了，要回宮去，皇上，臣妾告退。」

皇上有些愕然。這可是有外使參加的宴會，皇后怎麼能夠中途退場？可是皇后眼裡的疲倦和不加掩飾的厭煩又讓他不得不表現出一個男人的大度，他寬容而溫柔地說道：「既是累了，那就回去好好歇著吧。」

皇后方才那說要退下的話，其實有點任性，原以為皇上就算應了，也不會這麼爽快。方才紹兒又忤逆了他的意願，放在平時，他又會把那團火責怪到自己身上來，可看他現在表現平靜得很，並沒有對紹兒發火，也沒有責怪自己，眼裡還帶了一絲愧色，是終於覺察到他愧對她了嗎？

皇后在心裡苦笑了一下，難得恭謹地向皇上行了一禮後，飄然退下。

皇上靜靜地看著皇后那俏麗的身姿逐漸消失在大殿盡頭，心裡有一層淡淡的失落和焦慮，轉回眸時，他敏感地捕捉到另一雙眼睛也正同自己一樣，追隨著皇后的身影而去——

拓拔宏，北戎左衛營大將軍，手掌半壁北戎大軍的軍權，以前曾是依柔的狂熱追求者。二十年了，這廝竟然還沒有死心，哼，真是癩蝦蟆想吃天鵝肉！

皇上被葉成紹和皇后引出來的一腔怨氣，全撒在拓拔宏身上，看拓拔宏的眼神有如一個深閨怨婦，陰沈而怨毒。拓拔宏也注意到了皇上的怒意，他毫不膽怯地回視著皇上，眼神冰冷如利劍，眼底的怒火像是要將皇上整個吞噬一般。

最後，皇上有些疲倦地轉移了目光，心裡暗咒：什麼東西，總有一天，朕要讓你們這些北戎蠻子全都俯首稱臣！

皇后走後，皇上也覺得沒什麼意思，看了殿中仍自蒼白著一張臉的東臨后和哭得傷心欲絕的端雅一眼，安撫道：「端雅，皇太子決心已下，強扭的瓜也不甜，朕不願意做那強人所難之事。妳放心，紹兒他沒福氣，朕一定給妳找一個更如意的郎君。我大周的青年才俊多了去，妳和妳母后且在大周多住些日子，陪陪太后盡孝，但凡有看得中的大周才俊，朕給妳作主了。」

皇上的話輕言細語，態度極溫和，也算是給東臨國挽回了一點面子。東臨國大使原就是懷著交好的心來的，當然不願意在端雅一事上與大周鬧翻，在他們看來，只要端雅與大周聯姻成功就好了，能嫁給太子自然是最好，但太子既然是拒絕了全天下的女人，只要一個妃子，那也不算是不給東臨國一國面子，所以，端雅再嫁給誰都差不多，只要是皇親貴族就行了。

東臨國使者向皇上道了謝，勸著猶在驚懼中的東臨后，端雅陪著使女將東臨后扶了下去。

但還沒有走出殿門時，突然，殿中傳來一聲脆響，有人砸碎了一個瓷器。

全場人向那發聲的地方看去，只見靖國侯青紫的臉上看不出任何表情，只有那雙腫成了條線的眼裡射出凶殘的目光。人們還沒有反應過來時，他身邊的幾個北威將領，也就是他最忠實的追隨者突然像變戲法一樣地亮出了長刀。

按說進宮後，外臣是不得配兵器上殿的，但是，這幾位將領手裡卻是握著明晃晃的長刀，眼神陰厲迫人。

靖國侯像是一頭狂猛而又垂死的雄獅，突然就縱起身來，向離他稍近的素顏撲了過來，同一時間，他身邊的將領也撲向了一旁的東臨國大使，有的撲到了南詔國大使。只要制住了這些人，手裡就有了籌碼，靖國侯這是在做最後的困獸之鬥，摔碗就是一個信號。

北威軍其他將領立即被靖國侯的舉動震住了，一時手足無措。他們並沒有參與靖國侯的反叛，但那幾個將領明顯是反了，他們也脫不了干係，是要幫助靖國侯一同反了，還是站在皇上這一邊？他們不知道要如何選擇。

靖國侯驟然發起攻擊，高大的身形向素顏衝來。同一時間，冷傲晨和葉成紹縱身躍起，也向素顏撲了過去。葉成紹離得近，長臂一勾，便將素顏攬在了懷裡，另一隻手抽劍揮向空中，反應極迅速地將素顏牢牢護住，而同時躍起的冷傲晨深知有葉成紹的護衛，素顏應該安然無恙，一掌便擊向了靖國侯的後背。

靖國侯腹背受敵，不得不回過頭來揮掌抵抗。冷傲晨與他對上一掌，身子猛遭劇震，不由大驚。靖國侯先前就與葉成紹比試過，冷傲晨冷眼旁觀，覺得靖國侯的功夫不過爾爾，但剛才那一掌卻讓他感到了巨大的壓力，靖國侯的功夫絕對不會是先前看到的那個樣子，先前這個老賊怕是隱藏了不少實力，為的就是讓葉成紹大意，再將最後的賭注押在這時。

葉成紹也感覺到了靖國侯身上散發出來的凌厲氣勢，護住素顏連連後退，以免素顏被靖國侯的掌風給傷到，眼神變得陰鷙無比。

這時，北戎將領也站了起來，向那背地謀反的北威軍攻了過去。拓拔宏掌風如颶風一般捲向一名年輕的北威軍官，只是剎那之間，便將那名軍官活活震死。

而南威軍以東方志為首，大喝著：「南威兒郎們，隨本帥保護皇上！清除亂黨！」

但事情太過突然，南詔大使和東臨大使已然被靖國侯的人挾持。南威軍將領投鼠忌器，不得不顧及那兩名大使的安危，下手便有些束手束腳。

靖國侯對東方志道：「本侯並不想謀反，只是想要殺了葉家這豎子，清君側以振朝綱罷了，東方將軍最好不要插手。」

他邊說，手中攻勢凌厲不斷。冷傲晨從容地與他應對著，這時，一旁的中山侯父子也同時攻到，三人同攻向靖國侯，一時打得難分難解起來。

皇上震怒地坐在龍椅上，沈穩地看著殿中的形勢，不見絲毫的慌亂。他在等，等靖國侯得手後，好一網打盡。

殿裡的文臣們早就嚇得瑟瑟發抖，藍大老爺怒目圓睜地看著靖國侯。好個不要臉的老賊，你一個大男人，想謀反便去殺皇上、殺皇太子好了，憑什麼一上來就打我女兒，欺負她是女人嗎？

他悄悄移動著，潛向陳閣老，陳閣老正微瞇了眼看著場中形勢，心裡也是焦慮萬分。這是陳家的最後希望，只要殺了葉成紹，大皇子就還有希望，而陳家就還有活路，不然就是死路一條，這是破釜沈舟的最後一擊了。

三大高手同時進攻，靖國侯漸感體力不支，那些發怔的北威軍人也終於回過神來，有幾個竟然徒手與自己往日的同僚對抗了起來。

眼看著形勢很不利，怎麼約好的幫手還不來呢？東大營裡的軍隊應該正在趕來，而護國侯呢？他不是一聽到了碎碗聲，就應該第一個趕到殿裡來的嗎？

靖國侯的心在發寒。他感覺自己像是落入了一個圈套……一抬眼看向皇上，皇上太過鎮定了，臉上那抹譏笑更讓靖國侯戰慄。

自己怎麼忘了，皇上絕對不是如外表表現得那麼昏庸和無用……

靖國侯腦子裡胡思亂想著，一不留神，便被中山侯一掌拍在了左胸，他連連後退了數步才站穩，看向殿中的好幾個偏門，期盼著那裡會突然衝出幾隊御林軍來支援自己。

但他望穿老眼，也不見那裡有半點動靜。太反常了，御林軍作為皇家護衛軍，就算沒有被自己策反，殿中動靜如此之大，那也應該要進來護衛皇上才是啊……

再仔細看去，只見四周的偏門全關了，殿裡只有自己和幾個部下，與葉成紹及東王世子、中山侯父子，還有南威軍對抗，而己方明顯弱勢，好幾名部下竟然被北戎拓拔宏給震死。

他再也忍不住了，大聲喝道：「護國侯何在？為何還不進來與本侯一起誅殺葉家小賊！」

皇上的笑容更深了，他端起手中的酒杯，悠閒地喝了一口道：「靖國侯，朕勸你儘快束手就擒，不然，後果不是你可以想像的。」

靖國侯更加膽寒起來，他又吼了一聲。「護國侯——司徒將軍——」

殿外靜靜的，只有老樹的枯枝被風吹過後刮擦的聲響，無一人回應他。

第一百六十四章

靖國侯快要絕望了，身上連連遭到冷傲晨的幾擊，再抬眼看去，好在己方還控制了兩名外使，那算是他最後逃脫的籌碼了。

他突然長嘯一聲，一身渾厚的勁力暴漲起來，七竅都溢出了血。冷傲晨終於明白他為何會功力大增了，他一定是服了功力暴漲的藥物，但那是要以損傷本體為巨大代價，靖國侯是拿命在賭了。

中山侯、上官明昊，還有冷傲晨全都被靖國侯凌厲如山的攻勢逼退了好幾步，靖國侯再一次撲向了葉成紹和素顏。葉成紹一手護住素顏，另一隻手揮劍抵抗，左手虎口被靖國侯震出了一個大傷口，他咬牙抱起素顏飛身後退，倒掠出幾丈遠，素顏像一隻嬌弱的小鳥一樣，依附在葉成紹的懷裡，卻還是被靖國侯的掌風給掃到，臉上顯出一絲蒼白。

冷傲晨看得眼都紅了，不顧一切地再次撲向了靖國侯。

靖國侯終於還是未能傷到葉成紹和素顏，他也感覺自己快到強弩之末了，再向葉成紹攻了一擊後，突然縱身飛出去，在東臨國外使身邊落下，大聲道：「住手！再不住手，本侯就殺了這個東臨大使！」

所有的人都停了下來，皇上冷笑地看著靖國侯。「怎麼？你以為，你還有退路不成？」

靖國侯現在的心裡仍存著一絲僥倖。護國侯是個孬種，不敢帶兵來援助自己，但一定會給他留一條逃生之路的，只要挾持住這兩個外使，逃出宮應該不成問題，而且，只要等到大皇子將東大營的人帶來，他就還有希望……

「皇上，不要逼老臣，老臣並不想謀反，老臣忠於大周、忠於皇上，但絕對不對那小畜生俯首稱臣！」靖國侯幻想著皇上還念著與大皇子的父子之情，會放過他一馬，一再表明自己的態度。

「是嗎？刺殺朕的皇太子，還不算謀反？你是還在想著護國侯會救你吧？真可惜啊，要不要朕把護國侯叫進來，你當面問問他？」

皇上冷笑著，拿起手中的酒杯便向靖國侯砸了過來，雖是隔得很遠，但還是準確無誤地砸在了靖國侯的額頭上。

一縷血自靖國侯的額頭流了下來，順著他青紫浮腫的五官往下滴落，靖國侯的臉越發顯得猙獰凶惡了。

皇上手一揮，有護衛打開了偏殿門，頓時，戎裝整齊的御林軍持槍走了進來，護國侯手中持劍，立即閃到了皇上身邊，躬身垂眸道：「皇上，西山大營的將軍們已經控制了東大營的軍隊，反賊已然拿下。」

皇上微笑著說道：「很好，那個逆子呢？」

「正押在殿外候審。」護國侯大聲回道。

靖國侯所有的希望都破滅了，大皇子也被抓了，他感覺自己的腿腳都有些發軟，但掐在東臨大使喉嚨上的手卻是更加了幾分力道。「皇上，臣為大周戎馬一生，沒有功勞也有苦勞，臣並非想要謀反，求皇上放臣一條生路。」

皇上聽得好笑。到了這個時候，這老賊還心存妄想。「你覺得有可能嗎？眾位臣工會同意嗎？你不是要清君側、振朝綱嗎？似你這等犯上作亂、謀圖造反的賊子，朕要放了，是不是以後誰對朕不滿，都敢拿了刀架在朕的脖子上威脅朕？」皇上的聲音不緊不慢，卻帶著無盡的怒氣和威懾。

靖國侯一咬牙，又道：「皇上，您不放了臣，臣便殺了這東臨使者，還有南詔使者，看大周如何與這兩國交代！」

大殿之下頓時靜了下來。大臣們也很擔心這兩國使者，如果這兩國的使者全都死在了大周，大周還真的不好與這兩個國家交代，就算不引起戰爭，也會給大周帶來很大的麻煩。

皇上一時也怔住了。

「老畜生，放開兩個大使，不然，老夫殺了你爹！」一個令誰也意想不到的聲音在殿裡響起，素顏和葉成紹不由循聲看去，只見藍大老爺也如靖國侯一樣，掐住了陳閣老的喉嚨，冷聲說道。

要說陳閣老還是有些武技伴身的，一是他全副心思都放在靖國侯身上，太過憂心，少了防備，再一個是藍大老爺悄悄偷襲，而且是一上來使制住了他的要害，他想反抗也來不及了。

葉成紹的嘴角不由露出了笑意，對藍大老爺豎了大拇指道：「岳父大人威武。」

要說起來，他也應該要想到制伏陳閣老的，只是他一心要保護素顏，倒是忘了這一茬了。藍大老爺倒還真是出乎他的意料，難得地驍勇了一回。

靖國侯目眥盡裂，臉上的神情越發猙獰可怕，他顫聲道：「爹……」

陳閣老痛苦地閉了閉眼，長嘆一聲道：「兒啊，你顧著自己就好，陳家已經沒有希望了，你能逃出去就逃出去吧，不要顧及我。」

靖國侯聽得眼淚雙流，如狼一般大聲吼道：「不……爹，孩兒不能不孝……」

「孝你媽的呀！真要孝，你造什麼反啊?!」一個南威小將領實在是看不下去了，破口大罵。

「就是，道貌岸然的偽君子，被權力蒙了眼了，誰當皇太子也是你一個做臣下的說了算的嗎？為臣不忠，又陷家族於滅亡，如此還談什麼孝，簡直就是不要臉！」東方志也大聲罵道。

靖國侯怒視著藍大老爺，大聲道：「放開我爹！」

「放你媽個屁呀，老子好不容易才捉住這個老畜生，你媽的是不是男人啊！一個大將軍竟然打我女兒，當老子是泥捏的嗎?!」藍大老爺對著陳閣老就掄了一拳頭。這會子身邊有葉成紹在，他也不怕陳閣老還脫得了身，打得那叫一個痛快。

這時，大皇子被人帶了進來，他微胖的臉上脹紅著，怒視著正洋洋自得的葉成紹，對他呸了一聲，吐了口唾沫。

皇上的眼神黯了黯。這一局是他早就布好了，一再緊逼，便是要將靖國侯逼入絕境，從而讓靖國侯將他的死忠帶出來，一同清理乾淨。靖國侯身為北威軍統帥，竟然也藐視皇權，恃權傲物，他早就容不下了，正好趁此機會為葉成紹掃平軍中的絆腳石，為他樹立威信，可他不想大皇子也捲進來，所以才將他圈禁，誰知，這個蠢貨還是想法子逃了。他以為依靠陳家就能上位嗎？蠢貨！

「放開他，看他還有什麼要同朕說。」皇上冷冷地對押著大皇子的御林軍說道。

「我還能有什麼話說？從一開始，你就布好了局，讓我和老二往裡面撲。我到現在才知道，你從來就沒有讓我和老二繼位的打算，你的一切，都只是為那個雜種謀劃，你的心裡只有他是兒子，我們不過是他的磨刀石罷了！」大皇子怨毒地看著皇上，心中的恨意不加半點掩飾。

「蠢貨！如果你沒有野心，不是不自量力，安心地做一個安逸王爺，朕同樣會給你一世榮華。弄到這個地步，全是你自找的，朕何曾逼迫過你？」皇上大聲呵斥道。

「是沒有逼過，但你故意給我希望，讓我不得不打起十二分精神向那個位置奮鬥，老二不也是這樣的嗎？他也是看到了你拋下的誘餌，才會不顧一切地往前撲的，如今他也如飛蛾一樣地死了……你究竟還是不是一個父親，難道，除了那個雜種，我們都不是你親生的嗎？」

大皇子痛哭起來。他現在著實恨死皇上了，如果，皇上從來都沒有給過他希望，或許，他會安心地做一個閒散王爺，但一開始，皇上便將葉成紹送了人，連一個皇子的身分也沒有給葉成紹，後來，又給了自己不少權力，更是放縱陳家坐大，那不是在給他暗示，他會成為將來的太子人選嗎？

如今一切都成了泡影，大皇子連正常的男人也做不成了，他瘋狂地想報復，所以，才聯合陳家做最後的垂死掙扎。

大皇子哭得很傷心，嘴裡不停地罵道：「你是天底下最狠心的父親！你的心裡，只有那個胡蠻女人，只有那個雜種是你的兒子——」

「你還罵上癮了是吧？」他的臉上突然就一陣火辣的痛，抬起頭來時，只見葉成紹的第二巴掌又甩了過來，將他打得趴到地上去了。

「你罵我便算了，連我母后也敢罵，真是不知死活。」葉成紹鄙夷地看著大皇子，若非這是在大殿裡，他真想要一掌拍死這個便宜弟弟算了。

「算了，紹兒，不要再打他了。」皇上心情沈重。大皇子說得沒錯，自己確實不是一個合格的父親，如今三個兒子，個個都恨自己，大皇子已經廢了，而葉成紹則是自小就恨自己，便是現在給了他皇太子之位，葉成紹也沒對他露過幾絲感激之情，第三個兒子……他更是連面也沒見過。那個可憐的孩子，從出生起，就被自己下了毒藥，痛苦折磨了近二十年，若他知道了他的一切痛苦全是自己給的，還會對自己生出父子之情來嗎？

一時間，他也覺得好生沒意思。辛苦經營了這麼多年，究竟是為什麼？就算是為大周開疆擴土了，自己又能得到什麼？萬世流傳的美名嗎？歷史上，再偉大的聖人又如何，死後還不是黃土一坏？名聲都是虛的，虛的啊……

「將他送進東陵圈禁起來，讓他為祖宗守陵墓吧。」皇上頹然坐在了龍椅上，對護國侯揮了揮手。到底是親生的兒子，他還是捨不得殺的。

御林軍將大皇子帶了下去。靖國侯還在負隅頑抗，皇上厭惡地對靖國侯道：「靖國侯，你非要朕誅你九族嗎？」

靖國侯聽得一震。他是騎虎難下了，現在自己也不知道是要再對抗下去，還是束手就擒了，大皇子的被抓，讓他最後的一點希望也破滅了，他已經感覺到死亡的威脅了。

「放過外使，不然，老子殺了你家老不死的！」藍大老爺鼓著眼睛，傲然地睇了雙眼威脅道。他平生難得有如這一回般充滿了霸氣，在各位大臣和女兒女婿面前出盡了鋒頭，心情暢快得很，第一次威脅一個縱橫沙場又比自己官大好多級的人，是多麼痛快。

只是話音剛落，他突然感覺到腹部一陣劇痛。

肚子裡，怎麼會有一種冰涼的感覺呢？他不可置信地低下頭去，看著自己微凸的肚子，只見陳閣老握著一個刀柄，刀身已經沒入了他的腹部，鮮血開始往下流淌起來，這是……藍大老爺還沒想明白陳閣老怎麼可能有匕首的，人便直挺挺地向後仰去。

一旁的上官明昊眼疾手快，迅速扶住了他，同時一掌向陳閣老拍去，將陳閣老瘦小的身子震得飛了起來，撞向殿中的柱子後，才滾落在地上。

這一邊，銀燕像幽靈一樣，突然就閃到了靖國侯身邊，手指輕彈。靖國侯全副心神都被陳閣老那邊的變化給吸引，不著防，被銀燕刺中了穴道，整個人便僵在了那裡，一動也不動了。

一場風波總算平靜，葉成紹成功地成為了大周的皇太子，素顏也不出意外地成了太子妃，而陳家，被皇上下旨滿門抄斬，只有大皇子的正妻陳妃倖免於難，皇上還是將她也一起送到了東陵，讓她與大皇子生活在一起。

護國侯的地位倒是更鞏固了，他如今成了皇上的心腹大臣，在大周的地位只比中山侯略遜一籌，但他一改過去的傲氣，尤其是在面對葉成紹時，更是恭謹得很。

寧伯侯死了，大家以為葉家就算不受牽連，也不會再有以往的輝煌，但出乎所有人意料的是，皇上竟然在太子冊立大典後不久，就封寧伯侯長子葉紹揚為寧親王，不但沒有降低對葉家的榮寵，還將葉紹揚的爵位升了好幾級。

異姓親王？在過去，可只有在建國之時，戰功卓絕又有從龍之功的人才有的殊榮，沒想到，寧伯侯在殺死了二皇子後，他的兒子竟然還有如此大的造化。人們以為，這是因為葉成紹與葉紹揚兄弟情深，而皇上又為了彌補葉家的緣故，所以，大家一致認為，皇上對葉成紹還真是寵到骨子裡去了，真的對他寬容得很。

這一天，寧親王府內，大周皇太子和新晉的寧親王，兩人正坐在書房裡下棋。

「二弟，他想見你。」紹揚的親王封旨是直接下到寧伯侯府裡來的，至今為止，皇上竟然一次也沒有召見過紹揚。

紹揚在空白之處按下一粒黑子，抬起乾淨溫和的眼眸，靜靜地看著葉成紹，好半晌才道：「我以為，他並不想見我。其實，自你告訴我父親是誰後，我就從沒有怨過他……」隨即，唇邊泛起一絲苦澀，喝了一口茶。「小時候，毒發時，我每次都痛得死去活來。那種痛，就像是有人用刀片在我骨肉裡刮一樣，可每次，都只有娘親回來守著我，從來沒有見過父親。我一直不明白，那是為什麼，以為是自己痛的時候叫得太大聲了，讓父親討厭了，他才不來看我的，所以，發病時，我再也不叫了，每次都巴巴地看著門外，等著父親的出現。但他從來沒有來過，只有一次，我碰巧在娘親的屋裡發病，父親就在床邊，我終於在發病時看到了父親，以為他會痛惜憐愛我的……可是，父親的眼神好冷漠，不，不只是冷漠，分明還帶了一絲憎惡……我都不明白，他為什麼會憎恨我……」

「那是幾歲的時候？」

「四歲吧……」紹揚歪了頭回想著。

葉成紹靜靜看著紹揚。他從不知道，原來溫潤單純的紹揚也有這麼心酸的心事，他以為，紹揚一直就活在侯夫人營造的殼裡，並不知道府裡那些齷齪事情，沒想到，紹揚早慧敏感，原來，他並不是不知道，而是早就知道了自己的處境……葉成紹的心不由得有些疼了起來。小時候，他並不知道紹揚就是他的親弟弟，也沒有少欺負過紹揚……

「二弟，一切都好了……」葉成紹的聲音有些愧意，也有些哽咽。

「那時候，父親看大哥的眼神也是複雜得很。我是從娘親那裡得知了大哥的身分，所以，還是能夠理解父親的心情的，但父親卻很是疼愛成良，好像只有成良才是他的兒子，才是他的希望……才是葉家的子孫……」說到此處，紹揚頓了頓，明亮的眸子定定地看著葉成紹道：「大哥，我其實……很怕見皇上……」

葉成紹拍了拍紹揚的肩膀，嘆了口氣道：「你要是不想見他，我幫你去推託。」易地而處，葉成紹覺得自己也不會願意想見皇上。

「不，我要見他。他也很可憐，大哥不待見他，大皇子恨他，那個二皇子又……他應該是因為愧對我，才一直沒有見我的吧？他是不好意思面對我……」紹揚忙握住葉成紹的手，臉上帶了一絲焦急的神情。

「紹揚……」門突然被打開了，皇上高大的身影走了進來，聲音有些發顫。

第一百六十五章

紹揚有些不知所措地看向門口那高大威嚴的中年男人，潤澤的眸子裡充滿錯愕和震驚。

葉成紹沒想到皇上會在這個時候突然進來，也有些錯愕地看著皇上。

皇上大步走向紹揚，眼神深邃而幽暗，久居高位養成的威嚴和喜怒不形於色的習慣，讓他激動中向紹揚伸出的大手又收了回來，但說話的語調還是有些洩漏了此刻的心情。

「紹揚，朕來看你了。」

這話裡怎麼都透著一股居高臨下、施恩的味道？葉成紹聽著就有些不屑，他這老爹是皇帝做慣了，說話那調調怎麼都改不了，明明就是非常想看到紹揚，又愧對紹揚，卻偏要給紹揚一種得到恩典的感覺。失散的父子相認，就不能感情單純點，真誠一點嗎？

他鼻間輕嗤了一聲，懶洋洋地往椅子上一坐，懶得看皇上。

紹揚卻很是激動，他一直渴望得到父愛，以前，侯爺對他幾乎是冷漠的，皇上在他的心裡，是高不可及的，也是他無比敬仰和畏懼的，這種心情不會因為皇上突然成為了他的親生父親而有所改變，所以，他對皇上的態度還是有些受寵若驚。

愕然半晌，他才想到要給皇上行禮。

他的人還沒有拜下去，那邊葉成紹就懶懶地說道：「父皇，紹揚的身子不好。」

皇上也正等著紹揚給他行禮，被葉成紹這麼一說，臉上就有些不自在，回頭虎目瞪視了葉成紹一眼。他自己認為這一眼極具威嚴，但卻得到了葉成紹再一次不屑的輕嗤聲，皇上心頭一滯，暗罵道：渾小子，就不能給你老爹我一點面子嗎？到底我也是你兄弟倆的親爹呢，兒子給爹行個禮也不為過吧？

但手還是扶住了下拜的紹揚，眼裡到底有些濕潤了。「紹揚，這些年，你可過得好？」這句話說出口時，他自己都覺得不好意思。紹揚文質彬彬，溫潤而乾淨，第一眼他便喜歡上了這個兒子。看多了虛情假意、明爭暗鬥，紹揚身上純真乾淨的氣質讓他覺得輕鬆。但兒子略顯蒼白的臉色，還有瘦削的身形，眼裡無意中露出來的文弱都無不告訴他，他親手下的毒，讓紹揚這些年過得有多痛苦，說出來的那句問話就顯得蒼白而虛偽了。

「臣……過得很好，多謝皇上掛心。」紹揚很溫和地說道。他並不想恨皇上，說來說去，自己也不過是政治鬥爭中的一個道具罷了。也許，皇上知道自己是他的親生兒子，應該就不會那樣了吧……

他是個很容易滿足的人，被兩種毒折磨了近二十年的人，始終活在生與死、痛與苦的邊緣裡，他更珍惜現在這副健康的身體，安靜而沒有爭鬥的生活。他還年輕，他最想的是享受生活，而不是活在恨與怨的痛苦裡。以後的人生是一個全新的開始，他就當自己是重生過了一次，所以，對於皇位，他沒有太多的妄念，尤其是知道了大皇子和二皇子的下場後，他更是沒有了半點爭權奪利的心思，而且，他稍顯懦弱的個性也不適合那種生活。

皇上從紹揚的眼裡看到了一絲疏離，有些失落和傷感，但他很快便理解了紹揚的心情。雖說是父子沒錯，但是，兩人其實是陌生人，何況嚴格來說，他應該算是紹揚的仇人才是，憑什麼要人家孩子第一次見他就表現出兒子對父親的孝敬與孺慕之情？就算是有，那也應該是裝出來的吧。

「那就好、那就好，坐，坐下說話，在……父皇面前，不必太拘束，你看你大哥，就從來在父皇面前沒個正形。」皇上盡力讓自己臉上的笑變得親切而平和，還難得地開了葉成紹一句玩笑。

這句話成功地讓紹揚感到輕鬆了很多，也更驚異於皇上說得那般自然，他臉上綻放出一個略顯羞澀的笑容，依言坐在了葉成紹的下首。

因為皇上是微服私訪過去的寧伯侯府、如今的寧親王府，外面被宮廷裡的護衛圍了個嚴實，寧親王府的丫頭婆子們沒一個敢輕易靠近，也就沒有一個人沏茶過來。紹揚坐了一陣子後，感覺這樣實在怠慢了皇上，便起了身，自己親自去書房連著的耳房。裡面的小紅泥爐子上正燒著清泉，這是他每日必喝的水。他安靜地取茶，沏好了兩杯上好的龍井，用托盤端著，自然從容地送到了皇上面前。「皇上，請喝茶。」

皇上有些發怔。從來，他喝的茶都是出自女子之手，這還算是他第一次喝到親生兒子為他沏的茶。以前大皇子和二皇子在他面前雖然也極盡孝敬之能事，但無非就是說些恭敬讚揚的話，送些稀珍貴品給他，裡面總透著功利和虛假。當然，就算人家偶有一次是真心的，皇上也是習慣了以猜度之心去考慮他們的一舉一動是否別有深意。

至於葉成紹，那便更不必說了，他從來就不屑於在皇上面前裝模作樣，他對皇上從來就沒有多少好言好語，就更別提他會老實乖巧地給皇上沏茶什麼的了。

而紹揚，他的態度平淡自然，眼神乾淨，讓皇上覺得猜度他的心意對他都是一種褻瀆，所以，只是一個很小的舉動，便讓皇上覺得心底像流過一股溫泉一般，溫暖而適意。

他端起茶，輕揭茶蓋，一股清香幽幽入鼻間，皇上輕輕地抿了一口，忍不住叫好。「嗯，好茶，紹揚，你這手茶藝不錯。」

紹揚微澀地笑了笑，並沒有及時回答皇上的話，而是將另一杯送到了葉成紹的手裡才回道：「平時臣就喜歡讀書、喝茶、下棋，皇上您喜歡喝就好。」

這算是在表明他喜歡的生活方式嗎？皇上笑著嘉許地看了紹揚一眼。這個孩子心思玲瓏剔透，當著自己和紹兒的面說這一番話，便是表明了他的心跡，表示他對皇位沒什麼興趣，他喜歡的只是悠閒自在地生活，這很好，很好了。皇上心裡的憂心算是徹底消除了。

他不由又暗暗感激起寧伯侯來，如果不是寧伯侯將二皇子和紹揚換了，也許，在奪嫡鬥爭中死去的就會是紹揚，而不是二皇子了。看來，老天還算是公平的，紹揚也算是因禍得福了。

「今年也有十八了吧，有中意的姑娘沒有？父皇為你作主。」皇上臉上的笑容更加親切了，連帶著聲音也溫和了許多。

紹揚被皇上問得有些不自在，垂了眸道：「以前身體一直不好，臣怕活不長久，就沒往這上面去想，不想害了人家姑娘，所以……」

所以沒有中意的？皇上的眼睛一亮，腦子裡立即就想起了端雅來。「三天後，你與你大哥來宮裡一趟，去見見太后。」

太后對二皇子的死也是很傷心，這一次對大皇子的處置，又讓太后再次沈默和委頓了許多。老人家年紀大了，就不希望自己的兒孫出事。皇上還沒有向太后說明紹揚的身世，趁著端雅還在大周，也讓紹揚多與她接觸接觸也是好的。

紹揚點了點頭，皇上又道：「父皇想給你指門貴親，不過，還是會在你們見上一面後再作決定，父皇也不想做那強扭瓜秧之人……」

紹揚的臉微紅，轉過頭求助似地看著葉成紹。葉成紹對於膽敢挑釁他的娘子之人，一律列為討厭的人的行列，於是輕咳了一聲，正要說話，皇上倒先說了。「端雅其實是個不錯的孩子，紹揚，朕想，她應該很適合你。」

紹揚也知道一點關於端雅強要嫁給葉成紹為妻的事情，這會子他也看出了皇上的為難，輕輕一笑，紹揚道：「三日後，臣會跟大哥去宮裡的。」

皇上聽了越發喜歡紹揚了。這個新認回的兒子，比起那幾個來要省心得多了，聽話又好用。

東臨后在大殿上大失顏面，太后聽說之後，沒少埋怨皇上，東臨后也一有機會就跟皇上哭哭啼啼，皇上都有些吃不住了，就怕紹揚會和葉成紹一樣，也拒絕端雅。

那天，皇上與紹揚的見面，並不算得上親熱感人，因為皇上到底還是又一次利用了紹揚，將他當作了兩國聯姻的籌碼。所以，皇上走後，葉成紹拍了拍紹揚的肩膀，道：「見是見，但不喜歡，就不要勉強自己，一切有大哥在呢，別怕。」

紹揚含笑看著葉成紹，握住他拍在自己肩膀上的手道：「我無所謂的，如果娶了她，能對大哥有好處，那我便不會推辭了。反正，娶誰不也是娶？何況……」後面的話沒有說出來。紹揚聽說，那位異國的表妹雖然任性得很，但性子爽直活潑，而他的性子太過沈悶，也許，與那樣的一位公主在一起，生活會多一些樂趣呢……

葉成紹回到東宮，見紫綢幾個正在收拾東西，素顏正在寢宮裡拿著一支人蔘發怔。葉成紹輕輕走上前去，自身後擁住了素顏道：「娘子，還在擔心岳父的傷情？」

素顏的眼圈紅紅的。她的面前堆著好多名貴藥材，她將手裡的那支百年老蔘拿起又放下，口裡喃喃道：「流太多血了，氣血兩虧，又不能強補……相公，你說是用靈芝好，還是用人蔘好？」

那天藍大老爺被陳閣老一刀刺穿了小腸，引得腹內大出血，雖然葉成紹及時給他止了血，又得了太醫的救治，無奈傷勢太重了，都過去了半個月，藍大老爺仍是時醒時昏的，讓素顏好生難過和擔憂。

穿越到這個世界來後，素顏對藍大老爺一直沒有什麼感情，因為藍大老爺對大夫人的無情和濫情，都曾讓素顏痛恨和討厭。但那一次，自己被侯夫人打後，藍大老爺真的像個慈父一樣地擋在了她面前，與侯爺、侯夫人交涉。那時，素顏才感覺到藍大老爺像一個合格的父親了，對他的態度也大為轉變了許多。

可怎麼也沒想到，這一次在大殿之上，危急時刻，藍大老爺竟然表現出令人震驚的睿智和勇敢。她知道，藍大老爺是全心全意為自己出頭，那一刻的藍大老爺在素顏眼裡，猶如一座偉岸而堅實的山一樣，她心裡第一次湧出一股父女親情。

「太醫不是說了嗎？岳父的傷勢已經穩定了，只是要多多調養一段日子，就會好的。娘子，妳再傷心下去，岳父知道了，也會難過的。」葉成紹明白素顏的心情，素顏這是既感動又愧疚。

「可是，我前天回去看他時，他還有些神志不清，醒來了，也沒認得出我來。」素顏轉過身來，伏在葉成紹的懷裡，嚶嚶哭了起來。她最近越發多愁善感，總喜歡把事情往最壞處想，也變得脆弱起來。有時很依賴葉成紹，尤其是晚上，總像個小孩一樣地蜷進葉成紹的懷裡，手搭在他的腰間，緊緊攥住他的衣服。葉成紹稍有脫離時，她便再一次地又挨蹭了上來，生怕他會消失一樣。

葉成紹有些擔心，是不是那天目睹了那麼多的死人，又親眼看到藍大老爺被刺後，素顏受到了驚嚇？

「不行，今天我們再回去看看爹爹吧，他一日不清醒，我便一日心裡不安生。」素顏的眼淚滴在了葉成紹的胸襟裡，將他煙青色的袍子哭濕了一大片。

「好，我這便陪妳去就是，保准一回去，岳父就醒了呢。」葉成紹輕輕地哄著她，耐心地幫她擦著臉上的淚珠。「莫再哭了，妳看，好漂亮的眼睛又哭腫了，一會子回去，讓岳母看到，又要憂愁了。」

素顏這才點了頭，收了淚。她自己也覺得這陣子怪怪的，動不動就流淚，一件很小的事情也能讓她感傷，而且身子也懶懶的，對什麼事都提不起勁。最近又忙於從寧伯侯府搬到東宮來，皇家的規矩很多，偌大的東宮要打理好不是那麼容易的事情，雖然有青竹和紅菊幾個幫襯著，但那兩個人到底也不是宮裡出身的，對宮中的禮制也不是那麼清楚，幸好皇后給她送了幾個能幹的嬤嬤和太監過來，又加之有陳嬤嬤在，她才總算將東宮所有的事情理出頭緒，也立下了自己的規矩。

好在宮裡的人也不多，家裡的人也簡單，最重要的是沒有一個側妃、良娣之類的來給她添堵，她過得還算是輕鬆，至少心情是輕鬆的。

只是，怎麼就是感覺到好疲憊呢，還多愁善感的，要說有什麼病，也沒有啊，不過月事倒是有些時候沒來了……

素顏一時還沒有想到別的方面上去，也就沒有想著去請太醫瞧身子。

藍家的上空陰沈沈的，整個府裡都有些沈悶，但門房藍四最近卻算是發了筆大財了，每日前來探望大老爺的官員絡繹不絕，馬車幾乎要在藍家大門口排成長龍了。他幾時見過藍家有如此風光的時候，簡直就是比一般的王府還要熱鬧了，還是大姑奶奶嫁得好啊，現在可是皇太子妃了。而且是大周太子唯一的妃子，這可算得上是有史以來的頭一份，藍家的姑娘可算是榮耀到了極致，藍四也覺得自己無比驕傲，像是自己渾身上下也被鍍上了一層金子一般，尤其前來探望藍大老爺的人出手大方，藍四收打賞錢收得手都有些抽筋了。

要不是大老爺一直還沒有清醒，府裡頭大家心情都很沈重，藍四真想揣著銀子大笑三聲。

抬眼間，他突然就看到了東宮的馬車行來，心裡一激動，手一揚，大聲向府門外的馬車揮去。「讓開，快讓開！太子妃來了，閒雜人等退避！」

馬車裡的人敢怒不敢言。以前藍家也不過是個二品的學士府，無權無勢又無財，要爺來，爺還懶得來呢，要不是看在太子妃的面上……想著又嘆氣，誰讓人家就是生了一個有出息的女兒呢，以前京城裡頭，好一點的公卿之家，誰會看得上葉成紹那個混混啊？藍家怎麼就這般有眼力呢，怎麼就看出來葉成紹其實是當今的太子了呢？真是走了狗屎運了！

氣歸氣，好幾輛馬車都不得不移動，給太子妃讓出道來，也沒有一個人敢對藍四如何。

藍四看著那些平日裡高高在上的官家貴戚們都聽他指揮了，心裡更加志得意滿了起來。

他昂首闊步，正要站到路中間去迎接太子妃的馬車，就聽得一個清脆的聲音喊道：「四叔，你正忙著呢？」

藍四回頭循聲看去，只見紫晴不知道從何處走了出來，笑盈盈、俏生生地站在藍府大門處。藍四一怔，臉上立即就帶了笑，訝異地問道：「是紫晴姑娘啊，好久沒見妳回府了，今兒怎麼沒跟太子妃一同坐馬車來呢？」

紫晴被素顏送給了文靜，藍四並不知道，他只是覺得奇怪，為何前幾次陪著大姑奶奶回府的不是紫綢，就是葉家的人，倒是很少見到紫晴。不過，紫晴是打小就服侍大姑奶奶的，也許是她在府裡頭還有更重要的事情，大姑奶奶並不帶她回門子，也是有的。

紫晴臉上的尷尬之色一閃而過，對藍四笑道：「太子爺和太子妃都在馬車上，正趕來呢，我是先向大夫人報個信的，太子妃今兒怕是要在府裡頭用午飯呢。」

藍四一聽，忙笑道：「喔，是這樣啊，那紫晴姑娘妳快些進府裡去吧，我在這裡等大姑奶奶就好。」

「喔，還請四叔進去幫我稟報一聲，我這裡還有些事情要回稟太子妃呢。」紫晴笑著對藍四道。

藍四一聽，忙道：「那好，我這就進去，紫晴姑娘幫我看著點。」紫晴可是大姑奶奶身邊最得用的，又是這樣看得起他，口口聲聲叫他四叔，藍四覺得自己特有面子，二話不說就跑進了府去。

太子府的馬車越行越近，紫晴悄悄地閃到了一邊，在暗處等著。

藍四眼力不好，如果稍加注意就會發現，現在的紫晴穿著一身半新不舊的衣服，頭上的飾品也簡單得很，根本不能和太子府裡頭的那身行頭相比。而且，她的容顏也比起以往要憔悴了很多，多了幾分不符合年齡的滄桑，少了幾分少女的青澀。

馬車在藍府門前停下，最先下來的就是紫綢。紫晴躲在暗處，看著紫綢一身光鮮亮麗的宮裝，頭上也戴著一般府邸裡難得一見的時新宮花，眉眼間透著一股子皇家侍女才有的威嚴與自信，紫晴的心裡便一陣酸澀。如果，當初大少奶奶沒有將自己趕走，自己應該和紫綢一樣風光……想到這裡，紫晴咬緊了嘴唇，死死地攥緊手裡的東西，眼睛一瞬不瞬地看著。

葉成紹也跟著跳下車來，手臂伸向了馬車裡。紫晴看得一怔。東宮守衛森嚴，她根本就靠近不了，所以，只好等在藍府門前。等了很多天，總算等到了素顏回門子，卻沒想到，葉成紹也跟著來了。想起自己以前對葉成紹做的事，紫晴感覺自己的腳重逾千斤，在心裡演習了很多遍的法子，這會子卻根本不敢動一下……

眼睛忍不住就紅了起來，眼淚在眼圈裡打著轉，心裡無比後悔。

素顏扶著葉成紹的手下了馬車，走路時，腳步有些飄浮，人也軟軟的沒力，半倚半靠在葉成紹的身邊往藍府裡走。

紫晴見了這個情形，越發著急了起來，張了張口，幾次想要喚出聲來，又還是忍住了。

素顏將她送給文靜時說的話言猶在耳——

「從此，妳便不再是我的丫頭，妳的一切，都與我無關……」

要不要出去？紫晴心裡猶豫著、害怕著。

直到葉成紹扶著素顏進了門，她也沒有邁出一步來。

紫綢走在後面，似有所感地回頭，但沒有看到任何異樣，便也走進了藍家大門。

第一百六十六章

藍大老爺屋裡，老太太正坐在大老爺床前垂淚，拿著手帕抹眼淚，大夫人正幫大老爺擦著臉。太醫已經來看過了，大老爺過了這兩天就會徹底清醒，不會有大礙才是……

這時，青凌來報，說是太子和太子妃就在外面了。

老太太和大夫人立即慌忙起身。如今素顏和葉成紹的身分更加高貴了，該有的禮節還是不能廢的，忙雙雙迎了出去。

素顏一見老太太和大夫人又要向自己行禮，忙幾步便走上前道：「免禮了，奶奶、娘親，爹爹可有好轉了？」

自從大老爺的那一番英雄壯舉之後，素顏連帶著對老太太的印象都好多了，也肯叫她奶奶了。

老太太和大夫人還是將禮行完，才起了身道：「回太子妃的話，太醫才來看過，說是這兩天就會醒來。」

葉成紹替素顏將老太太和大夫人扶住，笑道：「好些了就好，我這就進去看看岳父大人。」

大夫人聽了便點頭道：「多謝殿下掛念了。」

說著，大夫人上來拉了素顏的手，似是有話要跟素顏說，葉成紹見了便扶了老太太進去。大夫人挨近素顏，開口道：「郁家的納彩禮已經來了，郁夫人親自上的門，說是想把成親的日子定下來，可是妳爹這會子還沒醒……老太爺說是想辦個喜事沖一沖，興許妳爹爹的病就好得快一些，可妳三妹就是不肯，說是她還小呢，得過了十六才肯出門子。三姨娘這陣子就找我絮叨，說三丫頭是野了心了，一門心思只想著賺錢……不肯成親就是想再多賺點錢的緣故，沒得耽擱了姻緣。」

素顏心裡也明白，自從自己把別院裡的廠子交到素麗手上後，素麗對於女子的身分和能力又有了新的認識，她原就是個有主意的，如今又受了自己的影響，時不時地也會說上兩句：「女子也不一定非要依附於男子嘛，憑什麼我們不能養活自己，作自己的主呢？」

大夫人這是想讓自己勸素麗，可其實，素顏覺得這樣也未嘗不是好事，畢竟素麗也還小，尚未發育完全，十六以後再結也是好的，而且，郁三也很寵著她，最近也跟著常在別院裡頭混著，兩人感情不會受太大的影響才是。

不過，長輩的心，素顏還是要顧及的，於是道：「娘，我會跟三妹說說的，至於聽不聽，那還是得由她。其實，她是個小有主意的，從來就不會胡來，您也勸勸三姨娘，要她不要急才是……」

話未說完，素顏突然覺得一陣頭暈目眩，下腹處就有了墜脹感，她心裡好一陣心慌，趕緊扶著大夫人。大夫人被她的情形嚇住了，忙扶住了她，驚呼道：「素顏、素顏，妳怎麼了？妳可別嚇為娘啊！」

裡面葉成紹聽到聲響，一個縱身就躍了出來，手一抄，打橫將素顏抱在了懷裡，急急走進屋裡去，大聲道：「快去請太醫！」

素顏的臉色瞬間蒼白，蜷曲著身子，手捂住腹部，心裡大驚。怎麼會有流產的跡象，自己是懷孕了嗎？可是，明明只是過了四十天，應該還不確定才是，怎麼這麼快就會流產？她的心不由得一陣抽痛起來。如果一切都是真的，那這個孩子就是她與葉成紹的第一個寶寶，難道……就這樣莫名其妙地就沒有了嗎？不……

葉成紹看著素顏痛苦的樣子，心裡一陣痛如刀絞。他不懂醫理，更不明白素顏怎麼會突然發病，看她的樣子又不像是中毒……他等不及藍家的人去請太醫了，對大夫人囑咐幾句後，便大步走了出去。

藍府大門外，紫晴像是洩了氣的皮球一樣，癱坐在角落裡，任冰冷的風像刀一般刮在臉上，攪亂了她的秀髮，稍顯枯黃的臉上掛著淚痕，猶自在喃喃：「進不進去？進去了，會不會被大少奶奶打出來？若是太子知道了那些，會不會殺了我？可是，不去，這已經是最後的機會了……」

正猶豫時，就見葉成紹如一陣狂風一般地自大門裡奔了出來，一旁的藍家僕人已經牽了馬出來。紫晴心頭劇震。只怕是發作了……

她再也不遲疑，突然不怕死地就衝了出去，猛然撲到葉成紹身邊。「爺，大少奶奶是不是出事了？」

葉成紹心急如焚地要上馬，不知道哪裡撲出一個人攔在了馬前，他抬了腳就要踢去，聽到紫晴的話後，又生生將腳收回，手一伸，就拎著紫晴的領子，把她整個人提了起來。「說，妳怎麼知道大少奶奶出事了？」

葉成紹像一頭凶猛的野獸一樣，俊眼裡閃著狼一樣的狠光，看得紫晴連打了幾個哆嗦，半晌也沒說得出話，她只能打著手勢，求葉成紹放她下來。

葉成紹將她往地上一扔，道：「快說，妳怎麼知道大少奶奶出事了？」

「咳、咳……爺，奴婢是來送解藥的，求您讓奴婢見見大少奶奶……」紫晴哆嗦著，自懷裡拿出一個藥包遞給葉成紹。

葉成紹大怒，一把奪過她手裡的藥包，拎起她便向藍府大門走去，對身後的墨書道：「去請陳太醫速來。」

墨書打馬而去。葉成紹一路提著紫晴往素顏所在的屋裡而去。

屋裡，素顏下腹的墜脹感更加嚴重了，她忙自己口述了一個方子，揀著藍府裡可能有的藥物讓人速速去煎來。紫綢手忙腳亂地去了，出門時，正好碰到葉成紹拎了紫晴進來，她不由得怔住，但這會子給素顏煎藥才是最重要的，所以紫綢也沒多問，就匆匆走了。

素顏連做了幾個深呼吸後，這才感覺鬆活了一些，抬眼就看到葉成紹氣沖沖地提著一個人，扔在地上。

「大少奶奶、太子妃……奴婢是紫晴啊，奴婢是來給您送解藥的……」紫晴驚魂未定，一看到素顏，便像是看到了救星一樣，跪爬到素顏的床邊。畢竟有打小就在一起的情分，素顏就算再氣，也會留下自己一條命的吧？

「解藥？妳知道我今天會出事？」素顏皺著眉頭問道。

「奴婢該死，奴婢鬼迷了心竅，一心只想要給上官公子做妾，奴婢不想大少奶奶有爺的孩子，所以，奴婢……奴婢以前在大少奶奶身上下了落地蓮……此藥平素也沒什麼壞處，對身體不會有影響，只是一旦懷孕，就會……」紫晴的聲音越說越小。自從素顏將她給了文靜後，文靜和二夫人一開始對她還算好，後來，素顏把二夫人一家都趕出了寧伯侯府，文靜的婚事又泡了湯後，二夫人和文靜就沒少拿她出氣，紫晴真的快在二夫人家裡活不下去了，這才回想起素顏的種種好來，想起自己過去所做的事情，簡直只想要撞牆才是。

思前想後了很久，她越想越害怕，若是素顏真的懷孕，再出了事，自己做的那些事情怕是遲早要被查出來，到那時，只怕會死無葬身之地。想起爺的冷酷和可怕，紫晴猶豫再三，她還是選擇了來自首、來補救，或許，素顏會看在往日的情分上，饒了自己一命……

「落地蓮？來人，將方子改了。」素顏一聽落地蓮，臉色變了變。以前聽說過這種植物，是可以放在香片裡用的，只要人多吸幾次，就會入了血液裡……紫晴這丫頭可真毒，她害的可不只是自己，連著屋裡的紫綢幾個也一併害了啊……

「妳是下在香片裡？」素顏沈聲問道。怪不得自己沒有發現，也沒有防備得到……

「大少奶奶，奴婢這裡有解藥！」紫晴沒有正面回答。她的確是下在香片裡，她知道素顏懂醫，而且，飲食方面又由陳嬤嬤看得緊，下不了手，只能在香片裡。

「娘子……」葉成紹恨不得一掌劈了紫晴不可。他可不太相信紫晴手裡的解藥是真的。

「無事，我不用她的解藥，也能自己想辦法，不過，好在她及時來告訴我中的是什麼毒。相公，咱們的第一個孩子，我一定能保得住的。」

葉成紹聽紫晴說素顏懷孕時，就有種氣炸了的瘋狂。那可是他與素顏的第一個孩子，皇后盼了有多久，自己又盼了有多久？尤其是他面對素顏時，心裡一直缺乏自信，總怕素顏會離開他，所以更期待自己和素顏早日有孩子，這樣才能更加穩固兩人的感情。何況，素顏現在也頂著很大的壓力，自己已經當著全天下的人宣佈，後宮只要素顏一人，如果素顏不能及早生出皇長子，就算自己能夠堅持，素顏也會受不住那個壓力，因此這個孩子，對於自己和素顏都是無比重要。

他真的好想殺了紫晴，將她碎屍萬段才能解了心頭之恨，但聽到素顏說她一定能保得住這個孩子時，他卻有種想要哭的衝動。她的堅強和聰慧再一次讓他欣慰，更讓他心疼。

他上前一步，毫不猶豫一腳踹開紫晴，大掌輕按在素顏的腹部，暗運內力。

素顏頓時感到一陣溫熱的氣流流入腹部，腹墜的疼痛要好了很多，她艱難地露出一個微笑來，柔聲道：「相公，別擔心，孩子一定會沒事的。」

葉成紹眼裡的關切和痛苦她看得很清楚，知道葉成紹和她一樣，有多麼在乎這個孩子，有多麼想要這個孩子。

「娘子，妳的身子要緊，不要勉強，孩子我們以後還會有的。」葉成紹用空出的那隻手輕撫著素顏的臉，墨玉般的眸子裡終於泛出了淚意。自小便孤苦，有爹有娘，卻像個孤兒一樣，沒有感受過真正的家庭溫暖，是素顏讓他明白了愛，也是素顏讓他有了家的感覺，她就是他最親近的人，而孩子，就是他們的希望，他捨不得孩子，但更捨不得素顏痛苦。

「傻子，我是醫生，你要相信我。」素顏愛憐地撫著葉成紹的額頭。這個男人，有時很堅強，很強悍，但也很脆弱，尤其是在家庭和親情方面，他看似冷漠，其實有顆灼熱又易感的心。

大夫人早就被素顏的樣子嚇得六神無主，大老爺人還未醒，素顏又出了這種事情，她的心就像是在火裡煎一樣地灼痛，早就吩咐人去幫素顏取藥煎藥了，這會子站在床邊，眼淚忍不住就流了下來。

「素顏，我可憐的孩子……」大夫人聲音哽咽。

轉過身，看著被葉成紹一腳踹開，連叫都不敢叫一聲的紫晴，向來好脾氣的大夫人也怒了，上前去，一巴掌甩在了紫晴臉上，打得紫晴嘴角逸出血來。

「背主棄義、望恩負義的東西！虧妳還是藍家陪嫁過去的家生子，竟然謀害主子，來人，將她拖出去亂棍打死！」

紫晴也知道今日之事無法善了，向葉成紹撲出去的那一刻，她也預料到了自己會有這樣的下場，不過，現在她倒是不怕了，聽了大夫人的話，她臉上反而露出一絲微笑。那是一種解脫似的笑，她終於可以不再承受良心的折磨了。

自從素顏將她送給文靜後，她就後悔了，也從那段癡迷感情中醒悟過來。自己是鬼迷心竅，為了一段完全不可知又觸摸不到的感情，竟然背叛了如姊妹一般待著自己的大少奶奶，真是得不償失。

那個男人，幾乎沒有用正眼看過她。以前，他還跟自己有過接觸，但那一切都是為了大少奶奶。可是，越到後來，葉成紹與素顏的感情越深時，他也越來越痛苦，直至最後選擇放棄，沒有再對大少奶奶存過壞心思。

他都放棄了，自己為什麼還不放棄，竟然為了能夠到他身邊去，做下如此卑劣而愚蠢之事……

死，也許是最好的解脫吧？紫晴艱難地爬了起來，含淚跪到素顏的床前。「姑娘，紫晴對不起您，來世，若再有機會成為主僕，紫晴一定全心全意待著姑娘。紫晴走了，姑娘保重。」說著，便給素顏恭恭敬敬地磕了三個頭。

她沒有喚素顏大少奶奶，也沒有喚她太子妃，只是叫素顏姑娘，就像小時候，第一次她撥給素顏做丫頭那樣，叫她姑娘，那是她們感情最好、最純真的時候，她很想要回到從前，回到那雖然被二夫人欺負，但主僕感情親如姊妹的時光，可惜，有的事情不能再重來了。

紫晴搖搖晃晃地向門外走去，兩個粗壯的婆子已凶神惡煞地站在了門口，正要進來拖她。

「紫晴……」素顏的聲音有些遲疑，也有些顫抖。

「姑娘保重。」紫晴的身子僵了一僵，卻沒有回頭，還是往前走去。姑娘總是容易心軟，以後去了宮裡，再心軟，碰到的人可能比自己更加惡毒，姑娘啊，太善良有時是不利的啊……

「紫晴……」素顏又喚了一聲。「妳回來……」

「素顏，她死有餘辜！」大夫人也不想素顏太過心軟。

「娘，她知道悔改了，她完全可以不來的，明知是送死，還是來了，足以證明，她知道悔改了。」當初送紫晴走，便是斷了與紫晴之間的主僕情分，但是，這一次，紫晴的勇敢倒讓她刮目相看了。人孰無過，知錯能改，善莫大焉，何況，還是敢不計後果地承擔錯誤，再者，紫晴到底是沒有泯滅良知，到底還是關心、牽掛自己的，紫晴罪不至死。

「姑娘，奴婢罪該萬死，您不要再心慈手軟了，您如今已經是太子妃了，東宮那種地方，可容不得心太善的人啊……」紫晴閉目哭泣，沒有回頭，倔強地對素顏說道。

「所以，妳以後要在我身邊幫我看著，保護我啊。」素顏臉上帶了笑意。紫晴並不壞，她只是被情所困而已。打小，紫晴和紫綢兩個就一直很維護她，在二夫人掌權的那段日子裡，如果沒有紫晴和紫綢兩個的拚命護衛，才轉世的自己，只會吃更多的苦。

紫晴聽得大震，轉過身，不可置信地看著素顏。「姑娘，您……您還要奴婢……」

素顏柔柔看著紫晴，眼裡有著淡淡的憐惜。「在二姑娘那裡受了很多苦嗎？」

紫晴的眼淚流得更急了，哽著聲道：「沒什麼，就算是受了苦，那也是奴婢自作自受……」

這時，紫綢端了煎好的藥走進來。她沒有看紫晴，而是直接走到床邊。「娘娘，喝藥了。」說著，吹了吹，試了試藥的熱度。

「給我吧。」葉成紹接過紫綢手裡的碗，也探了探碗上的溫度，看了紫綢一眼。藥溫很適宜，說明紫綢方才在外面已經站了一會子，正好把藥放涼了才進來。

素顏將藥一口氣喝完後，感覺有些疲倦，在葉成紹的懷裡蜷著，眼睛卻是清清亮亮地看著紫晴。「拿些蜜餞給我，好苦啊。」聲音裡，帶著些許的撒嬌意味，就像小時候那樣。

紫晴怔住了，呆在原地有些不知所措。紫綢瞪了她一眼，罵道：「怎麼，出去了些日子，連姑娘喜歡吃什麼樣的蜜餞都不記得了嗎？」

紫晴這才回過神，哆嗦著端起放在小几子上的果脯遞給素顏，眼淚仍是撲簌簌地掉著。

葉成紹對她的火可沒消，但紫晴是素顏的人，他又一直很在意素顏的感受，儘管早就知道紫晴對自己存著壞心思，但他從來沒有在乎過。害自己不要緊，只要不害到娘子就成了。只是，沒想到他的寬容和放縱，竟然連累到了孩子，所以，這口氣，他怎麼也嚥不下去。可是娘子不追究，他嚥不下去也得嚥，素顏的善良和寬仁，再一次讓他心疼又心酸了。

他接過紫晴手中的果脯，對素顏道：「娘子，不殺她可以，但留在身邊是萬萬不能的，以後，就讓她去別院裡吧，也算是全了妳對她的情義。」

「是啊，素顏，這種對主子不忠，敢下手害主子的人，是不能姑息的，好在她也知錯，算是將功補過了。妳不計較她，但卻再也不能留她在身邊，不然，以後別的下人也學著她的模樣，那可怎麼辦？但凡她在外頭過得好，又豈會真的來向妳悔過？害人之心不可有，防人之心不可無。」大夫人在一邊也是勸道。

「姑娘，紫晴不配再待在您身邊，也不配再留在爺的府裡，紫晴對不住姑娘，也對不起爺，紫晴看著姑娘能好轉就心滿意足了。」紫晴淒然一笑，向素顏福了一福，毅然轉身往外走去。

「妳到現在還是不聽姑娘的話嗎？到了這時，妳還裝骨氣給誰看？有骨氣就別做那下作事！」紫綢怒不可遏地對紫晴道。

「我沒臉留下了，姑娘身邊有妳就好。」紫晴沒有回頭地走了出去。

紫綢氣得臉都黑了。她與紫晴從小要好，紫晴被素顏送走時，她的心裡也很難過，但她也容不得紫晴對素顏有異心。今天聽說素顏出事竟然是紫晴一手主使的，心裡更加有氣，但素顏重情，能夠原諒紫晴，讓她很感動，如果紫晴就這樣走了，素顏心裡定然會不舒服的。

她收到了素顏的眼神，想出去安排紫晴時，聽得有人來報。「夫人、夫人，大老爺醒了！」

第一百六十七章

大夫人一聽說大老爺醒了，眼淚就來了，起了身就往屋外走。素顏所在的屋子也在大夫人院裡頭，和大老爺那兒只隔了一個正堂，大夫人激動地走出幾步後，又不放心地回頭看著素顏。「我去看看妳爹爹，妳好生休息。」

素顏聽得大老爺醒了，也很激動。今天回門來，就是要看望大老爺的，只是不承想自己先病倒了，這會子就是想去看也去不成，心裡正急著，忙對大夫人道：「娘，您別管我，快去看看爹爹吧，我沒事的。」

大夫人這才抹了把眼淚走了。素顏看著仍半擁著她坐著的葉成紹。「相公，你幫我去看看爹爹，我不放心。」

葉成紹有些不放心，遲疑道：「娘子……」

「無事的，爹爹就在東廂房裡頭，我在這邊有什麼事，喚一聲你就能聽得到。」素顏期待地看著他道。

葉成紹一想也是，便起了身出去了。

屋裡只剩下紫綢，素顏看了紫綢一眼，又看向外面。紫綢無奈地嘆了口氣道：「娘娘，人就在外面，奴婢讓她回她自個兒老子娘那邊去看看，她也不肯去。」

素顏道：「妳和她都是打小就在跟前的，那情分和別人就會不一樣……我怕她那性子太倔，二老爺家的境況如今也不好，又跟我有嫌隙，她若再回去，二夫人指不定又會拿她出氣。妳讓陳嬤嬤去一趟二老爺府裡，把她的賣身文契給拿回來，再讓人送她到別院裡頭去。這事辦好了，我也算是安心了。」

紫綢聽了點了點頭，心裡卻不平靜。素顏如今已是貴為太子妃，皇后之下便是她最為尊貴了，難得她仍是如此重情重義，沒有因為身分改變而不可一世，對她們這些個下人，反倒比過去更加親和。紫晴那樣對她，害得她差一點連第一個孩子都沒了，要是換了別的主子，非誅殺了紫晴全家不可。這樣的主子，看著似有些心太軟，但卻能讓人對她更加死心塌地，更願意全心全意地待她。

大老爺這一次醒後，精神好多了，太醫看過脈後，說他不會再昏迷，已經脫離危險，只會一天一天地好起來。太醫又給素顏探過脈，給她開了幾副安胎藥就走了。

葉成紹這才總算是徹底鬆了口氣。大老爺聽說素顏有了孩子，高興得像個老小孩一樣，當場就嚷嚷著要來看素顏，惹得大夫人嗔了他好幾句，將小胖子抱了送到他床前道：「老爺，素顏那才懷上呢，您急也沒用，還是好生在床上歇息吧！」

老太太聽到素顏懷了孩子，也是喜得直唸阿彌陀佛。自從素顏被封為太子妃後，藍府成了國丈府，而她也被封為了老太君，她就是再傻，也知道藍家的尊貴和榮耀是素顏帶來的，自然也不會與素顏和大夫人鬥氣。

她聽到大老爺說是要去看素顏，也是笑道：「你自個兒的兒子都沒見你怎麼抱過呢，來，寶貝孫子，去讓你爹抱你。」

小胖子早就在大夫人懷裡不安分了，他兩隻小胖腿不停在大夫人懷裡蹬著，兩隻手在空中亂舞，興奮異常地往大老爺懷裡撲。大老爺也算是老來得子，對兒子當然是喜歡得緊，只是他素來講究抱孫不抱子，所以平素也很少抱這個兒子，這會子見自己大難不死，兒子這般地親近自己，鼻子就酸了，覺得往日間對兒子不夠親近重視，看著兒子可愛又胖乎乎的臉，清亮又熱切的眼神，他感動得忍著痛向小胖子伸了手去。

大夫人只道他不能用力，便將小胖子又送過去了些，想讓小胖子親下他爹。

小胖子努力了好半會兒，總算能挨近爹爹了，小胖手一揮，總算是撈著了他爹的鬍子，用力一揪，咯咯大笑起來。

大老爺被小胖子揪起痛得大叫，這才明白自家兒子喜歡的是他的鬍子，一旁的老太太和大夫人見了也是笑了起來。

素顏先前只是小腹墜脹，雖然動了胎氣，但並未見紅，又好在紫晴及時回來告訴了她病因，對症下藥之下，很快就穩了胎氣，在藍府住了兩天之後，就回了太子府。

宮裡聽說素顏懷了孕，皇后高興得當即就往太子府裡衝，把自己坤寧宮裡頭能用得上的良藥、補藥，揀最貴的往太子府裡搬，自己最先奔到了素顏的寢宮裡頭。「兒媳婦、兒媳婦，快讓我看看、快讓我看看。」

陳嬤嬤還在床前跟素顏說話呢，皇后也沒讓人通報就進來了，一陣風似的，一下子扒開床邊的人，往床邊一坐，就去抓素顏的手。

素顏掙扎著要起身給她行禮，她忙將素顏往床上按。「懷孕的人最大，別起了，懷孕期間，一切禮數都免了啊！鋪子裡頭的事啊、廠子裡啊，還有別的雜七雜八的事情全免了，不許操心，妳就要好好的養好身子，把我的小金孫生下來才是正經。」

素顏聽著臉就紅了，有些不好意思地說道：「母后，也沒有您說的那麼嚴重，只要過了頭四十幾天就好了。」

「不行，妳懷的可是本宮的皇孫，大周朝將來的太子呢，聽話啊，以後不可以隨便亂動，也不可以隨便亂吃。」皇后臉上的笑容燦爛無比，手一揮，從外面呼啦啦就進來一大串宮人。「這些人都是我特意為妳安排的，兩個燕喜嬤嬤、兩個調養嬤嬤，還有兩個穩婆、兩個醫婆，再兩個是幫妳打理內宮的，給陳嬤嬤打下手。東宮裡的事多，妳以後就別操心了，留給奴才們做就成了。」

才懷上呢，穩婆醫婆就找來了，皇后也太誇張了吧？素顏無奈地搖了搖頭，知道這是皇后的好意，只好點頭謝恩。皇后又是一揮，又進來一批人，手裡全拿著托盤禮盒。「這些個補品妳可要天天吃啊，讓兩個調養嬤嬤給妳安排著，一日四頓，一餐也不能少，早中晚連著宵夜……」又摸著素顏的臉頰道：「太瘦了，得養得胖胖的才行，不然，我的小金孫也會跟著瘦的。」

素顏聽得心裡暖暖的，卻又感到頭痛。這是什麼事啊，早中晚還要加宵夜，皇后是拿自己當豬養了，等孩子足月，自己怕是會成一個大胖子。

皇后的話意未落，宮人來報。「太后娘娘和長寧公主、端雅公主駕到。」

皇后聽得微怔。太后得了素顏懷孕的消息會來看素顏，那是很正常的，長寧公主來幹麼？她跟自己可不對盤，對素顏也不太好。皇后眼裡就有了戒備，起了身，迎了過去。

太后在長寧公主，也就是東臨后和端雅的陪同下，走了進來。素顏忙起身行禮，太后笑咪咪地揮揮手道：「妳別動，躺著就好，可別動了胎氣才是。」

素顏聽了也就沒再起身了。東臨后一改先前的倨傲與無禮，主動上前給皇后行禮。「給皇嫂請安，皇嫂萬福金安。」

端雅也乖巧地給皇后行禮，又向素顏行禮，眼裡仍有些憂色，卻沒有了先前的冷傲和不可一世的驕蠻之氣，倒是多了一分成熟，似乎在太和殿那一天後，她就長大了不少。

人家敬自己，素顏當然也會禮尚往來，雖然不能起身還禮，但還是笑臉相迎。「皇祖母，快快請坐，請皇姑姑和表妹坐。」

端雅也不拿自己當外人，那天之後，她似乎心裡已經沒有了芥蒂，親親熱熱地坐到了素顏的床邊，略感羞澀地說道：「恭喜表嫂喜得貴子。」

「多謝表妹。」素顏臉上笑得溫婉，禮數也做得周詳。畢竟她不想在這個時候讓人抓了話柄去，說她恃寵而驕。

太后也走了過來，笑咪咪地看著素顏，連連道：「好、好，好孩子，看著氣色還不錯，就是瘦了些，要多將養將養才是。這是頭胎，生了這個，還要多加把勁，多給皇家開枝散葉才好。」說著，也是送了好些個補品來。東臨后也不例外，也送了從東臨帶來的珍貴藥材，大家又說了些應景的話，太后便起身回宮，東臨后自然也要陪著回去。皇后原還想再待一會兒的，看東臨后伺候太后殷勤，她也是兒媳，也只好跟著扶了太后走了。

端雅卻嬌嗔地對太后道：「外祖母，端雅想在這裡陪陪表嫂說說話，我就不去了。」

太后聽了慈愛地笑道：「妳這丫頭，怕是早就待在哀家身邊待煩了吧？哀家老嘍，跟妳說話也說不到一塊兒去，妳們都是年輕人，在一起說說話也好。」

東臨后竟然對端雅並沒有說什麼，似乎也很贊成端雅留下。素顏心裡有些意外，但人家既然能不計前嫌來探望自己，要留下親近，自己也不能拒人於千里之外，不然，也顯得太不大度了。

太后和東臨后又說了幾句話後，起身要走，素顏就留下了端雅，端雅也很高興地留了下來，手裡拿著一個牙形的吊墜，道：「這是我們東臨的狼牙符，能辟邪的，送給表嫂。」

素顏高興地接了，從昨天的事後，素顏知道她不過是個被寵壞的孩子罷了，說起來，其實端雅的人也不壞。

端雅打量起素顏的寢宮裝飾，眼裡的豔羨之色難掩。素顏自己寢宮裡是按了現制佈置的，並沒有逾矩之處，那些個擺設器具也都是內務府按制送來的，並沒有非常特別的東西，而且說起來，太后慈寧宮裡的東西要比這裡的華麗尊貴得多，端雅來了之後，就一直住在慈寧宮裡，早就應該見怪不怪了才對啊，怎麼會有那種眼神呢？

「表嫂，妳這宮裡佈置得好清雅，看著好舒服呢。」端雅覺察到素顏眼裡的疑惑，她也沒覺得不自在，笑著說道。

「都是內務府操的心，這些個東西在宮裡也算不得什麼，皇姑姑在內城也應該還有公主府吧？我聽說公主府裡也氣派得很呢。」按說嫁出去的公主，就算是回宮來，也不能總住在宮裡頭的，應該住到公主府裡，但東臨后回國後，就一直賴在慈寧宮裡，不合禮制。

端雅不自在地笑了笑，收了眼裡的豔羨之色，換上了一層羞澀之意，讓素顏看得越發不舒服。難道端雅還沒有對葉成紹死心不成？

誰知，端雅卻說了一句讓素顏差點被嗆住的話。「表嫂，妳說，我要是把寧親王府也裝潢成這樣，皇帝舅舅會不會生氣啊？」說話時，端雅的兩隻手不自在地扭著衣角，眼神也有些閃爍。

素顏聽得眼睛睜得好大。她可不知道皇上要將端雅嫁給紹揚的打算，更不能理解端雅的感情變化得如此之快。好半天，她才回過神來，斟酌了一下才道：「咳，那個，表妹，寧親王府……妳是說，妳跟……寧親王……」

端雅飛快的瞋了素顏一眼，眼波嬌羞含情，嘟了嘴道：「表嫂，妳不會以為我還對表哥沒死心吧？我……我當時也就看他長得俊……」說著又垂了眸，很是不屑地道：「可是他根本就壞得很，是個惡魔，差點殺了我母后呢！沒見過這麼無情無義的，再怎麼說，我母后也是他的親姑姑啊。」從小妮子狠狠的眼神裡看得出，她對葉成紹還懷有很大的怨氣。

素顏聽了又覺得好笑，伸出手來，拍了拍端雅的手。「妳別怪他，他就那火爆脾氣，也沒真的要殺皇姑的，只不過是嚇嚇妳們罷了。其實妳表哥還是很尊敬皇姑姑的，只要妳們別犯他的逆鱗，他還是很講道理的。」

端雅自然不會因為素顏的兩句話就消了氣，仍是憤憤不平的樣子，素顏看著又覺得奇怪，忍不住問道：「妳生表哥的氣，就不生表嫂我的氣了嗎？」當時，端雅可不就是一直針對自己來著，才惹葉成紹發火。

端雅聽了，卻是將素顏的手反握住，臉色綻開一朵燦爛而又純真的笑容，半點也沒覺得不自在。「我當時是看走眼了嘛，以為表哥是好人呢，所以自然就當妳是情敵了，自然就不喜歡妳了。其實，我還是很欣賞表嫂的才華的，喔，對了，有空的時候，妳教我唱那支曲子吧，著實很好聽呢！」

素顏看端雅一派嬌憨可愛的樣子，更加喜歡她的率真和爽直。「嗯，等我身子好些了就教妳。對了，表妹，寧親王可是太子殿下的弟弟，他也是叫我嫂嫂的，不如哪一天我建議他，將親王府裝潢改成表嫂這裡的樣子？」

「不過，一個親王府能裝潢成同太子府一樣嗎？會不會害了寧親王？」與端雅待得越久，素顏就越發感覺她其實真是個好女孩子，只是曾經的任性和狂妄把她的率真可愛都蒙住了，於是笑她。「也是喔，妳好端端地怎麼要去害寧親王呢，他跟妳有仇嗎？」

端雅一聽，果真急了。「我怎麼會跟他有仇？他那個樣子原就老實，又溫柔敦厚，我喜歡……」一時又看到了素顏眼裡的戲謔，方知道自己上了當，嘟了嘴道：「不跟妳說啦，表嫂壞。」

素顏聽得哈哈大笑，端雅又氣又惱又不自在，起了身就往外衝去，卻又突然頓住了腳，待在那兒半晌沒動。素顏覺得奇怪，抬眸看去，只見葉成紹帶著紹揚正一起往裡走，而端雅，怔在那裡走也不是，留也不是。

葉成紹看她的樣子好笑，故意問道：「表妹，妳是來歡迎我的嗎？」

端雅對他還有氣呢，當時就白了他一眼道：「誰迎你呀？哼！」

「那妳這麼急著出來，不是迎我，自然就是迎我二弟嘍？」葉成紹笑嘻嘻地看了一眼身後的紹揚，又看了眼端雅說道。

紹揚也被葉成紹說得好不自在，俊臉通紅。他是特意來看望素顏的，誰知道會在這裡碰到端雅。

端雅見他比自己更害羞，腳一跺，衝著葉成紹就罵道：「我就是來迎寧親王的又怎麼樣？關你個屁事！」說著，也不害羞了，拉起紹揚就往外走。「我們走，你這哥哥不是什麼好人，再待下去，又要笑話你了。」

向來溫潤儒雅的紹揚竟然臉羞得通紅，一隻手被端雅抓著，手心傳來溫軟柔潤的觸感，一種奇異的感覺瞬間透過手心傳遍全身，他的心跳比往常加快了很多，一時竟忘了這樣牽著女孩子的手不合禮數，呆呆地就跟著端雅往外走。

端雅拖著紹揚的手走出好遠，看到太子府裡的宮人們都投來異樣的眼神，才感覺有些不對，趕緊鬆了紹揚的手，垂了頭，不好意思地看著紹揚，向來爽朗的她聲音如蚊蚋般輕細。「那個……你……是來看我的嗎？」

紹揚這時已經鎮定多了，溫軟的觸感消失的剎那，只覺有點空落落的，再抬眸，見端雅此時羞紅的嬌顏有如晚霞般豔麗嫵媚，他的心再一次怦然劇跳，一朵溫暖乾淨的笑容漾開在他俊美的臉上。

「我和公主一樣，也是來看嫂嫂的。」

紹揚的聲音溫柔而沈穩，給端雅一種堅實而安定的感覺，她也迅速鎮定了下來，見一旁的宮人還在盯著他們看，她沒好氣地嗔道：「看什麼看？不許看！」聲音聽著凶，但不過是色厲內荏罷了。

那些宮人全都背過身去，不敢再看。

紹揚的笑容更深了，主動伸了手來，拉住端雅的手。「公主要是沒事，再陪我去看看表嫂吧。」

一個多月後，素顏終於感覺好多了，行動也自如了，不適的反應都少了很多，只是每日裡懶怠得很，起來不過幾個時辰就昏昏入睡，一日裡怕是要睡上八個時辰。

葉成紹在朝中的事情也多，自從被封為太子後，皇上將戶部和兵部的事務全交給了他管理，每日下了朝後，還要去御書房與皇上和大臣們一起討論國事。

各國的使者陸陸續續都走了，只有東臨國和北戎國使者還在京裡。紹揚和端雅的親事很快就議定下來了，太后和東臨后都很滿意。皇后無所謂，她現在也知道了紹揚的身世，心裡反而舒服了很多。當年的葉才人死得很淒涼，雖然不是皇后的過錯，但皇后覺得自己也有責任，如果不是自己北戎公主的身分，或許，寧伯侯的親妹妹不會成為一顆可憐的棋子，而且，紹揚的成長過程也不會那樣艱難和痛苦，所以，皇后對紹揚也懷有一些歉意，對紹揚也很好，連帶著對端雅也沒以前那樣討厭了。

太后和皇后難得融洽地在一起商量端雅的親事，好一陣子，皇后都在慈寧宮裡一待就是好幾個時辰，而且相談甚歡，這要是在以前，簡直是不可能的事情。

這一天，素顏感覺比平日精神多了，想著多日也沒有去宮裡看皇后了，便與葉成紹一同往坤寧宮去。

剛到坤寧宮門口，葉成紹便感覺有些不對勁，只見坤寧宮的宮女和太監都站在殿外，垂著頭，一副膽顫心驚的樣子，見素顏和葉成紹來了，似是都鬆了一口氣，眼裡含著期待。

遠遠就聽到宮裡有清脆的響聲，似是有人在砸東西。葉成紹忙扶住素顏，大步走了進去，但人還沒進去，就見花嬤嬤聽到動靜走了出來，裡面的聲響也輕了些。素顏忙問：「嬤嬤，母后呢？」

花嬤嬤警覺地看了看四周，見宮人們都站在外頭，便對素顏點了點頭道：「娘娘心情不好，正在發脾氣，兩位殿下來得正好，幫奴婢勸勸娘娘吧。」

素顏聽得眉頭一蹙，依言和葉成紹走了進去。但正殿裡沒看到皇后，只見一地的碎瓷器。按說，方才的聲響應該就來自正殿啊，皇后人呢？再轉頭看花嬤嬤，見花嬤嬤眼神很複雜，伸手往皇后寢殿指了指。素顏立即就想起，那裡有個暗道，皇后曾帶自己進去過……

她忙牽了葉成紹的手往寢殿裡走。

身後又傳來了聲脆響，回頭看時，原來是花嬤嬤在砸東西，似乎是在為皇后做掩護。

走進寢殿，卻讓她怔住了。皇后並未在暗道裡，而是正淚流滿面地站在寢殿的床邊，她身前，正是北戎大將軍拓拔宏。

「公主，您再不下決心就來不及了，皇上的病情加劇，他很想再見您一面，請同臣回北戎去。」拓拔宏知道葉成紹和素顏進來了，卻只是淡淡地回頭看了他們一眼，仍大聲說道。

第一百六十八章

葉成紹被拓拔宏的話怔住，轉頭看向皇后。皇后轉身背對著殿門，肩頭在不停顫動著，看得出來，她在極力地壓制著心裡的痛苦。

當年，她拋棄了在北戎的一切，為了愛情跟著大周皇帝來到大周，這一來就是二十多年。當年的老父正值壯年，精神奕奕、身強體壯，而現在，卻到了垂危之際。父女連心，皇后聽到父親病危後的心情可想而知。

葉成紹靜靜走過去，將皇后攬在懷裡，用他堅實的胸懷給皇后依靠。

感覺到兒子的到來，皇后再也抑制不住內心的悲痛，伏在兒子懷裡失聲痛哭起來。「紹兒，娘該怎麼辦？」

拓拔宏聽了，激動地又說了一句。「公主，不能再猶豫了，國主的身體等不及了啊！」

素顏感覺這件事確實棘手，依柔公主是大周的皇后，哪裡有皇后離開宮裡去另一個國家的道理？而且，聽拓拔宏的語氣，是讓皇后回去繼承北戎的皇位，那不是要皇后從此離開大周嗎？大周皇帝會同意？

「公主……」拓拔宏的聲音有些發顫了。他滯留在大周已經有幾個月了，再不回去，北戎的政局越發不穩定。在來之前，北戎皇帝就明確地告訴過他，務必將公主請回去繼承皇位，而且，朝中已經推選出幾位皇室旁支人選作為繼位者，如今已經為皇位爭得異常激烈了，北戎的局勢也因此極不穩定。而公主的血統是最純正的，公主一回去，其他人就沒有了競爭能力，再加上自己的支持，任他們爭得頭破血流也沒有用，所以，公主是非回去不可了。

葉成紹回頭看了拓拔宏一眼道：「將軍，讓母后再想一想吧，我跟母后談談。您先退下吧。」

拓拔宏看著葉成紹，眼裡露出痛苦之色。以前，葉成紹沒有被皇上恢復身分，也沒有被立為太子之時，他也曾經想過，將他帶回去作為北戎的繼承人。後來，大周的流言飛起，說北戎人想借葉成紹的身分吞併大周，這讓拓拔宏又不得不多加思考。他也洞察到了大周皇帝的居心，為什麼那些年，一直沒有承認葉成紹的皇子之位，而到北戎皇帝身體垂老，不得不選繼承人之時，突然恢復他的身分。這是一個很強勢的陰謀，依柔公主只有一個兒子，北戎想要繼任者皇室血統純正的話，不得不讓葉成紹繼位；葉成紹又是大周的皇儲，葉成紹利用兩國繼承者的身分來統一，或者說是吞併北戎，才是大周皇帝的真正目的，而且，這一步棋，已經是在二十幾年前就布下的了。

據說大周皇帝很寵愛依柔公主，可是為何依柔公主只有一個兒子？連女兒都沒有生呢？如果依柔公主還有另外的繼承人，就不會出現這問題了。大周皇帝果然陰險，他是故意將事態逼到這個絕境上的，很顯然，是他故意讓依柔公主只生一個孩子的。

拓拔宏恨極了大周皇帝，不只是他奪去了自己平生的最愛，更恨他對依柔公主的感情太過虛偽、太過功利，可以說，他或許根本就沒有愛過依柔，卻讓可憐的依柔背井離鄉二十幾年，在大周受盡了苦難，成為了大周皇帝手中的一顆棋子。正是因為如此，他更不願意讓大周皇帝得逞。公主並不老，只有三十幾歲，他很想公主回去繼位，而且，公主還可以再招皇夫……

只有公主回國繼位，才能解了眼前的危局，北戎也會有最純正的皇室血統繼承人，所以，拓拔宏對葉成紹的感情很是複雜，他不願意葉成紹影響了公主，他更害怕公主因為割捨不下與葉成紹的母子之情，不肯離開大周。

拓拔宏不肯出去。公主的想法已經鬆動了，他害怕又出現變數。「公主，請快作決定吧！」

葉成紹聽出了拓拔宏有逼迫皇后的意思，他有些不豫，冷冷地看了拓拔宏一眼。拓拔宏與他回視著，眼裡沒有半分的敬畏之意。

素顏感覺拓拔宏的態度與以往相比有了變化，便對拓拔宏道：「將軍，母后心情很亂，她需要考慮，你逼得太急，會讓母后作出錯誤的決定。我想，你也不想看到母后以後的生活，一直是活在後悔中吧？」

素顏的話不軟不硬，聲音平穩，卻是帶著一種淡淡的威脅和強勢。拓拔宏對皇后的感情著實很深，他希望皇后回去，但更希望皇后的生活幸福。他淡淡地看了素顏一眼，向皇后行了一個禮後，沒有出去，卻是走進了寢宮的暗道裡。

屋裡只剩下了皇后母子三人，素顏便悄悄退了出去，示意花嬤嬤不用再砸東西作掩飾了。

皇后還在哭，葉成紹將她扶到床前坐下，素顏親自去洗了熱帕子來，遞給葉成紹，葉成紹細心地幫皇后擦著臉上的淚水，哽著聲道：「母后，您想回去，就走吧，兒子支持您，二十幾年了，兒子知道您很想念家鄉，也很想念外公。」

皇后抬起哭得紅腫的眼眸，一張豔麗無比的嬌顏如雨後的幽蘭，嬌弱而柔美，看著葉成紹的眼神淒楚又眷戀。「紹兒，娘好不容易才認回了你，怎麼捨得啊……」

「母后，您這次回去後，就不打算再回來了嗎？」明知道這個問題如尖刀一樣，能絞碎母子二人的心，但葉成紹還是不得不問了出來。小的時候，他曾經也恨過皇后，恨皇后的軟弱和妥協，恨皇后連自己的名分也不敢要，但自從娶了素顏之後，他懂得了感情，也明白了皇后的癡情和單純，更加清楚了皇后心裡的苦，那些怨恨便化為了憐惜，他捨不得皇后受苦，更不忍看到皇后傷心。

果然，皇后聽了他的話後，剛剛止住的淚水又噴湧而出，一把將葉成紹攬進了懷裡，哭道：「紹兒、紹兒，跟娘回去吧……離開大周，娘把北戎的天下給你，那裡一樣也是你的故土，你是娘的繼承人。」

葉成紹的臉上也泛起一絲痛苦。他對大周皇帝也有怨恨，可那畢竟是他的父親，即使他對皇上表現得並不尊重，可是，內心裡卻是最重感情的。如果遵循了母親的意願，就是背叛父親，這讓他著實難以選擇。而且，他生在大周、長在大周，大周的一切早就融在他的骨血裡，在他的心裡，大周才是他的故土，大周有太多他割捨不下的東西，他不願意離開大周。

思慮半晌，他才對皇后道：「母后，兒臣暫時不能跟您去北戎，娘子懷胎才兩、三個月，兒臣不能丟下她不管。」

皇后這才想起素顏來，她抬了頭看向素顏，向素顏伸出手，素顏乖巧地牽住皇后的手，坐在皇后的另一側。「母后，這件事情，著實不能再耽擱了，也許這是您見外公的最後一面，如果連這一面也見不到，您會後悔和痛苦一輩子的。」

皇后的眼神更加無助了，她嘆息道：「我對不起父皇，我不孝啊……」

葉成紹輕輕拍著皇后的背，柔聲勸道：「母后，您若現在回去，兒臣相信外公不會再計較以前的事情。他老人家現在最希望的，就是能再見您一面，兒子支持您回去。」

「可是，娘捨不得你啊，紹兒，也捨不得素顏，娘還想抱孫子呢，娘……」皇后泣不成聲了，她滿懷希望地等著素顏的孩子出世，可是，卻要從此離開兒子和兒媳，而且，可能今生再也難以見到孫子的面，教她怎麼能捨得下？

「母后，您捨不得，以後我和娘子帶著您的孫子去看您啊，上京雖然離京城遠，但也不是不能到達的吧？」葉成紹含笑輕哄著皇后。身為人子，當然是捨不得娘親遠離的，但易地而處，他也很理解皇后的矛盾之心，一邊是老父，一邊是親兒，哪一邊她都放不下的。

「你們會來看我？」皇后睜大了眼睛。這時的她完全沒有半點母儀天下的威嚴和尊貴，像一個最平凡、最普通的母親一樣，眼裡全是痛苦，這種抉擇讓她的心如刀絞。

「會的，等娘在北戎一切都安定之後，兒子就帶著您的兒媳和孫子一同去看您。」葉成紹鄭重說道。

「是啊，母后，我們可以過幾年看您一次嘛，就當是走親戚一樣啊，說起來是兩個國度，但將來母后回了北戎之後，完全可以開放邊境，兩國交好，來往也會很方便。」素顏也是故作輕鬆地勸道。

「可是，你父皇不會同意我回去的……我知道，他布下這個局很久了，就是想讓你去繼承北戎大統，將我留在大周。」皇后嘆了口氣，秀眉輕蹙。

這倒是事實，且不管皇上對皇后的感情如何，以皇上的真正目的來說，定然不會放皇后回去。皇后回去，那便意味著他會永遠失去皇后，更有可能會讓所有的計劃成為泡影。

皇后一旦成為了北戎的女皇，那大周皇帝對皇后就失去了控制，皇后若是在北戎再嫁怎麼辦？到時候，皇上根本就管不了，也反對不了；且不說皇上作為一個男人難以容忍這樣的結果，一旦皇后在北戎生下另一個繼承人，那就不可能讓葉成紹繼承北戎的大統了。

「父皇那裡，我去勸說。」葉成紹也覺得這件事情不太好辦。皇上肯定不會讓皇后離開的，這不僅僅是皇上的臉面問題，也是整個大周的臉面，堂堂一國皇后竟然離國再嫁，大周人也丟不起這個臉的。

「公主，臣一切都安排好了，只要公主同意，我們現在就可以回去，無須大周皇帝同意。」拓拔宏在暗道裡並未走遠，一直暗中聽著皇后與葉成紹的對話。令他欣慰的是，葉成紹真的很孝順，肯站在皇后的立場想，更讓他高興的是，葉成紹竟然同意讓皇后回國。

「紹兒，你以後真的會去北戎看我？會帶著素顏和孫兒一起來？」皇后緊握著葉成紹的手，淚如雨下。她真的捨不得兒子和媳婦，更捨不得即將出世的孫子。

「會的，一定會。」葉成紹的眼眶也濕潤了，他拉著素顏的手，與皇后的手握在一起，母子三人神情都很悲切。

「母后，放心吧，我們會很想念您的，跟拓拔將軍回去見外公一面吧。」素顏也捨不得皇后，可是，不讓皇后回去見北戎老皇帝一面，也太不近人情了。

「那我真的回去了？」皇后眷戀地看著葉成紹和素顏，伸了手去摸素顏的肚子，手指微微發顫著。

「走吧，公主，現在就跟臣走。」拓拔宏又催促道。

「就走？母后，您不要做些準備嗎？」葉成紹有些詫異地問皇后。

「臣早就準備好了，只等公主同意就走。」拓拔宏在大周的這幾個月也不是白待的，他早就將皇后出宮的一切都安排好了，而且，皇后在宮裡原就布了後手，有自己的力量，想要潛逃出去，並不是很難。

「走吧，再遲，大周皇帝會起疑心的。」拓拔宏突然走了過來，拉起皇后的手就往暗道裡走。

「站住！」突然聽得寢殿外一聲大喝，很快，人便隨聲而到，皇上健步如飛，驟然過來拉住了皇后的手，一劍向拓拔宏刺了過去。

拓拔宏武功高強，根本沒將皇上的攻擊看在眼裡，只是掌風一掃，就將皇上的劍掃偏，讓皇上一劍擊空，拖著皇后繼續走。

「哼，你以為，你們能走得了嗎？拓拔宏，你也太小看大周的防衛了！」皇上冷笑一聲，手一揚，自暗道裡突然衝出一支人馬來，一個手持長槍的人正自暗道裡攻向拓拔宏，而寢殿外也被御林軍團團圍住。

拓拔宏的臉色很不好看。他知道，他是落入大周皇帝的圈套了，大周皇帝看著糊塗，其實一直在暗處監視著他和皇后的一舉一動，他布局了那麼多年，又怎麼可能放皇后回去，就此功虧一簣？

拓拔宏自知今天是絕對帶不走皇后的，他收了劍，冷冷地看著皇后道：「公主。」

皇后知道他的意思，偷偷潛回去是不行了，那麼，就只有走正道了，她是北戎的公主，拓拔宏是北戎使節，根據正常的外交，她回國探視重病的父皇也不為過，就如同東臨后回大周來探視太后也是一樣的。只是東臨與大周交好，北戎卻與大周是世仇，而且，她也明白皇帝不會輕易放她回去，她才選擇了偷偷潛回的法子的。

「皇上，臣妾要回北戎看望病重的父皇，請皇上恩准。」皇后的聲音很冷，面色也很嚴肅，她是在按規制向皇上提出省親的要求。

「皇后是要回北戎省親嗎？」皇上的臉色也很不好看。皇后竟然真的會暗中跟拓拔宏潛逃，這無疑是打了他一耳光。拓拔宏對皇后的感情，他是知道的，皇后這樣離開，有背叛他的意思，這讓他憤怒萬分。

「是的，請皇上恩准。」皇后美豔的眸子靜靜地看著皇上，眼裡再沒有半分的情絲，有的只是堅決。

皇上的做法讓她很寒心。皇上早就知道北戎皇帝病危，她其實一直在等著他主動提出讓她回國省親，如果是這樣，她或許回國之後還會再回來。但是，他一直裝作不知，連問都沒有問起過這件事情，沒有顧及她內心的感受，在他眼裡，她不過是顆被利用的棋子，是他政治野心的籌碼，這樣的男人，不值得她再留戀。

「天高路遠，太不方便了，皇后若是不放心岳父大人，大可以讓太子替妳盡孝。太子，你跟拓拔將軍回去，看望你的外祖大人。」皇上冷冷地看著拓拔宏，對葉成紹說道。

皇上的這個話是再明白不過了，就是讓葉成紹去繼承北戎大統。拓拔宏氣得額頭上青筋暴出，大手緊握成拳。若不是皇后還在大周宮裡，他真想上前去一掌劈死這個大周皇帝就好。

「我要回去見父皇最後一面！」皇后向前一步，冷靜地看著皇上，強勢說道。

「柔兒，妳是大周的皇后，不要任性。」皇上的聲音變得柔軟，他想用情意打動皇后。

「我也是北戎的公主，我回去看病重的父皇，也是人之常情，皇上不是最講孝義的嗎？不會連我的這點孝心也不肯成全吧？」皇后的聲音越發冷了，還帶了一絲譏諷。

「朕讓紹兒替妳盡孝也是一樣，皇后，妳的身體不適宜長途勞頓，朕這也是關心妳。」

皇上臉上的柔情僵住了。他不想與皇后走到這一步的，可是，皇后似乎很堅決。他隱隱感覺到，皇后這一次離開後，他再也看不到她了，會永遠失去她……不想自己多年的布局失敗是一個原因，可是，越到了皇后可能要潛離的日子，他就越心慌，突然發現，自己其實根本就不能失去皇后——

第一百六十九章

「到現在，你還是這麼自私？你的心除了你的江山權勢，還有什麼？」皇后鄙夷地看著皇上。她實在是對皇上失望透頂了，這個男人從來就沒有設身處地為她想過，他的心裡只有野心和慾望，她真後悔，當初自己怎麼就會被這樣一個無能又可恥的人欺騙，竟然為了這種人拋家棄國，離開故土親人這麼多年？

皇上被皇后不帶半絲感情的目光看得心慌，他眼神躲閃著，垂下了眸子，聲音卻是更軟了。「柔兒……我對妳的感情……是真的……」

「不要再叫我柔兒！你沒有資格！」皇后怒吼，顫抖地伸著手，指著皇上道：「如果，你對我還有一點真情的話，那就請你放開我，放我回北戎，我要見我父皇最後一面。」

「柔兒……」皇上上前一步，想要握住皇后的手，但皇后的手一縮，根本就不肯讓皇上碰她。皇上的眼裡陰厲之色乍現，但很快又換成了深情的凝眸。「柔兒，我怕妳這一去之後，再也不會回來，柔兒，妳不能離開我……」

還在裝腔作勢嗎？皇后心裡一陣冷笑，還在利用自己的善良與心軟嗎？

「住口！不要讓我厭惡你，你的話讓我覺得噁心。」皇后的手一揮，退開一步，離皇上遠了一些，冷笑著喝斥道。

皇上的臉色更加陰沈了，突然大手一揮，道：「來人，皇后神志不清，好生看護皇后。」

那意思是要將皇后軟禁嗎？素顏的心一沈，接著就聽到皇上指著拓拔宏又道：「將這北戎國來的奸人拿下，打入天牢！」

說話間，護國侯帶領的御林軍向拓拔宏攻去，而皇上大手一伸，撲向皇后。葉成紹離皇后近，不等皇上抓住皇后，便將皇后攬在了懷裡，護在身後，大聲道：「父皇想要做什麼？」

皇上的臉沈如鍋底，眸光凌厲地看著葉成紹道：「紹兒，你母后神志不清，胡言亂語了，你扶她下去歇息。」

那邊，護國侯帶著御林軍已經團團圍住了拓拔宏，拓拔宏以一敵眾，激戰正酣，葉成紹護著皇后，又怕素顏受傷，忙又伸出一隻手來，將素顏攬進懷裡，退到安全之處。

皇后卻自他懷裡掙脫出來，突然變戲法似地手持一柄匕首架在自己的脖子上。「住手，誰敢傷害拓拔將軍，本宮就死給你們看！」

皇后的話讓皇上更加憤怒，他像一頭發怒的獅子一樣怒視著皇后，一步一步走近皇后，聲音冰如寒芒。「依柔，妳竟然要為了這個男人去死？」

「站住，你不要過來，再過來，我就死給你看。」皇后戒備地看著皇上，脖子一挺，手上的刀貼近自己幾分，纖秀而白皙的脖子上立即出現一條血痕。

皇上陰厲的眼睛變得赤紅，森冷地說道：「依柔，放下刀！」腳步卻沒有停下，仍是一步一步，沈穩而緩慢地向皇后逼去。

那邊，拓拔宏看得目眥盡裂，大聲嘶吼道：「公主，放下刀，不要傷害自己！」

葉成紹也是嚇到了，他緊張地向前走了幾步，卻又怕激得皇后做出更激烈的舉動，顫聲道：「母后……放下刀。」

「不要過來，全都不許過來！放我走，不然，你們看到的就是我的屍體！」皇后橫著刀，大聲喝道。

拓拔宏擔心得心提到了嗓子眼上。護國侯仍在向他進攻，他突然長嘯一聲，奮起發出兩掌，排山倒海的掌力將圍在他身邊的御林軍推倒一大片，護國侯首當其衝，被拓拔宏的掌力震飛，砸到殿柱之上，滾落下來，猛然吐出一口鮮血。拓拔宏大吼道：「公主，不用擔心屬下，屬下能帶您安全離開。」

「是嗎？只要你踏出坤寧宮一步，朕保證你會變成一隻刺蝟。」皇上鄙視地看著拓拔宏，仍向皇后走去。

皇后的刀鋒又緊了幾分，脖子上的口子更大了，她怒視著皇上道：「原來，你真的是想逼死我嗎？」

葉成紹心急如焚，對皇上大怒道：「父皇，您想做什麼？您站住，再上前一步，兒臣就不客氣了！」

皇上聽得臉色一白，身子搖晃了一下，森冷的眸光轉向葉成紹。「你也想背叛朕嗎？」不過，卻是停住了腳步。

「父皇，有話好好說，難道你真的想逼死母后嗎？」葉成紹很惱怒地說道。

「她竟然要為那個男人去死？朕現在就殺了拓拔宏！」皇上似乎被嫉妒燒紅了眼，嘶吼著說道，額頭青筋暴起，握拳的大手發出咯吱的骨頭聲響，抬眼間見皇后持刀的手又要進幾分，他終是不敢再往前走。「依柔，放下刀！」

皇后冷冷地看著他，嘴角勾起一抹譏諷的微笑。「你還是怕我死是嗎？因為我一死，你的一切都會成為泡影，北戎人從此會恨你入骨，紹兒也會因此更恨你，就算他繼承了北戎皇位，也不會按你這個大周皇帝的意願行事，你辛苦佈置的計劃就會破滅，你受不了，對嗎？」

「依柔……」皇上的臉一陣紅一陣白。皇后的話像一把尖刀一樣地刺進了他的心臟。看到皇后持刀自殺那一刻，他的心就在發抖，妒火灼燒著他的神志，他恨皇后為了救拓拔宏而用自殺來威脅自己，但怒火中，夾雜的更多的是痛心。他頹然地後退一步，聲音也變得無力起來。「依柔，妳真的要離開我嗎？」

拓拔宏擺脫了御林軍，縱身躍起，落在了皇后的身前，劍尖直指皇上。「讓開，不然，我殺了你——」

拓拔宏的話音未落，突然，一個高大的黑影挺劍擋在了皇上的身前，大聲道：「拓拔宏，好大的膽子，敢刺殺吾皇？」
素顏看得怔住。來人竟然是中山侯，再抬眸，跟他一起進來的，還有好些個勁裝高手。皇上退後一步，中山侯立即帶人將皇后、拓拔宏和素顏還有葉成紹一同團團圍住。怪不得皇上沒有半點擔心和懼意，不怕拓拔宏挾持他，原來，他還留有後手。
素顏的心也寒了起來。皇后脖子上的鮮血正一滴一滴流著，觸目驚心，皇上竟然不顧皇后的生死威脅，難道，他真的不怕皇后自殺嗎？
「上官，你也來阻止我嗎？」皇后微瞇了眼看著中山侯，聲音裡帶著一絲不可置信。
中山侯聽得身子微震了震，關切地看了皇后一眼。「皇后，請不要傷害自己。」聽得出，他極力控制自己的關切之情，聲音儘量放得平緩，但還是帶了一絲顫意。
葉成紹見皇后的心思被中山侯吸引住，驟然如鬼魅一般欺身上前，捉住了皇后的手，將她手中的刀奪走，並同時點住脖子間的穴道，為她止血。
素顏這才鬆了一口氣，上前幫葉成紹扶住皇后。「母后，您還好吧？」
皇后怒視著葉成紹。「紹兒，你也要阻止為娘嗎？」
「娘，兒子送妳回去。」葉成紹擁住自己的母親和妻子，向皇上走去。
皇后聽得一怔，轉過頭來看著葉成紹。她沒想到葉成紹竟然肯與她一同回北戎，可是，素顏怎麼辦？但皇后並沒有問出口。她知道，當前之計是要如何先逃出皇宮再說。
中山侯見皇后的刀已經被奪下，也鬆了一口氣，但仍是與拓拔宏對峙著，只是身子卻是擋在皇上身前，這個姿勢既可以看作是在保護皇上，也可以看成是在防備皇上。

皇上看到葉成紹將皇后救下，唇邊勾起一抹勝利的微笑。「紹兒，快讓太醫來為你母后醫治。」

「父皇，放母后回去吧，你留住她的人，也留不住她的心，再阻攔下去，你們幾十年的情分就會全都葬送了，不如退一步，放過母后，給母后留下一點念想。」葉成紹並沒有依言走過去，而是走到拓拔宏身後。

「紹兒，你好大的膽子，你要造反嗎？竟然夥同你母后一起背叛朕？」皇上的火氣再一次被葉成紹挑起。妻子不肯順從自己就罷了，連兒子也要幫著妻子一同來忤逆，這讓他顏面盡失的同時，更覺得憤怒無比。

「請父皇恩准皇后回北戎省親。父女親情，血濃於水，母后回去見外祖最後一面，是合情合理的事情，您如果不放心，可以讓太子殿下護送。」

兩方劍拔弩張，誰也不肯讓步，相逼的結果，只會令形勢更加惡劣。都是一家人，素顏不願意皇上和葉成紹再一次鬧翻，葉成紹想要護住皇后，就得與皇上為敵，雖然，他也可以從此與皇后一同去北戎，自己也可以跟著去，但是，一旦葉成紹叛出大周，留在大周的親人怎麼辦？藍家還有上百口子的人，還有顧家，那都是自己的親人，自己都能捨得下嗎？能狠得下心嗎？

皇上聽了眼眸變得凝重起來。事情好像又繞回了最初，皇后也提出了這個請求，但是，自己真的要妥協嗎？真的要放皇后回去嗎？皇上的心裡有個聲音在叫囂，不行、不行，不能放依柔回去，今天一旦放過，今生可能都再也見不到她了……

一想到這一點，皇上就有種窒息的痛，可是，不放又如何，真的要逼得妻離子散嗎？

紹兒的脾性，皇上再清楚不過，一旦將他逼走，父子之情就再難癒合，大周的太子之位在他的眼裡根本沒有多少分量，只要自己傷害了皇后，葉成紹肯定會恨死自己，從而反叛大周也是可能的。他只有這麼一個足堪重任的兒子了，大周也需要葉成紹來繼承，他的初衷是讓葉成紹繼承和統一大周與北戎，而不是將兒子送給北戎做繼承人，並與自己為敵。

「父皇，退一步海闊天空，父女親情深濃，父子親情也同樣重要，我們是一家人啊。」素顏看穿了皇上的心思，又小心地再勸了一句。

皇上聽得眼中精光驟亮，恍然了悟。是啊，自己與紹兒也是父子親情，只要沒有鬧僵，紹兒一定還是放不下自己這個父親，放不下大周的一切。何況，兒媳婦不是還在嗎？就算兒媳走了，兒媳的娘家還在，以紹兒對兒媳的重視，他一定還會再回大周……退一步，放過皇后，讓紹兒送皇后回北戎，有紹兒在，依柔肯定不會再嫁，而且依柔並無心於治國，紹兒過去後，依柔肯定會將皇位給紹兒繼承，只要……

「柔兒，對不起。」皇上的聲音變軟，手一揮，讓圍在皇后和拓拔宏身邊的人退下。「朕同意妳回去，不過，不能如此倉促回國。妳到底是大周的皇后，一國之母，回國當然要有國母的儀仗。紹兒也還沒有見過他的外祖吧？老人家一定也想見他一面的，就讓紹兒陪著妳一同回去吧。」

皇上的態度轉變得太快，皇后一時還沒有適應過來，葉成紹卻是深深地看了皇上一眼，對拓拔宏道：「拓拔將軍，請將劍收起。」

拓拔也心知自己在大周皇宮的布局被大周皇帝摧毀，很難硬闖出去，外面接應的人也進不來，但只要公主肯回去，在北戎國裡，一切都好辦。

一切危機總算解除，素顏鬆了一口氣的同時，又憂慮了起來。葉成紹如果與皇后去了北戎，自己怎麼辦？也要去嗎？可是，肚子裡還懷著孩子呢，能受得住那麼遠的舟車勞頓嗎？

「可惜了，太子妃懷孕在身，怕是不能長途跋涉，不然，也帶去北戎，讓北戎國主見見也好。」皇上凝眸看了素顏一眼，對葉成紹道。

皇后立即明白了皇上的意思。他怕葉成紹和自己一去不回，因此將素顏留在大周做人質，讓自己不得不回來——

第一百七十章

既然皇上同意了皇后正式回北戎省親，圍在坤寧宮的御林軍當然就要撤了，不過，皇上心裡仍不好過，狠狠地瞪了拓拔宏一眼。拓拔宏用劍指著他的行為已經嚴重冒犯到了他的威嚴，也犯了大周的國法，皇上不懲治他，不僅他沒面子，就是大周國也沒面子，所以，他在皇后放鬆警惕後，對中山侯道：「將這北戎逆賊給朕拿下，重責四十大板！」

拓拔宏倒是明白，自己這個打是必須挨的，他的確是犯了大周律法。他現在是北戎的國使，代表的是北戎，在大周皇宮裡對大周皇帝動手，著實對兩國的邦交有著很大的損傷。雖然，以他的本事，完全可以隻身逃出宮去，但是皇后回北戎，他如果背著個謀刺大周皇上的刺客之名，於外交禮儀上實在很不方便。

皇后風風光光回北戎，這是皇后的面子，也是另一種衣錦還鄉、榮歸故里，是拓拔宏最想看到的結果，而由他這個國使親自迎請大周皇后、依柔公主回國，那又更加體面和隆重一些，所以，拓拔宏必須挨這個打。

皇后卻是聽得一震，擔心地看向拓拔宏。拓拔宏向來是個心高氣傲的人，而且他對皇上又心懷怨恨，只怕不會屈服……他那麼做也是為了自己，因此不由回頭，關切地看向拓拔宏，正要開口反對，中山侯已揮手讓人上前，押住了拓拔宏。

皇后對今天中山侯的舉動很是詫異，更多的是傷心和不解，看中山侯的眼神裡便有了一絲怨憤。中山侯也正好回眸看她，眼裡有著濃濃的關切之情，皇后立即就明白了，中山侯是在勸她不要開口求情。皇上雖然答應了讓她回北戎，但他是被迫的，正一肚子火，打拓拔宏四十板子，不過是找回一點顏面罷了，若她開口，只會讓皇上更加震怒，也許，會用更嚴厲的手段對付拓拔宏也不一定。

想通這一點後，皇后的嘴唇動了動，沒有說話。

拓拔宏也沒有反抗，老實地被御林軍押走了。

皇上走後，宮裡只剩下素顏。葉成紹擔心拓拔宏會受重傷，跟著中山侯一起去了。

皇后擔心地看著素顏道：「孩子，娘和紹兒走後，妳怎麼辦？」

皇上以素顏懷孕為名，不讓素顏也跟著去北戎，讓皇后很擔心，但皇上說的也是事實，素顏懷孕才三個月，長途勞頓肯定受不了。要說在大周，皇后最放不下的就是素顏了，她巴不得將兒子兒媳一同帶回北戎，從此再也不回大周就好。

素顏心裡也正為這事難過著，上京與大周相隔千萬里，光路上就要走好幾個月，再說，葉成紹去了北戎後，肯定還有很多事情要處理。以皇后的意思，她肯定是會讓葉成紹繼承北戎的大統，那又會是一番鬥爭，加上要幫皇后穩定北戎的朝局，沒個一、兩年，葉成紹肯定難以回國。他在北戎的變數太多，就算她深信他們之間的感情已經到了堅不可破的境地，但世事難料，很多事情身不由己。說實話，她不想離開葉成紹，可是，身體又著實無法適應奔波，而且，她現在這個樣子去北戎，也會拖累皇后和葉成紹。

素顏遇到了轉世後最無法決斷的事情，思慮半晌，也不知道自己要如何是好，皇后問起時，她也無措得很，良久才輕喚了聲。「母后……」

皇后心一酸，將素顏攬進懷裡，伏在素顏的肩頭哭了起來。「不行，娘不能把妳一個人扔在這裡，娘要帶妳一同去。」就算再難，也要將素顏帶走，把她一個人留在大周，皇后不放心。

「可是父皇不會讓我跟您去的，而且，外祖病重，您這一路必定會加快行程，兒媳怕是受不得那顛簸。」素顏心裡也很難受，她不禁撫著自己的小腹。才三個月，腹部並不顯形，但是，她彷彿能感覺到腹中有輕微動靜，那是小生命在成長，這是她好不容易才有的孩子，是她與葉成紹愛的見證，她不得不重視孩子的安危。

皇上肯定不會讓素顏也跟著去北戎，這是他給皇后留下唯一的、也是最重要的籌碼。皇后哭得更傷心了。好不容易才盼到了有小孫子，可是，如今小孫子卻成了她與素顏分離的原因，這讓皇后如何不痛苦？

葉成紹很快就回來，看到皇后與素顏哭成了一團，他心裡也很難過，但臉上卻帶著沒心沒肺的笑，故意輕鬆地說道：「中山侯還真是仗義，在護國侯的監視下，仍讓人做了手腳，拓拔將軍的傷並不重，母后大可以放心。」

皇后聽了自然是鬆了一口氣，拉過葉成紹的手讓他坐在自己身邊。「紹兒，你外祖的病情已經很嚴重了，明日娘就要啟程，朝裡的事情，你怕是要再安排周詳一些。」

「這些兒子會安排妥當的。母后先行一步，兒子得晚幾天再動身。」葉成紹說話時，眼睛深深地看著素顏。他眼裡的堅定和自信，讓素顏沒來由就覺得一陣安心，可是，擺在面前的矛盾不是自信就能解決的，一想這傢伙到了這個時候還能笑得出來，她心裡就有火。也許是懷孕的緣故，她最近的脾氣比過去暴躁了些。她瞪了葉成紹一眼，心裡暗道，自己的命還真是不好，怎麼就嫁了這麼一個麻煩的人？

「娘子，妳不是一直就很想去見見大草原的風光嗎？那裡天藍水淨，一望無垠，為夫我帶著妳一起去欣賞草原好不好？」葉成紹嬉皮笑臉的轉到素顏身邊來，當著皇后的面就攬住了素顏的腰，眼裡沒有憂慮之色。

皇后和素顏聽得同時一震。這傢伙的意思是要把素顏也一同帶去？可是，素顏的身子受得了？

「娘子，咱們一路上慢著些走，邊走邊玩。妳不是說，妳最大的願望就是無拘無束地浪跡天涯嗎？這一次，浪跡天涯為夫是沒法陪妳做到，可是，也算得上是一次旅遊吧！」葉成紹看著素顏疑惑的眼神又道。

「可是……紹兒，你外祖的病情可是等不及了啊。」皇后忍不住在一旁提醒葉成紹。

「母后，只要把娘子也接出去，離開了大周，一切都好說。外祖那裡，其實也沒到那個地步，不然，拓拔宏也不會在大周滯留這麼久了。」葉成紹手裡掌握著大周最厲害的情報系統，北戎那邊的情況他早就調查過了，北戎皇帝並沒有生病，而是年邁體衰又思念皇后，想要皇后趕快回國，並繼承皇位而已，所謂的病重不過是託詞，不過這些情報，他並沒有告訴皇上。皇后的苦他非常清楚，他也想讓皇后回到北戎去。

皇后聽得大震。這些事情，拓拔宏並沒有跟她明說……也是，拓拔宏要不用這種藉口，自己只怕根本就下不了離開的決心。現在與皇上已然鬧僵了，也更看清了皇上的薄情寡義，她再留下又有什麼意思？聽到北戎皇帝的病情沒那麼危急，皇后也鬆了一口氣，但是，現在就只有皇上那邊的問題了。這一次是以自己省親為名回北戎的，葉成紹是大周的太子，她的親兒子，他護送自己回去名正言順。自來兩國交使，沒有要帶家室的道理，素顏就算身子能挺得過長途勞頓，只怕也是師出無名，皇上定然不會同意素顏前往。

於是，皇后皺了眉頭道：「你父皇那裡怎麼辦？他肯定不會同意讓素顏去北戎的，而且，他也會在東宮派人手，防備你將素顏偷偷帶出去的。」

「母后，這點您不必擔心，兒臣心裡自有打算。您且不要與旁人提起此事，您自管先行就是，兒臣會帶著您的兒媳和孫兒一同去北戎的。」葉成紹淡笑著對皇后道。

皇后聽了仍不太放心，但看兒子像是很有把握的樣子，也就沒有多問了。

要離開了，肯定還會有很多東西要準備，於是葉成紹帶著素顏離開了坤寧宮，皇后留在坤寧宮準備。

正忙著時，皇上換了一身素色繡銀龍滾邊圓領長袍走了進來。坤寧宮裡的宮人們全都退了出去。皇后回頭看見皇上的樣子，不由怔住。第一次見他時，他也穿著一件素色長袍，在蔚藍的天空下，他騎著一匹白馬，那樣俊逸瀟灑、儒雅溫潤，只是一眼，便吸引住了她的目光……

這身衣服，他好多年沒有穿過了。

「柔兒……」皇上迎住皇后的目光，不再年輕的眼睛裡沒有了身為帝皇的威嚴，也沒有了精明與算計，更沒有了陰謀與戾氣，有的只是一汪深情，一如多年前相見時的那樣。

皇后很快就從怔忡中醒過來，收回自己略顯詫異的目光，淡淡向皇上福了一福。

皇上大步上前來，托住皇后的手道：「依柔，今天，我不再是大周的皇帝，妳也不是北戎的公主，我們只是普通的夫妻，好不好？」

「這句話你為何不早說？二十二年前，你第一次見到我時，你就是大周的太子，那時，我沒有當自己是北戎的公主，可你卻從來沒有忘記你是大周的太子。」皇后退後一步，躲開皇上的手，冷笑著說道。

皇上聽得眼神一黯，伸出的手僵在空中，聲音有些乾澀。「依柔，不管妳對我有多大的怨氣，都不要懷疑我對妳的感情。依柔，不管妳信與不信，當初第一次見妳時，我就被妳迷住了。我那時並不知道妳是北戎的公主，我當時就覺得妳是草原上的精靈，是天山上的仙子，依柔，那一天，妳穿著一身火紅的衣裙，美得令人眩目，那件衣服，妳還留著嗎？」

皇后的臉上雖然還帶著幾分譏誚，但眼神變得悠遠了起來，豔麗而明亮的眸子裡泛起悠然而絢爛的神采，神思似乎也飛到了久遠的年代，她還是青蔥少女之時，騎著她最鍾愛的雪白寶馬，遇到了同樣英俊年少的皇帝，幾乎只是一眼，一眼就是一生……

二十多年過去，昔日的感覺早就被政治利益、謊言和算計給消磨殆盡了，可那一眼，卻永遠留在了心底，那樣深刻而雋永，想要忘都忘不了。

她甚至常常想，如果沒有那一次的邂逅，她的人生是不是要幸福和精彩得多？在大周的二十幾年，她除了要忍受蝕骨的思鄉之苦，最讓她難過和痛苦的是，她的付出和犧牲不過是一場笑話，她純潔的愛情不過是別人眼裡的籌碼，是人家玩弄的棋子，親生兒子不能相認，遠在異國的父母不能相見，而這個讓她為之付出幾乎全部的男人，卻並沒有對她真心相待過。她的生命裡，只有他一個男人，而他呢，後宮佳麗無數，除了一個后位外，他並沒有給她多少情意，就算那感情裡有幾分是真的，那也是被眾多女人分薄了的，與她的付出太不相稱了……

「你是問那件衣服嗎？我早就燒了，我恨那件衣服。」皇后轉過身去，繼續收拾著自己的東西。明天她就要返回故土了，皇后的心裡既期待又激動，更有點無所適從感，到底是生活了二十多年的地方，突然要離開了，心裡的感覺怪怪的，不是不捨，也不是留戀，連她自己也說不清是什麼感覺。

「燒了？」皇后的話讓皇上的心頭一陣刺痛，他猛地抓住皇后的雙肩，大力將她轉過來，讓皇后面向自己，星眸湛亮。「柔兒，妳恨我？妳的意思是……」皇上的心中一陣苦澀。皇后的意思很明顯，自己初見她時的那件衣服，自己一直珍藏著，他知道她怨他，知道她對自己的很多作為不滿，可他以為，當初的相遇在她心裡是美好的回憶，至少在他心裡是珍之又重的記憶瑰寶，可是，她說燒了，那就是說，她將他們的曾經都一起燒了，他們的感情在她心裡，已經化成灰燼了嗎？

「冷鴻均，你還在乎我的意思嗎？」皇后眼裡除了譏諷，只有怨恨。她雙臂向外頭一甩，脫離開皇上的控制，向前逼近一步，冷笑一聲道：「你若是在乎我的意思，當年就不會狠心地奪走我的紹兒；你若是在乎我的意思，你就不會在我身上下藥，讓我除了紹兒就再也沒有第二個孩子；你若是在乎我的意思，就不會一個女人又一個女人地寵幸，還故意抬高那些女人的身分，讓她們對付我、算計我，讓我在這吃人的宮裡度日如年，讓我不得不面對來自四面八方的陰謀與陷害。冷鴻均，不要再跟我說當初，不要讓我看不起你，你在我眼裡，就是一個不折不扣的偽君子！」

皇后說一句，就往前走一步。皇上一步一步向後退著。她的話字字帶血，字字含淚，依柔自嫁給自己後，確實過得並不開心，可他是皇帝，專寵一人是後宮最大的隱憂，作為皇帝，他有不得已的苦衷，有時候，寵幸一個妃子，也是一種力量權衡的手段……他以為，依柔會理解自己的，紹兒的事情，他確實做得不對，可是……他也是為了大周的千秋萬代，依柔是女人，她不懂他作為男人，作為一代偉帝的雄心壯志，那只是一種計謀罷了，現在不是把紹兒認回來了嗎？柔兒，她為什麼不能理解自己呢？

「依柔，不管如何，妳不要懷疑我對妳的感情，那些女人不過都是棋子罷了，依柔，自始至終，我的心裡只有妳一人，妳一定要相信我。」皇帝的聲音乾澀，他深深凝視著皇后，眼底痛苦滿溢。

「棋子？哈哈，對，棋子，女人在你眼裡都是棋子，不只是她們，也包括了我。你不用再說明，我明天就要走了，還有很多東西要收拾，沒時間陪你敘舊了，皇上請回吧。」皇后聽得心中一窒。他終於說出棋子二字了，她的心很苦，鼻子酸澀得很，但她強忍著，不想再在這個男人面前流淚。這二十多年裡，她哭得太多了，眼淚流乾了，她再也不想為這個男人流一滴眼淚。

「柔兒……」皇上雙目泛紅，聲音低沈地喚道。

皇后已經轉過身去，不再看他，給他一個單薄卻孤冷的背影，他再也見不到以前那個熱情而率真的依柔，再也感受不到她嬌嗔嫵媚的微笑了……皇上一陣失魂落魄，癡癡地站在殿裡。

皇后始終做著自己手上的事情，再也沒抬眼看過他，就當他根本不存在一樣。

良久，皇上終於再一次走向皇后，拉起她的手，將一塊黑色的令符放在皇后的手中。

「柔兒，這一次回去，定然會遇到很多困難，北戎皇室一樣也不平靜，如今怕正是鬥得激烈的時候，妳的身分太過特殊，又離開了二十多年，想要再次奪回權位，不是那麼容易的。這是北威軍的令符，不管何時何地，只要妳遇到危險，用得著時，妳都可以調北威軍輔助妳。」

說罷，皇上轉身踉蹌著走了。

皇后握著仍帶有皇上體溫的令符，怔怔地看著那抹白色的衣角消失在殿門處，心中一陣酸楚，垂眸看向手中的令符，一時百感交集。

北威軍是大周的主力軍之一，有軍十萬之眾，這個令符在自己手裡，也就是說，皇帝將大周的北疆對她全然敞開，他就不怕自己拿著這個令符對大周不利嗎？十萬之雄師啊，他竟然將北威軍全給了自己掌握？如果自己別有用意，將那十萬軍隊全部坑殺或是……

他是那樣在乎江山權勢的一個人，竟然將大周北境屏障全放到了自己的手裡，他不怕自己滅了大周嗎？

一直強忍著的淚再也忍不住，還是流了下來。

第一百七十一章

葉成紹與素顏回到東宮後，他立即去了中山侯府。素顏原本還想問他用什麼辦法帶自己出去的，結果，葉成紹自信地笑著，讓她好生歇息，要她養好胎，更重要的是備足路上的藥材。北去風寒，他怕素顏會生病，其他的他可以準備好，但是藥材素顏比他懂得多了，讓她自己準備更好。

文英坐在成良的屋裡，成良目光呆呆的，一雙大而黑的眼睛正緊盯著文英手裡剝著的橙子，口水順著嘴角流到了胸襟，他也不自知。文英嘆了口氣，剝了一片遞到成良的嘴邊，成良嘻嘻笑著張開嘴，猛地咬了一口，甜橙的汁水噴到文英的臉上，文英顧不得擦自己的臉，拿了帕子幫成良擦，成良卻是手一揮，嚷嚷道：「姨娘，我還要。」

「我是姊姊，不是姨娘。成良，姊姊教過你好多次了，你要記住啊，我是大姊，來，跟姊姊叫一遍，姊姊！」文英一聽姨娘二字，鼻子就發酸。成良還是有幾歲孩子的智力的，很多生活用品還能辨識，可唯獨總是叫她姨娘。她知道，成良是忘不了劉姨娘。

成良自從那一次服了紅菊的藥之後，確實是失憶了，但人也變得癡癡呆呆。那一天，在上官明昊的幫助下，請了致仕的老太醫來府裡幫成良診過脈，但老太醫說成良的腦子受損了，很難恢復，只是開了幾劑藥幫成良穩住心神，調養調養罷了。文英也知道成良是咎由自取，但到底是自己的親弟弟，看他變成這個樣子，心裡也很難受。

擦完成良的嘴後，又餵了成良一瓣橙子，這時，她的貼身丫頭紅麗匆匆走了進來，小臉紅撲撲的，異常興奮，跑得上氣不接下氣，一見她便道：「大姑娘，大姑娘大喜了！」

成良見紅麗這樣說，也跟著叫道：「大喜、大喜！」橙子也不肯吃了。

文英聽得怔住，嗔道：「好端端的，妳叫什麼？什麼大喜？」

紅麗高興地向她福了一福道：「奴婢恭喜大姑娘，中山侯登門提親，聘大姑娘為世子正妻呢！」

文英聽得大震，自椅子上站了起來，不可置信地問道：「妳說什麼？誰來提親？給誰提親？」

「中山侯世子給大姑娘妳提親呀！這會子，中山侯和夫人正在夫人屋裡呢，大姑娘要不要去打聽打聽？」紅麗大聲說道。

上官明昊？怎麼可能？他不是……對大嫂情深一片嗎？文英怔在屋裡，半晌都沒回過神來。

「大姑娘？大姑娘？」紅麗以為文英高興得忘形了，連喚了兩聲。文英怔忡地回過神來，對紅麗說道：「妳去打聽清楚，看是不是弄錯了？還有，若是看到楊大總管，讓他過來一下。」

紅麗聽得奇怪，這事跟楊大總管有什麼關係？不過，這會子她也看出來了，文英的神情並非是她想像中的興奮和喜悅，而是帶著淡淡的憂鬱，便不好多問，轉身走了。

成良看文英半天也沒再餵他橙子，拉著文英的手使勁搖晃。「橙子、橙子，我要吃。」

文英心頭一酸，又剝了個橙子給他，讓他自己抓著吃。看著自己這個變成傻子的弟弟，又想起上官明昊那丰神俊朗的模樣，頓時心亂如麻。

上官明昊是京城有名的佳公子，身世顯赫、才華橫溢，又長得玉樹臨風，是多少京城少女夢中的良人，以前文英也不是沒有對他動過小心思，可文英知道自己的身分，她不過是個侯府的庶女，而且是不得寵的庶女，以上官明昊的身分，怎麼可能娶她一個庶女為正妻？那是她想都不敢想的事情。如今，她雖然在素顏的幫助下，掌了寧親王府的中饋，但那也不過是暫時的，一旦紹揚娶親，端雅公主過門之後，她又會回到以前的境地。而且，她年紀也不小了，十六、七歲的大姑娘，在這個時代還沒有議親，已經是遭人非議的事情了，突然聽到上官家來提親，讓她似乎置身於夢中一樣，感覺很不真實。

上一次，在大街上偶遇時，文英也感覺到了上官明昊對大嫂素顏的那份情意，若非自己是坐在寧伯侯府的馬車裡，上官明昊也不會將她錯認為是素顏，不顧一切地去救她。驟然接近時，她聞到了他身上清爽而乾淨的男子氣息，當時，她又羞又慌，更多的是惱怒，如今再想起來，心裡卻是蕩起陣陣漣漪，心底最深處的柔軟被觸動。哪個少女不懷春？何況是被那樣一個英俊儒雅的男子摟在懷裡……如今他還主動上門來提親……

文英的臉不知不覺就紅了起來，雙頰發燙，她似乎都聽到了自己的芳心怦通怦通跳動著的聲音……

「姊姊發燒了？」一旁吃著橙子的成良歪了頭看著文英，伸出沾滿橙汁、濕答答的手就往文英頭上探，文英被成良冰得一顫，徹底清醒過來，忙捉住成良的手，溫柔地拿了帕子幫他拭手。「小弟，你乖乖跟著嬤嬤在屋裡，不要亂跑，姊姊有事出去，晚上再來看你。」

成良難得乖巧地點了點頭，咧開嘴笑道：「我晚上要吃果脯，姊姊記得幫我買喔。」

文英又安撫了成良幾句，就從成良的院子裡出來，匆匆往自己院裡走去，但還沒走多遠，就看到一個修長的身影正背對著站在涼亭處。見她走過來時，那人緩緩轉過身來，正是上官明昊。文英心頭劇震，沒想到會在這裡碰到他，一時心慌意亂，不知道要如何面對上官明昊，垂了頭就想要逃。

上官明昊靜靜地看著羞得像隻迷途小兔子一般的文英，臉上浮出淡淡的微笑，朗聲道：「大姑娘。」

被他叫住了，文英就是想裝沒看見也不行了，而且，她剛才也是一時的心慌，原本她就想要問他個究竟。她心裡最清楚，上官明昊不可能突然生出了情意，也許是迫於家庭壓力吧，上官明昊自與素顏退親後，就一直沒有再議過親，頭先與文靜的婚事也不過是有些耳聞，兩方家長也並未真的就此事議過，所以，文英很想弄明白，他為何會突然來提親？

勇敢地迎著上官明昊的目光，文英逐漸鎮定下來，淡定地走向上官明昊，向他施了一禮。「見過世子。」

上官明昊很驚訝文英能這麼快就鎮定下來。文英的爽朗和直率，他上一次在大街上時已經見識過了，這一次，又讓他見識到了她也有小女兒家的嬌羞的同時，又欣賞到了她的大氣與淡定，這一點，倒是與素顏有幾分相似。

想到素顏，上官明昊的心微微一痛，一抹無奈的苦笑自臉上一滑而過，對文英道：「冒昧來訪，還請大姑娘見諒。」

「這裡風大，世子爺不若到舍弟屋裡小坐一會兒吧。」上官明昊臉上的苦笑被文英敏銳地捕捉到了，心裡一陣失落，感覺上官明昊肯定有話對自己講，但站在這花園中的亭子裡，人來人往的，著實不太方便，也怕引人非議。正好，這裡是外院，到成良屋裡去坐，當是上官明昊去看望成良就是，這還是很符合禮數的。

上官明昊感覺到文英的細心，點了頭，溫和地做了個請的手勢，文英便大方地在前頭引路。

到了成良屋裡，成良的奶嬤正幫成良洗著手臉，見大姑娘去而復返，身後還跟著一位華服公子，她也是眼皮子活的人，忙上前來請安見禮後，見文英似乎有話說，反倒先開了口道：「三公子睏了，奴婢帶他下去歇息。」

文英點了點頭，奶嬤便帶著成良下去了。一會子，丫鬟沏了茶上來，文英與上官明昊對坐於茶几兩邊，喝著茶，卻是半晌都沒有說話。文英是在等上官明昊開口，而上官明昊是在思量要如何對她說才好，一時，屋裡安靜下來，只聽見炭盆裡的火噼啪作響，奶嬤早吩咐過小丫頭，讓她們退下去了。

「大姑娘，今日家慈家嚴來了府上，此事妳已知曉了吧？」上官明昊感覺屋裡的氣氛有些壓抑，思索了一會子，開口道。

「聽說了。」到底是議親的事，又是面對著議親的對象，文英再爽朗淡定，也忍不住害羞了起來，聲音很輕很細，若非上官明昊耳力好，幾乎都聽不見。

但文英這個樣子，也感染到了上官明昊，他有些不自在地輕咳了一聲。「今天他們是來向大姑娘提親的，在下前來見大姑娘，是有事先向大姑娘說明，這件事情可能會讓大姑娘為難，也許……」

上官明昊說得很慎重，看得出來，他字句斟酌，似乎很怕傷害到了文英。文英的心像是被什麼東西猛擊了一下，一陣鈍痛，她突然衝動地說道：「不要說出來，請你、請你不要說出來，別說原因……」

文英清澈的大眼裡帶著一絲受傷的痕跡，但她掩飾得極好，只是垂眸的瞬間，上官明昊分明看到了一抹濕意。

「大姑娘……」上官明昊有些猶豫。文英太敏感了，他的話還沒有說出來，他的心意她就明白了，他知道，這一次的舉動怕是傷害到了這位爽直又善良的姑娘。上官明昊的聲音有些發沈，歉疚地說道：「妳……會同意這門親事？」

文英淡淡一笑。她這會子鎮定多了，只是眼睛還是不肯與上官明昊對視。「為什麼不同意？我不過是侯府的一個庶女，世子肯給我個正室的名分，對我來說，已經是抬舉我了。而且，如今我也快十七歲了，終究也是要嫁的，嫁誰還不是一樣？我原就沒對自己的婚姻抱有太大的奢望，嫁給世子爺，總比嫁給一個陌生人好一些吧？」

這番話聽起來讓人心酸，也透著淡淡的無奈和幽怨。上官明昊心裡更加覺得愧疚了，雖然文英說的都是事實，但是自己的動機不純，對文英來說怎麼都是一種傷害。以前的上官明昊從來沒有認真考慮過女子的感受，自從素顏拒絕了他，還退了他的婚，將他大罵一頓之後，他也明白了，婚姻應該是建立在感情之上的，如果不喜歡一個女孩子，不能對她真心，就不要害了她，夫妻要兩情相悅才是最好的，三妻四妾對女子來說，也許並不公平。

可是，他對文英並沒有愛慕之心卻還向她提親，為了自己的私心，不得不再一次傷害另一個女孩，上官明昊艱難地開口道：「大姑娘，在下從沒有認為庶女有什麼不好。出身如何，並不是妳能選擇的，雖然我們只見過一、兩次，但在下能感覺到，姑娘的善良與正直，不然，她也不會將這偌大的府邸交給妳來打理了。」

上官明昊口中的「她」自然是素顏，文英聽得心裡又是一陣酸楚，笑道：「多謝世子爺誇讚。文英自問雖無大才，但是非對錯還是分得清楚的，世子爺的這次提親不管是出於何種目的，文英都心甘情願。文英只是個弱女子，只要能幫到世子爺，文英委屈些也無所謂。」

文英的話再一次堵住了上官明昊的嘴，上官明昊突然覺得這個女子的心思太過細膩了，與她外表的爽朗很不相符，但與她在一起時，卻能讓他放鬆。跟這樣聰慧又識大體的姑娘說話，根本就不用費太多心思，話語只說一半時，人家就已經明白了意思，而且，從文英的話語裡也聽得出她對自己的那絲情意，她沒有加以掩飾，這讓上官明昊的心越發愧疚了，心裡暗下決心，不管如何，將來盡力讓文英過得好一點，要盡力護佑她的一生。

那天，上官明昊在成良屋裡，與文英談了將近半個時辰才離開。

侯夫人自然很快就同意了中山侯家的提親。她對文英還是有些愧意的，文英之所以拖到快十七歲還未嫁，與她有著莫大的關係，正是她與劉姨娘鬥法，一力打壓著文英，才讓文英至今仍待字閨中。自從侯爺死後，整個家都是文英在撐著，文英不計前嫌，對她孝順又體貼，對文嫻也很關愛，又將府裡打理得井井有條，讓侯夫人過得輕鬆自在，侯夫人是從心底覺得對不住文英。中山侯來提親，讓侯夫人很為文英高興，向來不管俗事的她，主動出來主事，開始幫文英張羅嫁妝。

其實，文英的嫁衣早就備得差不多了，劉姨娘在世時，就幫她準備了不少，只是一直沒合適的人家，這會子拿出來都是現成的，如今紹揚又是寧親王，爵位比過去好了許多，又加上文英還是太子殿下的義妹，寧親王府辦喜事，侯夫人親自接待，忙得不亦樂乎。

第二天，就是皇后回北戎省親的日子。如今皇后的身分已經公開了，全京城的人都知道，皇后是北戎的公主，皇后回國省親，也代表著大周與北戎的關係趨緩，有友好的意思。

雖然大周人恨北戎人，但最恨的都是在北境邊關的百姓，京城裡的人，不過是聽聞北境人的遭遇，起了同仇敵愾的心思，而不管是哪朝哪代的百姓都討厭戰事、喜歡和平，大周與北戎打打殺殺多少年了，人們早已厭倦了戰爭，如果皇后的省親能讓兩國從此止戈，老百姓也是樂見其成的。

雖然只做了一天的準備，但皇上下令，內務府全力配合，也是為了大周的臉面，皇上還給皇后備足了很多禮品帶回北戎。

午門外，皇上與皇后同乘一個步輦出來，皇上親自牽了皇后的手，將她扶下步輦，群臣全都等在午門外，為皇后送行。

「依柔，不要忘了，妳是大周的皇后，是朕的皇后，是我的妻子。」皇上的眼眶微濕，眼中蘊著深沈的傷痛。他很不捨，但也很無奈，只希望皇后的心裡還有一點點的餘情，離開了，就算不肯回來，想起自己時，也不要是怨恨，還會有一點點的思念之情。

皇后聽了他最後一句「是我的妻子」，心中一酸。曾幾何時，她也只想做一個普普通通的妻子，只想做他的妻子，而不是皇后，也不是什麼公主。可是，自從嫁給他之後，她就沒有真正做過他一天的妻，沒做過一天自己，一直都是戴著假面的皇后，雖然有怨也有恨，可是畢竟二十多年的感情，今朝就要離別，皇后還是有些不捨，何況，她從皇上的眼裡看到了痛和不捨，雖然還是懷疑，卻還是有些感動，而且，都要走了，就不想再拿話刺激皇上了。

皇后眼裡也噙了淚，顫著聲道：「皇上保重，臣妾生是大周的皇后，死也只是你一個人的妻。皇上，臣妾走後，你多注意身體，不要太操勞國事了。」

皇后的話裡含有多種意思，她生是大周的皇后，那就是她還是承認她是大周的皇后，雖然並沒有確切說明她是否還會回來，但也暗示了一個意思就是，她很可能不會接受北戎的皇位。另一個意思，卻是讓皇上激動欣喜不已。

皇后說，死是他的妻，那就是說，她以後不管如何都不會再嫁人了。

這個訊息讓皇上大鬆了一口氣，同時對皇后的愧意也更深了，反省這二十幾年來，自己對皇后所做的一切，皇上第一次感覺自己就是個混蛋。依柔善良率真，感情真摯如火，她幾乎將一生都獻給了自己，可是，自己給了她什麼？

人總是在要失去的時候，才會感到珍惜。看著仍然美豔照人的皇后，皇上感覺自己的喉嚨裡如堵了一塊棉花，當著眾朝臣的面，他竟猛然將皇后攬入懷中，哽聲道：「依柔，朕的后位永遠只屬於妳一人，朕等著妳回來，等一切都安頓好後，朕將皇位傳給紹兒，我帶著妳周遊各國可好？」

皇上在大臣們面前向來威嚴肅穆、高不可攀，突然如此情感外露，大臣們還是第一次看到，不由都怔住了，好些個大臣也被帝后之間的深情所感，有的也跟著他們嗚咽了起來。

皇后被皇上的話給震住了，半晌都沒回神。她怎麼都不相信一向熱衷權力，把江山社稷看得比任何東西都重要的皇帝會說要放棄皇位，與她攜手周遊列國。她沒有推開皇上，只是輕聲問：「你捨得？」

「以前捨不得皇位，現在才知道，我最捨不得的就是妳。依柔，妳一定要回來，我等妳，等妳一起去縱馬草原，等妳一起去看遍天下美景、嚐遍天下美味，做一對快樂的、悠閒的老夫老妻好不好？」皇上的眼淚落在皇后的鬢間，打濕了她的脖子，皇后感覺自己的心都被他打濕了，對他許的願不禁神往了起來，一時，竟忘記了對他的怨恨，柔聲道：「好，我會記住你說的話，我會回來的，但你也要記住你的承諾，到時候，你可要脫下這身龍袍，與我做一對平凡夫妻！」

拓拔宏一身戎裝站在北戎使者的前列，他的耳力甚好，皇上與皇后的話他聽得清清楚楚，心中不由暗恨皇上的虛偽。這廝分明就是怕依柔公主不回來，在拋誘餌呢，公主都嫁給他二十多年了，現在才知道捨不得公主，早幹麼去了？

看帝后兩個越演越烈，拓拔宏終是忍不住，大聲道：「公主，時辰不早了，請公主啟程。」

皇上這才鬆開了皇后，牽著皇后的手，親自送她上馬車，卻是在回眸的一瞬，陰沈地瞪了拓拔宏一眼，對皇后道：「柔兒，保重，不要忘了，我在大周等妳歸來。」

皇后對他揮了揮手，又看向一直站立著的素顏。素顏走近馬車前，眼中也含了淚，皇后拉住素顏的手道：「孩子，妳要好生保養，一定要給我生個大胖孫子來，我回來時，他可是要叫我奶奶的。」

素顏撲進皇后的懷裡，輕聲喚道：「母后珍重，放心吧，我會好好的，您的孫子也會好好的，我保證，我一定會讓您看到一個健康又可愛的孫兒的。」

皇后又叫來葉成紹，對他又囑咐了幾句，這才啟程，皇上繼續和群臣一起將皇后送出了京城外。

回程時，葉成紹為了照顧素顏，與她同坐一乘馬車，皇上至皇后的馬車行至不見時，才返身回城。

素顏和葉成紹回到東宮時，卻見東宮外的守衛全換成了西山大營的軍隊，以前的御林軍全都撤走了。兩人立即明白是什麼意思。皇上嘴上說得好，不在乎權勢、皇位，其實對皇后的話多半是假的，如今這個做法，分明就是怕葉成紹偷偷地將素顏也帶離大周，到時，大周就沒有可以牽制葉成紹和皇后的人了。

葉成紹不由心頭火大，面上卻是半點也不露，只是體貼地將素顏扶進宮裡去。

到了寢殿時，素顏都惱火了。宮裡的宮女和太監也全換了，以前用慣了的老人只剩下幾個，只有陳嬤嬤和紫綢在，連青竹和紅菊都沒看到人影，她不由看向葉成紹。

葉成紹陰沈著臉，無奈地嘆了口氣道：「他口口聲聲說什麼要與母后做平凡夫妻，全都是假話。連一個合格的父親他都做不到，談什麼平凡夫妻？在他眼裡，所謂的江山權力，比親情重要多了。」

青竹和紅菊都屬於司安堂的人，葉成紹雖是司安堂的少主，但皇上才是司安堂的正經主子，皇上要將她二人調開，葉成紹也很無奈。青竹與紅菊身負武功，又對自己很是忠心，皇上怕她二人會幫助素顏離京，所以才調開了她們，不過，皇上有張良計，他也有過牆梯，兩個沒法子全要回，但要一個還是行的。

「娘子，妳懷了孕，脾氣大，要是有人服侍不周，妳儘管對我說，我來懲治他們。本殿向來是心狠手辣慣了的，看哪些個不長眼的敢不聽妳的話。」葉成紹回身看了一眼殿中略顯陌生的宮人面孔，大聲道。

那些宮人聽得心驚膽顫。這位太子爺可是個敢說就敢做的主，又從不按牌理出牌，從來就是做事肆無忌憚，一個不好，自己這些人怕就要遭殃了。

素顏聽了葉成紹的話就想笑。這廝是在向她暗示，讓她故意找宮人的茬，將人逼走，好逼得皇上放青竹回來呢，因為皇上也是很在乎素顏肚子裡的胎兒，這可是第一個皇太孫，皇上也怕素顏的身子出了差錯呢。

第一百七十二章

這對宮人們不公平，而且葉成紹到現在也沒跟她怎麼說，究竟打算怎麼把她帶出大周。皇后已經走了，葉成紹再晚，也是半個月以後要啟程，皇上也只給了他半個月的準備時間，他手上還有許多國事要安排；還有，藍家及與藍家相親的那些親戚們，都得有個妥善的安排，不然自己走後，皇上指不定就會拿他們出氣，這是素顏心中不忍也不允許的。自己的幸福不能建立在親人和朋友的痛苦之上，所以，她覺得將宮人們逼急了，反而會引起皇上的注意，稍稍意思意思，表示對皇上這種安排的不滿就行了。

「本宮累了要歇息，這裡不用你們看著，都下去吧。」素顏微笑著對跟來的宮人們說道。

宮人們相互對視一眼，有些猶豫。皇上派他們來可是監視太子和太子妃的，太子妃一進門就要將他們都趕到外殿去，皇上知道了定然會生氣，可是，太子殿下也不是個好相與的……

「怎麼?本宮的話你們聽不見嗎？」素顏見這些人竟然真的不聽她的命令，心裡就有些生氣了。要是這麼著下去，以後自己就還真的沒有人身自由了，做什麼都要在這些人眼皮子底下，讓人覺得渾身不自在。

素顏話音一落，葉成紹對著離他最近的一個太監就一腳踹了過去，罵道：「狗奴才，敢違抗太子妃的命令？再不滾蛋，本殿將你們活剮了！」

一干宮人再也不敢遲疑，灰溜溜地退出寢殿內。紫綢進來給素顏打水淨面，一旁的陳嬤嬤臉上也露出了不豫之色，對葉成紹道：「太子殿下您還沒走呢，這些個奴才們當著您的面就不聽太子妃的命令了，您若是真走了，那太子妃可怎麼辦？皇后娘娘也走了，真要有個什麼事情，還真是叫天天不應、叫地地不靈了。」

葉成紹笑了笑道：「這事不用急，爺會想辦法的。」

這時，殿中只剩了素顏和葉成紹兩人，葉成紹拉著素顏的手道：「娘子，妳打算好了沒？陳嬤嬤還有紫綢，妳準備帶上幾個人？」

素顏詫異地看著他道：「你真的打算帶我去北戎？」

「當然，我怎麼能放心把妳一個人丟在大周？這一次去北戎，我或許要一、兩年才能回大周了，只有把妳帶在身邊，我親自照顧著，我才安心。娘子，這一路千里迢迢，一定會很辛苦，就是怕妳撐不住。」葉成紹堅定地看著素顏道。

「我撐得住。」素顏高興回道。自己在葉成紹心中的地位，已經無須再用任何事情證明了，他不放心丟下她一個人，她又何嘗不是捨不得與他分開？前路辛苦艱難又如何，只要兩個相愛的人在一起，相互扶持著，再大的困難也能度過，再多的艱難也是幸福。

「娘子，妳跟著我受苦了。」素顏的眼睛睜得大大的，清亮明澈，那樣信任地看著自己，葉成紹的心裡有些發酸。娘子跟著自己，還真沒享過多少福，自己剛坐上太子的位置，又要她跟著顛簸，心中實在是有愧。

「傻瓜，說這些做什麼？我沒覺得苦。」素顏笑著戳了戳葉成紹的腦門。既然已經約好了要攜手一起走下去，途中有風有雨也是再正常不過的，又哪一對夫妻幾十年過下來都是一帆風順的？生活中總有不少溝溝坎坎要經過。

兩人正說著話，聽得外面宮人來報，說是東王世子冷傲晨求見。

葉成紹聽得詫異。冷傲晨這會子來做甚？

葉成紹和素顏笑著迎了出來，冷傲晨身著銀白色袍子，衣襟上繡著雙底青色竹，全身上下只佩帶了一個小小的玉珮，看著清爽俊雅卻又英氣逼人。

葉成紹成為太子之後，在冷傲晨這些人面前還是如以前一樣，並沒有半分的架子，很自然地拍了拍冷傲晨的肩膀道：「冷兄，請坐。」

素顏又喚了紫綢沏茶過來，冷傲晨也沒有推辭，神情淡然地坐在了葉成紹夫妻的對面，喝了口茶，開門見山說道：「臣聽聞殿下半個月後就要送皇后娘娘回北戎省親，臣大膽請纓，想跟隨殿下一同去北戎。」

這話不只是葉成紹，就是素顏聽著也很震驚。去北戎可不是一個好差事，北戎如今政局也很不穩，葉成紹過去是要繼承北戎的皇位，他身為大周的太子，既然想成為北戎的皇帝，定然要遇到巨大的阻礙，其中艱險可想而知，冷傲晨竟然也要跟著去？

葉成紹沈吟著，深深地看著冷傲晨。「冷兄，北戎天高路遠，此去會有很多艱難險阻，只怕東王也不會同意你跟著去吧！」

冷傲晨又看了素顏一眼，眼中的擔憂之色毫不掩飾，對葉成紹道：「臣今天來，正是想請太子殿下下旨的。有了殿下的旨意，父王就算不同意，也沒辦法拒絕，正是因為此去北戎險阻大，所以臣才一定要去。殿下自問，這一去，能分出多少心思來照顧家人？殿下畢竟是太子，又是北戎的皇室繼承人，一個人總有力量不逮的時候，臣想為殿下稍盡薄力，替殿下分憂。」

冷傲晨的話再明白不過了，他是要去保護素顏——他竟然知悉了自己要偷偷帶素顏離境的消息，是上官明昊告訴他的嗎？葉成紹心中有些不舒服。儘管冷傲晨的話說得很對，但這無疑是對他的一種挑釁，自己的妻子自己沒辦法保護，還要假手他人，葉成紹感覺很憤怒，他微瞇了眼看向冷傲晨。

冷傲晨坦然回望著他，眼裡清明一片，並沒有半分的不敬，也沒有半點畏懼。他說得沒錯，葉成紹將素顏帶離大周，逃離大周的過程就很凶險，皇上若是知道素顏離京，第一時間就會派兵追趕。素顏懷著孩子，要與追兵周旋，沒有人幫助護佑是不行的，再者就是，去了北戎，葉成紹肯定事務繁多，而且就算葉成紹成了北戎皇帝，素顏是大周女子，他們雖然可以容忍葉成紹的皇室繼承人身分，卻不一定會願意葉成紹的皇后是大周女子。所以，素顏在北戎肯定比在大周還要危險，必須要有一個武功高強、又肯全心全意保護她的人在她身邊，在葉成紹無暇顧及時保護她。

自從知道素顏對葉成紹的感情堅不可破之後，冷傲晨的心裡就再也沒有更多的奢求了，他只希望她過得好，過得安寧罷了。愛一個人，不一定非要得到，看著她幸福的生活，那是一種滿足。

「多謝世子。可是，這一去，也許就沒有機會再回大周，你放得下東王和王妃嗎？還有，大周的一切？你還很年輕，在大周，你有很好的前途，不值得的。」素顏很感動，她就是再遲鈍也感覺到冷傲晨對自己的感情，她承認，冷傲晨是個很優秀的男子，如果先遇到的是他，也許，自己會愛上他也不一定。可是，有些人，有些事情，遲了就是遲了，她的心再也容不下其他的人了，她已經虧欠了冷傲晨良多，不想再欠下去，他的情感，她承受不起。

不值得嗎？冷傲晨深深凝視著素顏，這個讓他唯一動心的女子，眼裡突地閃過一絲哀傷和無奈。雖然早就知道素顏會拒絕，但親耳聽她說出來，他還是感覺到心一陣緊揪。於她而言，他只是個外人，他沒有資格保護她。

「保護殿下，也是一件很有前途的事情。太子殿下將來有可能統一兩國，臣也想做那從龍之功臣，請太子殿下成全。」儘管他半點也不在乎權勢，但冷傲晨還是說了句違心卻又很合理的話，聽著像是很功利，實際上，卻是個很好說服葉成紹，也很給葉成紹面子的理由。

他只說是保護殿下，沒有說是保護太子還是太子妃，這倒讓葉成紹不太好拒絕。他的能力葉成紹是很清楚的，單就武功而言，與自己就在伯仲之間，而且，冷傲晨才華橫溢、機智過人，有這樣一位幹將在自己身邊，確實能對自己有很大的助力。

「看來冷兄是鐵了心要跟我去，那我就向父皇請旨吧。」葉成紹思量再三，還是答應了冷傲晨的請求。

素顏不解地看了眼葉成紹。這傢伙明知道自己不願意，他怎麼還是答應了？可是，當著冷傲晨的面，她也不好再反對。

冷傲晨看出素顏的心思，臉上浮出一絲苦笑，瀟灑起身，對素顏道：「太子妃，有時，接受別人的好意也是一種賜予。」

說罷，轉身大步走了出去。

素顏聽得怔住，鼻頭就有點發酸起來，看著冷傲晨稍顯落寞的背影消失在殿門外，她感覺心裡像堵了一塊大石，沈重得很，身子卻落入了一個溫暖而寬闊的懷抱。

葉成紹將素顏抱進懷裡，猛然在素顏臉上狠親了一口，嘟了嘴道：「娘子，妳欠他的，我幫妳還，妳還不起，我還得起。除了娘子，我可以給他很多很多，不許再看，也不許再想他了。」

中山侯與寧親王府結為親家的消息很快就傳遍了京城，皇上也很高興，寧親王與端雅的親事也定下來了，皇上與太后商議，先將寧親王的婚事辦了，再辦文英的婚事，但中山侯世子卻上書皇上，說要跟隨太子殿下一同去北戎。皇上也知道上官明昊與葉成紹、冷傲晨幾個關係都不錯，想著紹兒去北戎身邊也著實需要幾個得力的人幫助，不然在北戎孤身一人，很難站得住腳。他們肯主動提出要去那苦寒之地，皇上自然應允了。

所以，中山侯提出要把上官明昊的婚事先辦了，讓他成親後再去北戎，皇上與太后一商議也覺得如此，寧親王身分到底不同，皇上又覺得虧欠紹揚良多，所以，就想把紹揚的婚事辦得盛大隆重一些，半個月的時間準備也太草率了，太后也想把端雅風風光光地嫁出去，所以，兩人一合計，也就同意先辦文英的婚事。

侯夫人雖然出來理事了，但身子仍尚欠佳，不能太過勞累，素顏因為曾是文英的大嫂，理應幫忙，接下來的日子裡，素顏就經常去寧親王府幫著文英準備嫁妝。

因為葉成紹在宮裡鬧了一回，皇上還是把青竹還給了素顏。

文英和上官明昊的婚期定下來了，寧親王府越發熱鬧和忙碌了起來。素顏出入宮裡仍然有不少人跟著，即使到了寧親王府，那些人也是守在她身邊。

到了文英出嫁的那天，素顏作為文英的大嫂，自然是要去送親的。一大早，素顏就在青竹和紫綢的陪伴下去了寧親王府。

侯夫人盛裝迎了出來，正要對素顏行禮，素顏忙讓紫綢去扶住侯夫人。「母親，都跟您說過好多回了，我是晚輩，您不用給我行禮的。」

自從侯爺死後，侯夫人看透了很多事情，也像是變了一個人一樣，比過去要通情達理多了。這一次文英出嫁，她就不遺餘力地幫文英操辦著，讓素顏很是欣慰。如今寧親王府總算是和美多了，紹揚比過去更加孝順侯夫人，也算是撫慰了侯夫人的喪子之痛。紹揚原就是侯夫人養大的，母子情濃得化不開了，如今紹揚也成親在即，侯夫人滿心期待著，早些得了孫子，自己就可以含飴弄孫、頤養天年了。

雖然被紫綢扶住，侯夫人的禮還是行完了。其實侯夫人也不是那麼看重禮數之人，只是素顏雖然不介意她的禮數，但是跟著素顏的那幫宮人可都是虎視眈眈地看著呢，那可都是皇宮裡出來的，侯夫人是不想有話柄給那些皇宮裡的人說。

禮是行下去了，但侯夫人起了身，卻說道：「臣婦也知道太子妃的孝心，但禮數還是要周全的，便是太子妃不在意這些個小事，臣婦也不能讓太子妃為難啊。」說著，眼睛就往素顏身邊的人掃了一遍。

素顏立即聽出侯夫人話裡的意思，不由嘆了口氣道：「早知道當了太子妃這麼不得自由，還不如當初就在您身邊待著舒坦呢，您瞧瞧，就連對您的孝敬都要受別人的影響，這日子過得，心裡憋悶得緊。」

那些跟來的宮人們一聽這話，嚇得大氣也不敢出。

侯夫人見那些宮人果然有些害怕，便笑著道：「太子妃，您也要放開心，他們也是職責所在，是要小心保護您呢。」

這話讓那些宮人聽得心頭稍鬆，感覺侯夫人這話說得公道。

素顏聽了卻是又嘆了口氣。「母親，您也不是不知道，我這個人最是隨意了，這成天到晚地跟上一大幫人看著，做什麼事情都得規規矩矩的，說句不好聽的，就是肚子脹了想打個屁都不敢痛快地放，怕他們看著了說我不雅，影響了太子妃的形象。」

侯夫人是第一次聽到素顏說如此粗俗的話，卻又說得生動而貼切，不由大笑起來，一旁的青竹和紫綢也掩嘴在笑，那些宮人卻是聽得一臉古怪，但又不得不承認，太子妃說的是事實，宮裡頭的規矩本就大，作為太子妃、將來的皇后，她必須得事事按了宮裡的規矩行事，行坐之間都是要符合標準才是，也著實不自在得很。

侯夫人笑完後，對那些宮人們道：「今兒是本夫人的女兒出嫁之日，是寧親王府大喜的日子，你們既然來了，就好生在府裡頭喝酒吃菜，玩上一玩，也給寧親王府湊個熱鬧。至於太子妃嘛，有本夫人陪著，不會有半分損傷的，本夫人保證宴席過後，還給你們一個好端端的太子妃就是。」

為首的宮人就道：「侯夫人說得甚是，今兒娘娘難得開心，大傢伙兒也就跟著寧親王府湊湊熱鬧吧！」轉了身又嚴厲地掃視了那些宮人們一遍，眼裡的警告之意明顯。「都散了吧，別跟著了。」

那些宮人一聽，如釋重負，行了禮就退下了，很快就有寧親王府的丫鬟婆子們上來，說是請他們去喝早酒。

素顏這才覺得鬆了一口氣，跟著侯夫人一起往文英的閨房裡走去。

文英的閨房裡，全福奶奶正在幫文英梳頭，邊梳邊說著吉利話，見素顏和侯夫人來了，那全福奶奶忙起了身行禮。

盛妝下的文英嬌俏美麗，見到素顏也是上前來行禮，素顏忙托住她道：「妹妹無須多禮，今兒可是妳的大喜之日呢。」說著，歪了頭，上上下下打量著文英，笑道：「母親，平日裡沒怎麼覺得，今日這一見才知道，咱們大妹妹可真是國色天香呢，中山侯世子可真是有福了，娶了個天仙般的美人兒回去。」

文英被素顏說得羞紅了臉，眼裡卻閃過一絲傷痛，嬌羞地垂了眸，掩飾住了自己的心思，小聲道：「大嫂又取笑我了，這都是全福奶奶妝化得好呢，我再好看，也比不得大嫂啊。」

一時，她的丫鬟紅麗拿了嫁衣過來，要文英換上，素顏和侯夫人就親自動手幫文英穿嫁衣，一件大紅的嫁衣穿在身上，襯得文英肌膚更加白皙俏麗、豔光照人。

在文英屋裡鬧了一陣，素顏就覺得乏了，交代了青竹幾句，去了文英的內堂裡歇著了。

沒多久，就聽到外面一陣鞭炮聲震天價響，中山侯府迎親的隊伍來了。外面鑼鼓喧天，為首的宮人與青竹一同站在偏房門外，青竹手裡的一把瓜子早嗑完了，這會子興致勃勃地就想要到外面看熱鬧，對宮人道：「娘娘自懷上了後，瞌睡就多了，這一時半會兒怕是醒不來，姑姑您幫我看著，我到外面瞧熱鬧去，看看能搶個紅包不。」

那宮人看了屋裡一眼。外面動靜那麼大，太子妃竟然還睡得著，還真是不可思議。不過，正像是青竹說的，有了身孕就是與往常不一樣，便點了頭讓青竹走了。

外面的宮人看著文英身著嫁衣，頭戴鳳冠，蓋著蓋頭，在喜娘的攙扶下向外面走去，上官明昊也是一身大紅的新郎服，在冷傲晨和郁三公子幾個人的陪同下一起走了進來。

葉成紹作為文英名義上的大哥，揹起文英向外面走去。到了大門外的花轎旁，他將文英放了下來，喜娘將文英扶進了花轎。

葉成紹有絲怔忡地站在花轎旁，似乎有些捨不得自家妹妹就此嫁了出去，看著花轎出神。

上官明昊上前對他行了一禮，葉成紹這才回過神來，眼神複雜地看向上官明昊，一旁的冷傲晨也上來捶了上官明昊的肩膀一下，笑道：「明昊兄總算是抱得美人歸了，看你這副得意的樣子，不捶你幾下，心裡不舒服。」

上官明昊很高興，連連對著冷傲晨作揖道：「冷兄眼界太高了，以冷兄的人才家世，這京城裡，想給你做新娘子的千金閨秀怕是都快擠破門了。」

葉成紹這才笑著催促道：「吉時到了，明昊兄快些上馬吧，可別委屈了我家妹子。」

中山侯府，外面的酒席已經快接近尾聲了，上官明昊被人灌得醉醺醺地扶了進來。一屋子的年輕公子原本還要鬧新房的，但看到上官明昊醉得似乎不醒人事，只好都散了。

新房門關上的那一刻，原本醉臥在床上的上官明昊睜開了眼睛，眼神清明湛亮。端坐在床頭的新娘抬起雙手，準備自己揭下蓋頭，上官明昊眼疾手快地捉住了她的手。

「讓我來揭好嗎？我等這一刻，等得心都痛了。」

新娘的手就僵在了半空中。上官明昊鬆了她的手，用近乎虔誠的目光看著她頭上的紅頭巾。他拿了秤桿來，小心翼翼、有些顫抖地挑開那大紅的蓋頭。

蓋頭下，素顏那張素淨而清麗的臉龐呈現在他的眼前。

第一百七十三章

上官明昊看著她的臉龐，溫潤的眼睛裡泛起一層氤氳，嘴角露出一絲幸福的笑容。他的眼神深邃而專注，聲音輕柔道：「不管如何，我終於親手揭開過妳的蓋頭了，在我心裡，妳已經嫁給我了。呵，大妹妹，妳知道不知道，從妳退了我的親事那一刻起，我就無時無刻地想著要再讓妳回心轉意，要讓妳做我的新娘。」

素顏驚詫地看著上官明昊。這原本只是個計謀，上官明昊應該明白自己只是替了文英上花轎，真正嫁給他的是文英才對，這會子他應該迅速將自己送出中山侯府才是啊，可是他……

素顏微啟紅唇，剛要說話時，上官明昊伸出一根手指覆在她的唇上，搖了搖頭，聲音裡帶著乞求之色，深邃的眸子裡閃過一絲沈痛。「不要說。我清楚得很，不要說出來，大妹妹，就給我一個短暫的夢境好嗎？就算是……妳給我的一點恩賜。」

素顏的心疼一顫，想起當初她第一次見到他時，那時的上官明昊意氣風發，自信而高傲，看人的眼神雖然溫潤，卻是一種居高臨下的俯視。曾幾何時，他在自己面前竟然變得有些自卑而怯懦了？那次退婚，對他的打擊真的到了如此地步嗎？

素顏一直固執地認為，上官明昊對自己表現出來的深情，全是因為在自己這裡受了挫折的緣故。在情場上，他一直是個勝利者，京城裡，愛慕他的人多了去了，只要他願意，就是皇室公主他也能娶得到。但他在自己這裡栽了個大跟頭，所以，他才將自己當成了征服的目標；而自己已經嫁作他婦，他再也沒有機會征服自己了，正是出於這種心理，才使得他不能釋懷，把挫折和征服慾看成了愛戀，或許，他的內心裡，對自己其實沒有那麼深的感情……如今文英已經嫁給了他，素顏希望他能看清自己的真心，好好與文英相親相愛幸福地過下去。

「明昊大哥。」素顏也如上官明昊一樣，喚著他們從前相識時相互的稱謂。

果然，這樣的稱謂讓上官明昊眼中的那抹痛色消退了不少，他唇畔漾開一抹欣慰的微笑，在素顏身邊坐了下來，端起桌上的一杯茶遞給素顏，聲音輕柔得像要飄起來一樣。「喝點水吧，身子還舒服吧？婚禮儀式很長，是不是累了？」

素顏乖順地接過他遞來的茶，一飲而盡。她確實很渴了，代替文英拜堂後，身邊一直守著喜娘，她不好隨意亂動，本分地做著替嫁新娘，一直連口水也沒能喝上。

上官明昊將杯子接了過去，又拿了帕子來，要拭素顏唇角的餘茶。素顏的頭側向一偏，他的手就僵在了半空，眼裡的痛色又變得濃烈了些。素顏心頭一酸，笑著接過他手裡的帕子，自己擦了擦，深深地看著上官明昊道：「明昊大哥，你很好，你一直都很好，只是我們沒有緣分。有些事情，錯過了就是錯過了，不能再回頭的，文英她……」

上官明昊臉上浮出一絲苦澀的笑來，嘆了口氣道：「大妹妹，妳還是這般狠心。妳就不能不說出來嗎？哪怕再晚一些說出來也好啊。」說著，他伸了手來，輕輕地幫素顏取下頭上的鳳冠，動作輕柔而小心，生怕扯痛了素顏的頭髮。

他眼裡深沈的痛感染了素顏，心變得也沈痛而壓抑起來，一絲愧疚由心底而生，她突然就脫口道：「你不會是真的喜歡我吧？」

上官明昊被她的話問得一滯，星眸驟然睜大了些，眼裡的傷痛更加濃厚。他一把捉住素顏的手，帶著濃重的鼻音大聲吼道：「妳可以不喜歡我、可以輕視我，但是不能懷疑我對妳的感情！」

素顏被他震怒的樣子嚇住，掙扎著想把手自他的手中抽出來，但是上官明昊握得很緊，她哪裡能掙得脫？其實剛才那句話一問出口後，她也後悔了。自己這是怎麼了？這種情況下還問這種話，既幼稚又可笑，就算他對自己的感情是真的，難不成，自己還想要移情別戀，背叛葉成紹？看吧，果然真把這個人給惹火了，自己這是在做什麼啊？

第一次面對上官明昊時，素顏沒有了底氣，有些膽怯地縮著脖子小聲道：「那個，我的手好痛……其實……我只是……」

看著素顏一副小媳婦的樣子，上官明昊也回過神來，突然心裡的怒氣就消了許多。至少，她沒有像從前那樣，像隻小老虎一樣地瞪視著自己，罵自己是大尾巴狼了，這也算是一點小收穫嗎？他心疼地鬆開了她的手，問道：「妳只是什麼？」聲音仍然有些咄咄逼人。

「我只是想證實一下下。」素顏揉著被上官明昊抓紅的手腕，小聲道。

「證實什麼?」上官明昊的心火又被她撩起，逼問道。

「證實你其實是一個大好人啊。那個，明昊大哥，文英一會子就要來了，你看是不是……」素顏實在是不想再與他待下去了，這條大尾巴狼比以前更加危險了。以前自己有底氣，認為他虛情假意，對待感情不認真，可現在，她感覺到了他那份濃烈的深情，她很害怕，也有些愧疚，畢竟造成他現在這個樣子，自己也是有責任，當初他也曾向自己道歉和解釋，大老爺被抓時，他的確努力去營救過，是中山侯為了成全葉成紹而犧牲了他，真正受傷的人是他。

素顏的神情再一次刺傷了上官明昊。她一副想要逃走，畏自己如虎如狼的樣子，難道她以為自己會對她做出什麼不合禮數的事情來嗎?他苦笑著退開一些，頹然地垂下手，神情委頓而落寞。

他的樣子讓素顏一陣心虛，又感覺有一絲不忍。定了定神，她輕咳了一聲，認真地轉過頭來看著上官明昊，說道:「對不起，明昊大哥，雖然這句話來得晚了些，但我還是要對你說聲對不起，當初，是我誤會你了。」

上官明昊聽得一震，眼皮迅速抬起，怔怔地看著素顏，眼裡閃過一絲複雜的神色道:「對不起什麼?誤會?妳的意思是，如果當初沒有誤會，妳會嫁給我?」

這個問題素顏從來沒有仔細想過，如今他突然問起來，她不由也自問。如果當初沒有素情的從中作梗，沒有大老爺的被抓，自己會嫁給他嗎?會喜歡他嗎?可是，劉婉如呢?劉婉如雖然也是葉成紹設下的計，但是，他為什麼會中計？之所以會有那麼多的誤會，究其原因還是因為他對感情不清不楚、處處留情的緣故吧？那是自己的忌諱。

她不得不承認，第一次見到上官明昊時，自己是有好感的，也打算過要嫁給他的，可是後來，他們對於婚姻的想法不一致，他的感情也許是真的，但一定不專一，也不是她想要的。

面對上官明昊的咄咄逼問，素顏這一次沒有退縮，她微微一笑，看著上官明昊的眼睛說道：「明昊大哥，不管以前的誤會是如何產生的，但如果讓我重新來選一次，我還是會嫁給葉成紹。你很好，但不是我喜歡的類型。」

這是時隔一年多以後，素顏再一次明明白白地告訴他，她不喜歡他。上官明昊的身子明顯地搖晃了一下，整張臉都白了下來，人像是一下子憔悴了許多。雖然早就知道她的答案，他還是不死心，想要再問一次，因為以前，素顏對他的印象太壞，從來也沒有給過他解釋的機會，而這一次，他在素顏心裡的印象大大改觀了，因此他抱著一線希望，再問這一次，但得到的答案仍是如此殘酷。不過，心中卻是釋懷了。她說了，不是自己不好，是她不喜歡自己這樣的類型，也是，感情是要靠緣分的，將心比心，天下間好的女子千千萬，為何自己就只喜歡她一個呢？別的女子也不是不好，只是不合自己的心。

這一次的交談是他向葉成紹要來的，他要給自己的感情一個了結的機會，他原本就只是要一個答案，並不想要如何。不管答案是什麼，他也沒有妄想了。他與她的一切都成為了過去，她現在已經是別人的妻子，有了別人的孩子，而他現在也成為了另一個女子的丈夫，要對那個女子的一生幸福負責。

上官明昊站起身來，溫柔地扶起素顏，臉上帶著釋然的微笑，眼裡的痛色也掩去了，只剩下一絲無奈。

「去後堂換了這身衣服吧，太子殿下在後門處等妳，我送妳出去。」

他似乎想通了，不像剛才那樣激動了。素顏看著上官明昊臉上釋然的微笑，心裡也鬆了口氣。她其實還是很欣賞和感激他的，如果不是為了幫助自己，他不會這麼快就娶了文英，拿他的婚姻作為籌碼，換取自己的安全，這讓素顏很感動。不管當初如何，現在的他值得她尊敬，她打心眼裡當他是自己的朋友和兄長。

「謝謝你，明昊大哥。」素顏很自然地扶住上官明昊的手臂起了身，到後堂去將身上的喜服換了下來。再出來時，上官明昊身上的喜服也換成了一身常服，牽著素顏的手，向中山侯府的後園子走去。

前院仍有不少喧鬧聲，府裡頭仍有不少賓客沒走，後院裡還有咿咿呀呀唱大戲的聲音，府裡不少丫鬟婆子都看大戲去了。也因著中山侯早就有準備，上官明昊帶著素顏穿過府裡的園子時，並沒有遇到任何一個人，順利地就到了後園門口。

打開後園門，果然看到一輛馬車停在門外，葉成紹自馬車上跳下來，看到了門口的素顏，走了過來。

在園子中走時，素顏就鬆開了上官明昊的手，這會子見葉成紹走了過來，上官明昊趁素顏不注意，又牽住了她的手，扶著她迎向葉成紹。

葉成紹的眼神一沈，眼睛盯著素顏的手，嘴角抿得緊緊的，但還好沒有發脾氣，只是大步走了過來，長臂一伸，就要將素顏攬過去。

上官明昊卻是向前一步，擋在素顏的身前，眼神挑釁地看著葉成紹。

葉成紹不解地看著上官明昊。這是他們之間早就約好的，他現在這個樣子是什麼意思？葉成紹的眼神也變得危險了起來。

一時間，兩人之間暗潮湧動，隱隱有股一觸即發的趨勢。素顏在後面敏感地感覺到了他們之間的不對勁，想從上官明昊身後走出來，上官明昊卻是將她攔了個嚴實，對葉成紹道：「雖然你現在是太子，但是有一句話我早就想跟你說了。」

葉成紹強忍心中的怒火，問道：「什麼話，你且說來聽聽。」

「就是……我想打你很久了。」上官明昊沈吟了一下，身隨聲動，突然就以迅雷不及掩耳之勢一拳擊在葉成紹的肚子上。

葉成紹猝不及防被他一拳擊中，彎腰捂住肚子，蹲了下去。上官明昊身後的素顏聽到一聲痛苦的悶哼，心猛地一緊，快速跑了出來，緊張地扶住葉成紹道：「相公、相公，你怎麼了？」

葉成紹捂著肚子，眉頭皺得緊緊的，一臉痛苦的模樣，艱難地說道：「娘子，好痛啊……」

「很痛嗎？明昊大哥，你做什麼？」素顏的聲音都顫了，不解上官明昊為何這樣做。

「別裝了，再裝我還打你。」上官明昊鄙夷地看著葉成紹說道。這廝太過分了，自己那一拳雖然很重，但憑他的武功，怎麼會痛成這個樣子？分明就是故意裝弱，讓素顏當著自己的面心疼他，刺激自己呢。

葉成紹見被上官明昊識破，哈哈大笑著站起身來，對上官明昊作了一揖道：「多謝明昊兄的相助，我也有一句話早就想說了，一直沒有說。」

上官明昊問道：「什麼？」

「對不起。」葉成紹認真地看著上官明昊，真誠地對他說道。他剛才是故意讓上官明昊打的，當初他從上官明昊手中將素顏搶過來，確實用了些見不得光的手段，不過，那時他也不是很看得上上官明昊，也以為他是個偽君子，只會用花花手段討女孩子的歡心。現在才知道，上官明昊對素顏的感情不會比自己少，為了素顏，他也犧牲了很多。他並不愛文英，但為了相救素顏，他竟然就同意了，所以，這一拳是自己欠他的，應該挨的。

上官明昊聽了笑著搖了搖頭，深深地看了素顏一眼，道：「你不用說對不起，她喜歡的是你，就算當初沒有你做的那些事情，她也不會嫁給我的。你小子命好，我嫉妒你。不過，你以後若是再讓她受苦，我保證會將她從你身邊帶走。」

上官明昊的話說得一點也不客氣，根本就沒有當葉成紹是太子，葉成紹卻是正色地攬住素顏的腰道：「你死心吧，我不會給你這個機會的。」

這時，文英自馬車上下來。

剛才的一幕，文英坐在馬車上都看到了，她的心一陣抽痛。上官明昊果然還是愛著大嫂的，在他的心裡，自己不過是一個合作夥伴吧……

上官明昊看到文英那張落寞的臉，心頭一緊，感覺到一絲愧意。文英是個好女孩，在這件事上，她是最無辜的。

他大步走了過去，主動握住文英的手道：「委屈妳了，我們回家去。」

雖然他沒有喚她娘子，但是一句「我們回家」仍讓文英心頭一甜，剛才的不快很快就消散了，乖巧地被他牽著，羞澀地跟在他身後。

葉成紹也覺得有些對不住文英，看著文英與上官明昊肩並肩站著的模樣，心裡又感覺很欣慰。或許文英能幫助上官明昊從那一段無望的感情中走出來吧，但願上官明昊能給文英幸福。

「明昊兄，就此別過。」葉成紹沒有說什麼要他好好對待文英的話，他覺得自己不是很有資格那樣說，也無須多說，上官明昊的人品他還是相信的。

「別過什麼？殿下可別忘了，我也會跟著去北戎。」上官明昊笑著對葉成紹道。

離葉成紹出京的日子還有三天，素顏這一次好不容易避開了皇上的耳目，離了太子府就不可能再回去了，葉成紹得將她送出京城去。

第一百七十四章

「娘子，一會子有人來接妳出京城。我不能送妳，宮裡正到處找妳，我得回去善後，好拖住父皇的人，讓他們在城裡頭找。」葉成紹不捨地在素顏的臉上親了親，將她攬進懷裡，歉意地說道。

素顏聽了並沒有抬起頭，鼻間輕嗯了聲，反而往他懷裡拱了拱，雙手摟得更緊了。

曾經強勢又堅毅的娘子這會子像個孩子一樣依賴自己，葉成紹的心越發柔軟起來。原本，將娘子交到冷傲晨手裡，讓冷傲晨護著她逃出城，他心裡就一百個不願意，冷傲晨那個傢伙太優秀了，又對娘子癡心得很，人在危險之時，對護佑自己的人最容易產生感情，這讓葉成紹的心裡像堵了一塊大石般不舒服，這會子看娘子對自己如此不捨，心裡的那塊石頭被她的柔情給化了，只剩下心疼，巴不得就此將她藏在懷裡，永遠帶在身邊就好。

但是，馬車已經停下來了，他無奈地扶起素顏，捧著她的臉輕吻她的額頭、鼻尖，挨著她的臉蹭了蹭，說道：「娘子，到了，我得下車了。」

素顏的心裡酸酸的，摟著葉成紹的脖子不肯鬆手。「你要早點來，一個人睡覺好冷，我會睡不著的。」

「嗯，我一定會儘快趕到妳身邊的。別怕，娘子，晚上讓青竹給妳多燒幾個手爐放在被子裡，可千萬別著涼了。」葉成紹硬著心將素顏的手拿開，他必須要下車了。

素顏鬆開他，一雙清亮的眼睛帶著絲委屈和幽怨，眼睜睜地看著葉成紹下了馬車。

馬車外，冷傲晨仍是一身煙青色長袍，腰間鬆鬆繫了根寬玉帶，迎風直立，身後跟著幾個東王府的隨扈，看到葉成紹下來，他上前行了一禮。

葉成紹深深地看了他一眼道：「有勞了。」說罷，回頭又擔憂地看了眼馬車，素顏這陣子特別脆弱，他有點放心不下，怕自己離開後，她會胡思亂想。她這會子離京定然還有遇到不少盤查，也許會有危險也不一定。

冷傲晨淡淡一笑道：「殿下請放心，臣定不辱使命。」

冷傲晨的武功和機智，葉成紹是很信得過的，他點了點頭，讓開身子，眼睜睜地看著冷傲晨大步上了馬車。到底是心裡有芥蒂，剛才馬車裡的還是自己，突然就換了另外一個男人陪著娘子，心裡又有些不舒服起來。娘子對他的感情他已經不用懷疑，吃醋只是天性使然，不過，轉念又惡作劇地想，就算冷傲晨這小子陪在娘子身邊又如何？娘子的心裡根本就裝不下別人，看得到摸不得的感覺應該更難受吧。

他不能再待下去，不然，遇到搜城的軍士看到他與東王府的馬車在一起，就會有麻煩了。馬車還沒有動，他就躍身上了一旁冷傲晨備好的馬，正要打馬而行，這時，素顏掀開窗簾子，揚了手出來，喚道：「相公，保重。」

葉成紹的身子一震，好不容易硬下的心腸又被這一句話給融化了，他強忍著再一次回到馬上去擁住她的衝動，柔聲道：「娘子，我很快就來接妳。」說著，揚手甩鞭，狠心地一抽馬尾，縱馬而奔。

看著消失在夜色中的葉成紹，素顏吸了吸鼻子，縮回頭去，身子靠在軟軟的大迎枕上，一抬眼，就看到冷傲晨湛亮如星的眸子正凝視著自己，她沒來由就有點心虛，想著自己方才像個離開長輩的孩子般脆弱的樣子被冷傲晨看到了，心裡有些不自在，對著冷傲晨扯了個笑臉，小聲道：「有勞世子了。」

冷傲晨被她的孩子氣惹得有些想笑，但還是沒有笑出來，怕她更不自在，極力保持著淡然的樣子說道：「太子妃客氣。此去雖然有點麻煩，但應該會很順利的。太子妃放心吧，太子不久就會回來與妳會合。」

素顏看冷傲晨坐得離自己遠遠的，有禮地保持著距離，語氣裡並沒有笑她的意思，她心裡坦然多了，笑了笑，又往被子裡縮了縮。她也累了點，有點犯睏起來。

冷傲晨見她的手臂開露在被子外面，遲疑了一下，才移到她身邊，幫她將被子拉了拉，蓋到了脖子處。

素顏睜開眼睛看了他一眼，並沒有覺得他這行為有何不妥之處，畢竟她是現代人，男女之間的這點小動作，她並不怎麼介意，笑著說了聲謝謝，又繼續閉目睡覺。

她隨意的樣子，讓冷傲晨也覺得坦然了許多，不似方才那樣拘謹。馬車就要行至北門，他們要連夜趕到城外的別院裡去，出門時，必定會有人檢查，所以，他必須先做好偽裝才行。

果然到了北門時，城門已經關了，守城軍士見他們過來，便上來查問。東王府的隨扈拿出東王府腰牌展示給守城軍士看，軍士見是東王府的馬車，臉上就有了笑容，但並不放行。一個身材中等的小校尉模樣的人笑著對東王府的隨扈道：「皇上有令，京城宵禁，任何人不得出城，請大人稟報府裡的主子，且先回轉，明日再出城如何？」

那隨扈聽得一怔，他並不知道京城宵禁了，忙走到馬車前稟報冷傲晨。冷傲晨自然在車裡已經聽到了守城校尉的話，他懶懶地掀開車簾子，對自家隨扈道：「王妃頭痛，本世子必須得趕回別院去探望王妃，讓他們開城門，誤了本世子的事，本世子拿九門提督是問。」

那小校尉見冷傲晨親自發話了，又掀開了簾子，一雙眼睛就賊溜溜地往馬車裡探。他們其實也接到了上頭的命令，只說是不許人出城，也沒說為什麼。東王在大周的權勢和地位不是他一個小校尉開罪得起的，但上頭的命令又不得不聽，他在尋思著，要如何兩全才好，就不知道那馬車裡待著什麼人，遮得嚴嚴實實的，若是能察看察看馬車，只要裡面沒有可疑的人，應該就可以放行了，這樣，他既不至於得罪東王世子，又可以向上頭交代。

冷傲晨見這小校尉眼神不正，不由沈了臉，喝道：「還不快開城門？讓本世子久等是何道理？莫非，你懷疑本世子有何圖謀？」

那校尉聽得心頭一顫，嚇得縮了脖子，收回目光行禮道：「不敢、不敢，只是有皇命在身，不得讓任何人出城。世子爺既是擔憂王妃，小的說不得，也要違抗一下上令，通融一二，只是也請世子爺明鑑，讓小的察看察看馬車，也讓小的好向上頭交代。」

這小校尉是個聰明人，他的話合情合理，不讓人出門可是上頭的命令，但是大著膽子違令，是給東王府面子，還得承他的情。

冷傲晨果然不好拒絕。他臉色很不好看，臉上露出一絲怒色，那小校尉一見，心裡就起了一絲懷疑，也不作聲，仍作行禮狀，並不直起身來。

東王府隨扈卻是大喝道：「大膽！馬車裡是王府內眷，衝撞了你擔待得起嗎？」

那小校尉聽了覺得也是，自己一個低下的粗人，怎麼能去察看王府馬車？裡面若是坐著世子爺的侍妾之類的人物，自己還真不好衝撞了。可是，皇命難違啊，該查還是得查，不然，自己也承受不起上頭的責怪。

於是硬著頭皮道：「還請世子爺通融，小的是奉命行事，請世子爺不要為難小的們。」

冷傲晨聽得心裡一笑，自家的隨扈還滿機靈的。他回頭看了眼素顏，見她早已醒了，一雙清亮眸子裡帶著一絲擔憂，不由又猶豫起來。男女授受不親，他與她孤男寡女共處一車已然不合禮數，還要讓她再冒充自己的侍妾……這對她就是一種冒犯，他有些開不了口。

外面的小校尉見馬車裡的人沈默了，疑心又起，大聲道：「還請世子爺回府去吧，小的不敢放開城門。」

東王府的隨扈聽得大怒，猛地抽出劍指向那校尉。「大膽！沒聽到我家世子爺說嗎？王妃生病，世子必須前去探母，你再不開城門，爺砍了你！」

那小校尉也是有血性的，他守城不開是職責所在，憑什麼你們這些王公貴族就如此欺人？他脖子一硬，直了身子怒視著東王府的隨扈道：「小的職責所在，不敢違抗，大人非要出城，就必須得讓小的察看馬車，不然，小的擔不起這個責。」

隨扈沒想到這小校尉如此硬氣，如今太子妃失蹤的消息還沒有從皇宮中傳出來，皇上定然也怕失了皇家的面子，所以才只下令不得讓人出城門，並沒有向下面的人說明是什麼原因。如今皇上肯定正派人在內城裡搜查，再等下去，只怕御林軍都要查到外城這裡來了，自家世子爺窩藏太子妃，若讓人查知，世子爺的罪責可就大了。

如此一想，這隨扈將劍真的架在了那小校尉的脖子上，冷聲道：「你再不開城門，信不信爺這一刀下去，讓你一命嗚呼？」

「反正是一死，大人要殺就殺吧！小的原本地位就低下，東王府要仗勢欺人，小的也只有受死的分。」那小校尉眼皮子都沒眨一下，話語裡卻帶了嘲弄。他其實也怕死，只是被逼到了這個分上，只能硬著頭皮頂著，也拿話來激冷傲晨。

那隨扈自然只是嚇嚇小校尉，不能真的下手殺人，刀架在小校尉的脖子上，是收也不是，殺也不是，一時僵持了起來，情勢變得很難辦。

就聽得馬車裡傳來一個嬌滴滴的聲音。「爺，馬車怎麼還沒開啊，妾身還趕著將燉好的雞湯送給王妃用呢。」

那小校尉一聽，馬車裡果然是一個女眷，心頭也鬆了起來，也不怪東王府的人會發火，自己去查探也真的不合適。既然已經知道馬車裡是世子爺和世子爺的侍妾，自己再堅持下去就不識時務了，便笑著對東王府的隨扈拱了拱手，乾笑著道：「大人，既然馬車裡真是女眷，小的也不強攔。小的也是職責在身，不得不如此，還請大人原諒。」

素顏那句嬌滴滴的話語讓冷傲晨的心都顫抖了，他的印象裡，素顏一直是端莊而嫻靜的一個人，讓她發出這樣的聲音來，他還真是沒有想像過。他的眼睛睜得老大，震驚地看著素顏，因為素顏方才說那話時是板著臉，嚴肅得很，與她發出來的聲音也太不相符了，他從沒見過一個人可以板著臉，卻如此嬌滴滴地說話的。

素顏見冷傲晨怔怔地看著自己，不由莞爾一笑，有些不自在地嗔道：「看什麼看，沒見過美女發嗲嗎？」

這話更加欲蓋彌彰了，冷傲晨聽得想要大笑，卻又不好笑出聲來，只得捂住嘴，肩頭聳動，差點憋出內傷來，聽到外面小校尉的話，他及時地說道：「這位小將軍，本世子不怪你，還請速速開城門才是。」

隨扈將刀收了，那小校尉也揮手讓手下開了城門，馬車順利地出了城。

馬車出了城後，速度就打快起來。素顏懷著孩子，月分還小，正是妊娠反應嚴重的時候，被馬車一顛，頓感難受，腹裡像在翻江倒海似的，絞得厲害，想吐又不好吐。她也知道，現在是非常時期，雖然出了城，但很可能就會有人追出來，她捂住嘴，歪靠在枕頭裡，皺著眉頭強撐著。

冷傲晨擔憂地看著她，顛簸的馬車將她單薄的身子震得東倒西歪，好幾次她的頭都撞到了馬車壁上，他心裡擔憂，很想將她護在懷裡，卻又諱於禮數，不好妄動，只能眼睜睜地看著她難受。

馬車並沒有真的往別院裡走，而是選了一條偏僻的馬路行進。馬車越發顛了起來，素顏正強自平衡著自己的身子，突然，她被震得整個身子都顛了起來，向前面栽去，眼看著就要摔倒，冷傲晨再也忍不住，伸出手來一把攬住了她的腰，將她護在了懷裡。

「太子妃，臣無狀了。」

素顏驚魂未定地伏在他懷裡，剛才冷傲晨再不拉她一把，她懷疑自己肚子裡的孩子都會掉出來。這會子她最擔心的就是孩子，再顛下去，真怕孩子出事。冷傲晨的懷抱溫暖而寬厚，坐在他懷裡，她感覺穩妥多了，也顧不得什麼男女有別，深吸了口氣，聲音細細的。「呃，非常時期，非常對待，我可是已婚女士，你一個黃花少男，只要不怕我揩你油水，吃你豆腐就好了。」

她這話說得粗魯又俏皮，兩人原本相擁在一起，情形曖昧得很，但被她這樣一說，反倒將那曖昧之意沖淡了許多。她一個女子都如此坦蕩大方，冷傲晨若再說那失禮的話，反倒顯得小氣和心虛了。

她身上淡淡的幽蘭香鑽入冷傲晨的鼻間，原本就是自己心心念念著的一個人，又溫香軟玉抱了個滿懷，饒是冷傲晨再自制的一個人，也難免心情激蕩，但被她幾句俏皮話一說，自己反倒覺得不好意思起來，彷彿對她的情動，於她而言是一種褻瀆，是對她的信任的污辱。

但就像她說的，非常時期，非常對待，在她眼裡，已經將自己當成好朋友了吧，她越是如此坦然待在自己懷裡，他越是相信，她對自己沒有半點男女之情。想到這一點，冷傲晨的心裡感到一絲悲哀，自己好歹也是個美男子吧，那麼多的女子一看到自己就發花癡，怎麼到了她這裡，就這般沒有吸引力了呢？

素顏縮在冷傲晨懷裡，其實心裡也有點不好意思，只是，這會子再顧及男女大防就太不明智了。這一路還不知道要跑多遠，以自己的本事根本就撐不下去，只能由冷傲晨護著她才能坐穩。嘔吐感仍在，她在冷傲晨懷裡動了動，伸了手去掏自己備著的藥，卻感覺冷傲晨的身子一僵，抱著自己的手緊了一緊。她敏感地發覺自己這樣的動作似乎有挑逗的意味，忙乾笑道：「呃，那個……對不住啊，我拿點藥。」說著，手裡已經拿出藥瓶來，放在鼻間輕吸著，心裡感覺到一陣清涼舒爽，嘔吐感總算是消散了不少。

此時的冷傲晨感覺自己像是置身於水深火熱當中。藍素顏啊藍素顏，妳有沒有當我是正常的男人啊？知不知道妳這樣子讓人很難自制？她的手剛才竟然碰到了自己的私處，就算他是柳下惠，也難以坐懷不亂了。

他無奈地將她的身子轉過去，讓她背對自己，這樣她就算是亂動，也能安全一些了。

素顏老實地隨著冷傲晨的手勢轉了個身子，背靠著冷傲晨。嘔吐感消散後，她感覺一陣疲倦，也懶得虐待自己了，將頭往冷傲晨的肩膀一靠，笑道：「反正懷抱都借了，你不介意我再借個肩膀靠靠吧？」

冷傲晨哭笑不得地任她靠著，心頭激蕩不已，但兩手卻是很規矩地只摟住她的雙臂處，不敢輕動一下。

馬車繼續飛奔著，素顏靠著冷傲晨，有他的護衛，身子雖然還是被顛著，但比先前來要安全得多了。他的懷抱溫暖而舒適，讓她昏昏欲睡，不知不覺眼皮子就沈了。

冷傲晨僵著身子，一動不動地環住素顏。好半晌，懷裡的人沒有了聲音，靠在他肩頭的小腦袋不停搖晃著，他不由低了頭去看，臉上不由浮出一絲無奈的苦笑，眼裡卻是閃過一絲寵溺。

馬車又一次來了個大顛簸，素顏的頭震了起來，冷傲晨忙鬆了一隻手，幫她托住頭。自己的肩膀雖寬，但硌到了骨頭上，她的頭也會痛的。看她仍睡得香，他無奈地嘆了一口氣，拉過一旁的被子將兩人一同蓋住。

這算不算是同被而眠呢？他忍不住又想。

馬車這樣跑了近一個時辰，才到了目的地，京郊一個偏僻的小山莊裡。

銀燕早就等在山莊外。她沒有跟隨皇后和拓拔宏一同走，而是留在山莊裡接應葉成紹和素顏。遠遠地看到東王府的馬車來了，她感覺心突然就跳得劇烈了起來，引頸長探，卻看到馬上的一行人裡，並沒有那個人的身影，心頭不禁一陣失落。難道他沒有來，只是派人護送的嗎？

馬車總算停了下來，銀燕迎了上去，問東王府的隨扈道：「人呢？」

東王府的隨扈並不認識她，只見得這個女子好生無禮，但看她身後還跟著一隊勁裝黑衣人，料想她肯定是前來接應的，也沒理銀燕，而是下了馬，躬身站在馬車外說道：「爺，到了。」

冷傲晨的手腳都僵麻了。這一路，他一直就一個姿勢擁著素顏，這會子素顏還沒醒，他卻有點動彈不了，聽得隨扈的話，他揚了聲道：「稍等！」

聲音醇厚而略帶磁性，果然是那個人。銀燕心頭一顫，第一個反應是欣喜，第二個反應卻是惱火。他一個大男人怎麼和太子妃同坐於馬車上，大周不是最重禮儀規矩的嗎？人在生氣的情況下，做事就有點衝動。她三步併作兩步走到馬車邊，手一掀，將馬車簾子揚了起來。她身後之人手裡都提著燈籠，昏暗的燈光下，馬車裡，冷傲晨與素顏相擁而坐，素顏歪靠在冷傲晨的懷裡，睡得正香。

這情形也太過曖昧了吧，不只是銀燕被震驚到，就是東王府的隨扈們也是驚得瞪大了眼睛。偏生被觀看的兩個男女主角都渾然不覺，一動不動，似乎還有些依依不捨，捨不得分開一般。

其實，素顏是睡著了沒醒，而冷傲晨則是手腳僵木，一時沒有恢復過來。但別人不知道實情，銀燕只覺得一股怒火直沖上頭，將簾子一扔，罵道：「無恥！」

東王府的隨扈可不敢這般罵自家的小主子，只是也全尷尬得很。小主子也太大膽了吧，眾目睽睽下竟然這樣摟著太子妃，這傳出去，不只是名聲問題，只怕人頭都難保呢！

冷傲晨畢竟武功高絕，稍事調息，手腳上的僵麻很快就散去。被人看到自己與素顏如此親密的情形，他這會子反倒無所謂了。本來就沒有做什麼，他只是在保護素顏而已，兩人之間清清白白，不怕別人說什麼。

如此一想，他大大方方將素顏抱起，優雅地走下馬車。銀燕氣呼呼地看著他，沒想到他被人揭穿了醜事，臉色如此淡定，還公然抱著太子妃下車，這個男人的臉皮怎麼如此厚啊？早就聽說他對太子妃心懷不軌……今天他是不是如願以償地抱到了美人？哼，看他抱得還挺開心呢……

銀燕的心裡酸溜溜的，伸了手道：「冷世子，太子妃還是給本姑娘抱著合適點吧！」

冷傲晨先聽到銀燕罵自己無恥，這會子聽她冷嘲熱諷，不由也氣惱。我便是與太子妃之間有什麼事情，也不關妳一個外族人什麼事吧？冷哼一聲道：「多管閒事。」說著，就抱起素顏往前走去。

銀燕沒想到冷傲晨的態度如此惡劣，氣得一跺腳，轉身跟了上去，偏生這會子他手裡抱著太子妃，她不能向他出手，不然，真要打爛他那張可惡的嘴臉不可。

東王府的人和銀燕帶來的那些人全都面面相覷。這是什麼狀況，東王世子與太子妃之間……真像傳聞中那樣嗎？

第一百七十五章

素顏迷迷糊糊地總算是醒了，鼻間乾淨的皂角氣息仍在，身子也有點顛，她以為還在馬車上，便偎在冷傲晨懷裡咕噥了句。「還沒到嗎？」

冷傲晨垂眸看著她惺忪的睡眼，感覺到她似乎怕掉著，又伸了手摟緊他的腰一些，心裡一甜。不管她此時對自己的心態如何，至少她對自己是十分信任的，在她的心裡，自己應該是除了葉成紹以外，最值得信任的人吧？

銀燕在身後聽到了素顏的話，心裡就有氣。這兩個都是什麼人啊，一個是已婚之婦，還是太子妃，另一個則是親王世子，大庭廣眾之下卿卿我我的，先頭太子妃沒有醒過來，這樣抱著還說得過去，這會子人都醒來，還是這樣，這不是權宜二字可以解釋清楚了。她心頭火起，衝口便道：「想不到太子妃才離開太子殿下就與他人勾搭了，也不怕丟了太子殿下的臉嗎？你們大周不是最注重男女大防的嗎？怎麼會如此不知羞呢？」

素顏聽了這才睜大眼睛，一看自己正被冷傲晨抱在懷裡走，呀地一聲就掙扎了起來。「快、快放我下來。」天啊，在馬車那是沒法子，為了安全才被他抱住的，而且馬車裡沒有別人看到，可是現在……天，葉成紹那傢伙知道了，怕又得吃醋了。

冷傲晨卻是將雙臂一收，將她抱得更緊了，柔聲道：「太子妃，臣不累，您腳傷未癒，還是臣抱著您進去吧。」

呃，腳傷未癒，自己的腳何時受傷了？素顏莫名地看著冷傲晨。昏暗的燈光下，他的眸子湛亮幽深，像是一汪清澈的深泉，眼裡閃著小小的幸福和一絲的狡黠，她隨即從善如流地說道：「嗯，有勞世子了，只是因本宮的傷而使得世子清譽受損，本宮實在是於心不忍。」

一眾的隨從聽了果然心中釋然不少。太子將太子妃託付給了東王世子，太子妃的腳受傷，世子扶抱住太子妃也是應該的，當時馬車裡並沒有女眷，這也是非常時期、非常之舉，那些俗禮顧及太多，只會讓自己難受。

銀燕聽了雖然心裡舒服了許多，但仍覺得膈應得很。就算太子妃的腳受傷了，在馬車裡抱著是沒法子，馬車裡沒有旁人在，可剛才自己要代勞，他卻不肯，分明是心中有鬼，捨不得放下太子妃。哼，太子妃再好又如何，她已經是別人的妻了，這個笨蛋，他這樣做分明就是徒勞，而且只是讓自己越陷越深……原本氣呼呼的心突然又替冷傲晨難過了起來，那樣清俊高雅的一個人，卻追求著一份永遠得不到的愛，他的心裡，其實也很苦的吧？也許，這是他唯一一次與太子妃親近的機會，所以，捨不得放過吧……

銀燕抬眸看向前面那個修長的身影，感覺眼睛有些酸澀。光線將他的背影拉得很長，他小心翼翼地抱著懷裡的人，步子走得沈穩而緩慢。就那麼一段路程，他就那樣走著，似乎永遠不想走到盡頭……

銀燕怏怏地、默默地跟在後面。小山莊裡寂靜而冷清，她先來一步，將這個小山莊裡最大的院子給買下來了，院子被一片竹林包圍著，與山莊裡的其他人家隔離開來，正是一個好的藏身之處，不怕被外人打擾。

眼看著前面引路之人將冷傲晨引進了院子，銀燕加快了腳步，對那引路之人道：「你下去，這裡有我就行了。」說著，自己在前面引路，將冷傲晨帶到她早就為素顏備好的房間，並親自掀開簾子。

冷傲晨看也沒看她一眼，就抱著素顏走了進去，將素顏放在屋裡的床上。

銀燕看了他一眼，默默地在屋裡坐下，並沒有離開的意思。素顏覺得屋裡的氣氛有些尷尬，乾咳了聲道：「郡主，皇后娘娘這會子也不知道到了哪裡？」她這純屬沒話找話，想緩解屋裡怪異的氣氛而已。

銀燕沒有理睬素顏，眼睛盯著冷傲晨腰間掛著的一個掛飾出神。那掛飾並不像男子的飾物，而像女子頭上的飾品，她越看越覺得奇怪，這個男人穿得很簡單，裝束也明朗簡潔得很，並不如大周其他公子哥一樣，弄得滿身都是玉或飾物，珠光寶氣的，他這個……是哪個女子送給他的嗎？

素顏被銀燕冷落，心知方才自己與冷傲晨的行為怕是惹惱了銀燕，見她在發呆，便順著她的視線看了過去，不由怔住。冷傲晨身上竟然掛了個花勝，那是女子的頭飾……呃，看著怎麼覺得有些眼熟，那樣式和做工，一看就知道是內務府出品……她猛然想起，皇后娘娘第一次見自己時，曾送了一套三品誥命服飾給自己，同時送來的還有一套紅寶石的頭面。她記得，那套頭面裡，丟了兩樣東西，所以，後來她一直就沒有戴過那套頭面，怎麼會到了冷傲晨的手裡……還被他掛在腰間？暈死，這要是讓葉成紹知道，還真是跳進黃河也洗不清了。

冷傲晨見素顏盯著自己的掛飾看，很坦然地看向素顏，喝了一口茶，悠然地說道：「此物是上官兄送給我的，他說，同是天涯淪落人，送此物僅做一個念想而已，太子妃很喜歡嗎？」

是上官明昊送給他的？那就好解釋了，一定是紫晴偷偷拿出去送給上官明昊的。當時的上官明昊也許還想拿這兩樣東西作文章的吧，只是後來不知道因何而改了主意。那兩樣東西丟了後，一直沒有什麼事發生，素顏自己都差點忘了這件事了，若不是銀燕看著，自己還真不知道這東西如今到了冷傲晨的手裡……呃，同是天涯淪落人，素顏被冷傲晨這句明顯的表白弄得有些不好意思，她尷尬地收回目光，笑道：「確實喜歡，不知世子可否割愛？」

冷傲晨深深地看了素顏一眼，將手中的茶杯捏在手裡輕輕轉動著，好半晌才道：「太子妃既知是臣之所愛，臣豈能割捨？太子妃若是真喜歡，臣另送一件給太子妃可好？」

呃，另送一件，聽著怎麼像交換定情之物似的。「不好，我就喜歡這件，你……就將這件送給我好不好？」素顏忙搖著頭道，語氣裡帶著一絲乞求。若不是銀燕也在，她真想上前去搶了回來才好。

銀燕卻不知道這件花勝是有故事的，只覺得素顏好不知羞恥，冷傲晨那樣清高的一個男子，肯將一個女子的東西戴在身上做飾物，足見這件東西在他心中的分量有多重……不對，分量重的是那件東西的主人，她這般強行討要，是何道理？這不是在討定情信物嗎？

銀燕的臉色很不好看了起來，她驟然出手，一下就將冷傲晨腰間的那件花勝搶在了手裡，冷淡、譏諷地看著素顏。

素顏的拒絕回得太快，冷傲晨的心頓時沈入谷底，猝不及防之間，花勝又被銀燕搶了去，心裡便更火了。他微瞇了眼看著銀燕，聲音裡帶著危險的氣息，緩緩向銀燕伸出手來道：「還給我。」

「不還。你一個大男人，戴著女子的飾物做什麼？也不怕人家笑話。」銀燕身子向後一跳，揚著手裡的花勝輕蔑地看了素顏一眼，再回過頭來，挑釁地看著冷傲晨道。

「干妳屁事。拿來！」冷傲晨的聲音變得冰寒起來，眼神陰厲，唇角卻勾起一抹邪魅的笑，人也站了起來。

素顏一看這架勢，這兩人肯定會動手，忙乾笑著打哈哈。「那個，世子，銀燕姑娘既然喜歡，你就送給她嘛，要不，讓銀燕再送你另外一件？」

她這話不說還好，一說，冷傲晨渾身的森冷之氣更加濃烈，燒了炭盆的屋裡，像是突然下降了好幾度。他橫了素顏一眼，眼中的陰厲之氣讓素顏不禁打了個冷顫。他氣質原本如桂似月，清雅高遠，這會子像是突然變了一個人，讓素顏覺得陌生。自己是觸了他的逆鱗了嗎？

「拿來！不然，休怪我不客氣！」冷傲晨慢慢逼近銀燕，修長的手仍伸著。

銀燕好生委屈，他對太子妃就那麼溫柔，對自己也太惡劣了點吧！「就不還，看你能如何？」銀燕說著身子一閃，向門外縱去。她輕功很高，方才也瞄準了角度，趁冷傲晨不注意，閃身想逃出去。

無奈她快，冷傲晨更快，長臂一伸便向銀燕的手抓了去，身子已經閃到了她前面。

銀燕哪裡肯讓他抓到自己的手，她身子一擰便躲過了冷傲晨的一擊，兩人就在屋裡打了起來。銀燕仗著輕功好，身子靈巧，騰挪跳躍得快，雖然不是冷傲晨的對手，但躲閃卻是有餘的，冷傲晨一時還拿她不下，臉色更加陰沈了，出手之時，不由加了幾成功力。

素顏看得膽顫心驚，兩個人都是自己的朋友，傷了誰都不好，她想阻止，但這兩個都不是脾氣好的主，她連喊了幾聲都沒有人理睬她，只好捂住肚子，尖叫一聲。「唉呀，好痛！」

果然，冷傲晨聽到她貌似悲慘的聲音便停下手，急急地奔向床前，伸了手就要去探素顏的脈。她是有孕之人，在馬車裡顛了那麼久，保不齊動了胎氣呢？

素顏還沒來得及縮手，另一隻白皙的手就架住了冷傲晨的。「男女授受不親，你不能再碰太子妃，我來看看。」

冷傲晨回手一揮，便擊向銀燕的手臂，冷聲道：「多事。與妳何干？」

「你們別吵了，我肚子痛得很，去幫我煎些安胎的藥來吧，我自己就是醫生。」素顏也怕冷傲晨真的給自己探脈，更怕他們又打起來，忙道。

冷傲晨一聽有理，便看向銀燕。這裡他可不熟悉，是銀燕的地盤。銀燕冷哼一聲，卻是不敢怠慢，瞪了冷傲晨一眼，扭身走了出去。

「還很痛嗎？」冷傲晨的聲音裡透著滿滿的擔憂，一身的冷冽之氣全都收斂了，又回復到先前那副清遠高雅的樣子，只是眼神裡有著淡淡的哀傷。

「還好，多謝世子關心。請坐，我有話對你說。」素顏坐直了身子，鄭重地對冷傲晨說道。

冷傲晨依言坐在床邊的椅子上，靜靜地看著素顏。她接下來要說什麼，他能猜到一點，他不想聽，但見她那柔弱的樣子，又不忍心拒絕她。

「世子，不值得的。」素顏斟酌著，想著要怎麼措詞才能不傷害到冷傲晨。

「值不值得不是妳說了算的，我心甘情願就好。」果然是勸自己放棄嗎？自己這個樣子，還是給她添了負擔嗎？可是，自己並沒有存任何的奢望，也沒打算在她這裡得到回報，只是想就這樣默默地看著她、守著她就好，為什麼她非要戳穿這層窗戶紙，連這點恩澤也不肯給呢？

「世子，你如此優秀，喜歡你的人多了去，值得你喜歡的也多了去，你轉個彎，就能看到另一個更美更適合你的風景，何必站在死角裡不肯出來？」素顏真誠地勸道。她知道自己這樣勸人有些殘忍，可是，她不想讓面前這個男人痛苦下去，她的心很小，裡面已經被葉成紹塞滿了，容不下別人，冷傲晨對她越好，她便越覺得壓抑，她和葉成紹之間，不希望看到別人的影子。

「我……給妳添負擔了嗎？」素顏的話像根尖刺一樣刺進了冷傲晨的心。高傲的他，卻守著一份卑微的愛，而這份守護卻是她不容許的，這讓他情何以堪？

冷傲晨的哀傷也刺痛了素顏。不是他不好，就像上官明昊一樣，上官明昊是錯過了，而他，是遲到了。見到他時，自己已經是葉成紹的妻子，已經深愛著葉成紹了。

「我知道你的好，知道你的優秀，甚至，你比我相公更加優秀，可是，我們沒有在對的時間裡相遇，我的心已被那個人填滿了，再也沒有任何空隙，你的感情只會讓我覺得歉疚和不安。」

素顏的話音剛落，冷傲晨就肅然站了起來，斬釘截鐵地說道：「妳喜歡不喜歡我是妳的事情，我要如何對待自己的感情是我的事。我不會強求妳如何，但妳也無權干涉我的感情。」說罷，他大步向外走去。

卻說葉成紹，將素顏交給冷傲晨後，他就回了太子府。

一回太子府，葉成紹就故意直奔太子妃寢宮。皇上派來的人還留有幾個在宮裡，他一進去便大聲喚：「娘子、娘子，妳看我給妳帶什麼來了？」他手裡拿著一個食盒，裡面放著點心，托著就往殿裡走。

幾名宮人聽得膽顫心驚。太子妃已經失蹤幾個時辰了，太子竟然不知道？難道，太子妃不是太子弄走的嗎？一時又面面相覷，相互交換著眼神。

葉成紹喚了好幾聲，都沒看到素顏出來，倒是陳嬤嬤慢悠悠地自內殿出來，向他行了一禮，聲音裡還是透著慌張。「殿下，聽說太子妃不見了，奴婢還以為她與您在一起呢，怎麼？您也沒看到她嗎？」

「不見了？怎麼回事？」葉成紹聽了假裝一震，手中的食盒落在地上，回身看向那些宮人，眼睛凌厲陰森。

那些宮人一個一個垂下頭去，其中一個小聲回道：「太子妃娘娘在寧親王府失蹤了。殿下，奴婢等該死，沒有守護好太子妃娘娘。」

葉成紹聽得飛起一腳向那宮人踹去，又抓住一人的衣襟問道：「怎麼會失蹤？有幾個時辰了？」

「回……回殿下，應該有四個時辰了。」那宮人嚇得驚魂不定，顫聲回道。

葉成紹將那宮人一扔，大步便衝了出去。

太子府與皇宮都在紫禁城裡，葉成紹一出太子府就直奔皇宮而去。皇上正黑著臉坐在乾清宮裡，紹揚也在他的對面站著。

「紹揚，你真的不知道你大嫂去了何處嗎？你可知道，如果你大嫂與大哥一同去了北戎，後果會是什麼？也許，你這一輩子都看不到他們了。」皇上盯著紹揚的眼睛，極力壓制著心頭的怒火說道。

看在眼皮子底下的人竟然丟了，那群不中用的蠢貨！真該凌遲處死。

紹揚一臉的驚訝和無奈，迎著皇上的眼睛說道：「皇上，臣府裡今天辦喜事，臣忙著迎送客人，哪裡知道大嫂去了哪裡？您這不是為難臣嗎？臣真的不知道啊。」一句話就將皇上的責問堵了回去。

紹揚看著皇上憔悴的心，有些不忍，便勸道：「皇上，您見到大哥沒有？或許，大嫂與大哥在一起呢？一會子他們就一起回來了。」

「不可能。就算他們在一起，你大哥也不會再把你大嫂帶回來。那個渾小子，就是個離不開女人的貨，他是被你大嫂迷了魂，鐵了心要將她帶在身邊，一起去北戎。也不想想，你大嫂懷著身子呢，能受得了那長途的顛簸嗎？」皇上氣得將案桌上的東西拂了一地，惱火地說道。

「您這話要是讓大哥聽到，他肯定又要發脾氣了。」紹揚很不厚道地提醒皇上。

果然，他話音未落，葉成紹就像一陣風似地捲了起來，遠遠就嚷開了。「父皇，您都給兒臣派了些什麼人啊！我娘子被她們一群人看著，也能看丟了！兒臣原本府裡的人做得好好的，您非得給換了，這下好了，我娘子丟了！」

皇上聽得快要氣炸。分明就是這小子把老婆藏起來了，得了便宜還賣乖，是賊喊捉賊。「死小子，你把老婆藏哪兒去了？朕告訴你，一日不見你老婆，朕一日就不讓你去北戎！」

葉成紹聽得大怒，對著皇上吼道：「不去就不去，讓母后一人面對那些北戎臣子好了，最好是我那外祖父強勢一點，給母后招幾個皇夫，再給北戎生幾個皇室繼承人來，兒臣也就不用兩邊擔著心，操勞了。」

皇上一聽這話就洩了氣，心裡更加火大。死小子，竟然要他母后多招幾個皇夫，那不是給自己戴綠帽子嗎？他母后多嫁，他就有臉了？

「你……你這渾小子！朕今天若不教訓你，朕就難出這口氣，你好好站住，朕非得打死你不可。」皇上氣得拿起桌上僅餘的一塊紙鎮就向葉成紹砸去。

葉成紹自然不會讓他砸到，卻是邊閃邊罵道：「父皇，是您把我娘子藏起來了吧？您怕她會跟著我一起去北戎，所以，將人藏起來了。您今天不把人交給我，我就跟您沒完！母后已經走了好多天了，只怕在路上就會遇到北戎國內的政敵，要是他們對母后下手，哼……後悔死您，您還是快些讓我看到我娘子，我好快些去相助母后！」

第一百七十六章

那一日，葉成紹在乾清宮裡大鬧了一場，反倒怪皇上的人把素顏弄丟了。皇上被他吵得頭痛，罵又罵不過，打又捨不得，又不想真與他鬧僵了，將來這渾小子真的去了北戎，只親他的娘親，不回大周了怎麼辦？只好讓紹揚將他勸了回去。

葉成紹回東宮後，就立即將青竹與紫綢兩個招了回來，當著皇宮之人的面，將這兩個人大罵了一通。這兩人自然知道他是在演戲，兩人也配合著演給宮裡人看。到了第二日，葉成紹就將青竹和紫綢兩個打發到別院裡去了。

青竹帶著紫綢真的去別院，在別院裡拉了好一車玉顏齋生產的胭脂和潤膚露，向京郊而去。銀燕派過來的人接引了兩人，青竹和紫綢也一同去了小山莊，在小山莊裡照顧素顏。

第二天，青竹就給素顏化了妝，在銀燕領的一隊護衛下，提前出發，向北方而去。

中山侯府，文英跪在侯爺和夫人面前。

侯爺和侯夫人一陣詫異。文英嫁過來這幾天，很得侯府上下的歡心，文英性子爽朗大方，做事公正、待下寬厚，行止進退有據，全然沒有半點庶女的小家子之氣，侯爺和夫人對這個兒媳是很滿意的。

「兒媳，妳這是做什麼？快快起來。」侯夫人忙上前去扶文英起來。

「公公、婆婆，文英有事相求。」文英不肯起來，仰頭看著侯爺和夫人。

「什麼事情起來再說。妳這孩子，再大的事情也不能跪著啊，著了涼怎麼辦？可是明昊欺負妳了？」侯夫人心疼地拉了文英起來。

文英聽了這話才起了身，臉卻微微一紅道：「婆婆，相公他確實欺負文英了，文英是來向公婆討要公道的。」

侯爺聽得詫異，心理卻有些不豫。這新媳婦進門還沒有幾天，就來告兒子的狀，這個樣子可不好。嫁夫隨夫，兒子屋裡，兒子就是兒媳的天，豈能由得她來胡亂置喙兒子？

如此一想，侯爺的聲音就有點重。「妳且說說，明昊如何欺負妳了？」

「他要去北戎，兒媳也不阻攔，但兒媳也要跟著去。兒媳嫁與他才不過幾天，他便要遠行至萬里以外，而且歸期遙遙，這讓兒媳情何以堪？難道兒媳才一嫁過來，就要獨自守著空房，度過無盡的黑夜嗎？」文英毫不畏懼地迎向侯爺審視的目光，大膽說道。

侯夫人聽得心有戚戚焉。同是女人，她很理解文英。「好，娘幫妳去說，讓明昊也帶妳去，最好是你們回來時，能帶上為娘的孫子。」

這話讓文英羞得滿臉通紅，剛才一臉的委屈之色也被侯夫人這話給沖散，雖然不好意思，但她大膽回道：「是，婆婆，兒媳一定會努力為您生個大胖孫子。」

侯夫人聽得笑了起來。她是越發喜歡這個率真又爽直的兒媳了，半點也不扭捏做作，敢作也敢當，與她說話，一點也無須多費心思，婆媳難得很投緣。

「胡鬧！這一路上千里迢迢，妳一個柔弱的女孩子，哪裡禁受得住？夫人，妳也跟著胡鬧。」侯爺被這一對婆媳弄得很無奈，大聲喝道。

「公公，兒媳沒有胡鬧，太子妃懷了身子都能受得住那長途的顛簸，兒媳更能受得住。而且，一路之上，兒媳還可以照顧大嫂呢。公公，求您讓兒媳跟著相公一同去吧！」文英沒有被侯爺的嚴肅嚇到，大聲說道。

「侯爺，你不去說，妾身去。明昊那孩子，好不容易成了親，卻又將媳婦扔在家裡頭，自己往外面跑，這跟沒娶媳婦有什麼兩樣？他的年紀可也不小了，咱們上官家早就該添個人丁了，老太君可是念叨了好幾年了呢。」侯夫人堅持著。

於是，葉成紹啟程那一天，除了冷傲晨和上官明昊以外，文英在也出行之列。

葉成紹的隊伍很長，除了文英和她的侍女所坐的馬車外，還有十幾輛滿載物品的馬車，一行浩浩蕩蕩地離了京城。

素麗和郁三公子，還有端雅和紹揚也一同送出了北城。在北城外，葉成紹對素麗道：「三妹，原本是該吃了妳的喜酒再出門才是，無奈形勢不等人。娘子的鋪子和廠子，妳一定要幫她守好了，將來，我們一定還會回來的。」

素麗的眼眶濕濕的，吸著鼻子，強忍著不讓自己哭出聲來。大姊走得突然，她連一句告別的話也沒說，而且還是懷著身子的，如今皇上又正命人在四處搜索，大姊東躲西藏的，過得肯定很辛苦，她好想念大姊……

郁三公子見素麗半點沒有說話，忙扯了扯她的衣袖道：「想哭就哭出來吧，這般忍著，很辛苦呢。」

素麗一聽，睜大眼睛瞪著他道：「你什麼意思？哪有勸人哭的，沒見過你這樣的人。」

素麗原本溜圓的大眼，這一睜，就更加黑白分明、靈動可愛了。郁三公子輕嗤一聲，也瞪著眼睛對素麗道：「妳那麼瞪眼做甚？比誰眼睛大嗎？哼，我的也不小呢。」

素麗聽了，掄起拳頭就向郁三公子捶去，嗔道：「我跟姊夫告別呢，你胡攪蠻纏什麼？」不過，被郁三這樣一攪和，原本離別的擔憂和悲傷消散了不少，不用忍她也哭不出來了。她對葉成紹道：「太子姊夫放心吧，我一定能把大姊的鋪子打理好，還會發揚光大的。不過，你可要記住，可不能欺負我大姊，去了北戎更不許娶胡人女子進門，讓大姊受氣，不然，哼，你回來，我可不放過你。」說著，示威地揚了揚她的小拳頭。

葉成紹是她的大姊夫，可也是大周的太子啊！郁三公子被素麗的舉動嚇到，忙伸手將素麗的小拳頭握在掌心裡，對葉成紹笑道：「臣祝殿下一路順風，心想事成、早得貴子。那個，三姑娘她就這脾氣，您千萬別見怪。」

葉成紹哪裡會怪罪素麗。說起來，自己能娶到素顏，素麗是立了功的，他早就將素麗當成自己的親妹妹一般看待，俏皮的素麗更讓他覺得親切。他笑著搖了搖頭，眨了眨眼道：「三妹，難道妳認為，姊夫欺負得了妳大姊嗎？」

素麗聽了便抬頭看了一眼，列隊裡正端坐在馬上，身姿矯健的上官明昊和冷傲晨，嘴角勾起一抹壞壞的笑意，揚起下巴道：「也是，看姊夫的樣子，也是個被大姊欺負的。唉，沒辦法，我們藍家姑娘都太優秀了。姊夫，你還是小心些吧，前有狼、後有虎呢，我相信，你若真敢娶個胡女進門，大姊肯定得把你休了。」

「三妹，那種沒品的事情，妳姊夫我怎麼會做呢？放心吧，姊夫我這一輩子就只有妳大姊一個就夠了。倒是妳呀，還是擔心擔心某人吧，我聽說，郁夫人可是給了好幾個漂亮的丫鬟放在三公子屋裡呢，妳再不嫁過去，小心某人忍不住了……」葉成紹的心也被素麗和郁三帶得明朗了起來，一時忘了前途的艱險，也與素麗開起玩笑來。

「他敢！他要是給我弄個通房放在屋裡，我立馬就——」素麗聽得頭皮一炸，轉過身就要去擰郁三的耳朵。

郁三不等她將後面退親二字說出口，忙捂住她的嘴道：「不敢、不敢，姑奶奶，小生可從沒有生過異心，小生也不是那好色貪歡之人，妳一定要相信我啊！」

冷傲晨和上官明昊在一旁聽得也是直笑。

一行人終於出發了。葉成紹一離京城，車速就快了很多。他與冷傲晨一起，將大部隊留在後面，自己向前疾奔。素顏已經比他們先走了幾天，一路上又是躲躲藏藏的，怕被人盤查和發現，葉成紹擔心得緊，不知道素顏的情況怎麼樣。

銀燕帶著素顏確實走得也不快。素顏畢竟懷了身子，雖然，她坐的馬車上鋪了厚厚的被子，又依著素顏的建議，做了個坐墊放在馬車裡，減少了馬車的顛簸，但是，她還是不敢將行程放得太快。好在青竹陪著素顏，一路上為她用內力按摩，緩解了她身上的疲乏和痠痛，感覺還算好。

追到第三天時，素顏已經到了冀州境內。青竹一直用司安堂的特殊方式與葉成紹保持聯繫，終於在素顏落腳的小店裡，葉成紹和冷傲晨追到了青竹的商隊。

青竹也估摸著葉成紹該追到了，所以安頓好素顏後，她就在店外守著，果然看到葉成紹和冷傲晨雙雙帶了幾個隨從追了過來，心中頓安，忙迎了上去，卻並不靠前。青竹這次是扮成商婦模樣出來的，葉成紹只對她點了點頭，兩人裝作陌生，並沒有說話，青竹只是朝店小二的房間指了指，便自己扭身先回了店。

冷傲晨跟在葉成紹後面也一同往樓上而去。青竹沒有直接進門，而是守在了門外，葉成紹和冷傲晨推了門，走了進去，果然看到素顏正端坐在屋裡，手裡拿了一張地圖在研究著。她一見葉成紹和冷傲晨同時進來，一時大喜，忙站了起來，剛要說話時，就聽到青竹在外頭大聲喝問：「你們是誰，要做什麼？那是小的主子！」

冷傲晨聽得一驚，忙轉身準備出去，就見剛關上的房門被人一腳踢開了，護國侯大步流星地走了進來。

「臣給太子殿下、太子妃請安。」護國侯向葉成紹和素顏行禮道。

葉成紹的臉色很不好看。看來，自己身邊司安堂的人裡仍有皇上的人，是他們洩漏了自己的行蹤，而護國侯這一路肯定就是跟著自己過來，要捉拿素顏回去的。皇上還真是不死心，明明是父子，為何非要逼得自己討厭和憎恨他才好呢？就算自己帶素顏走了又如何？大周是自己的故鄉，自己終究是會回來的，非要鬧得自己與他敵對嗎？

「護國侯好耐性啊，跟在本殿後面幾天，連半點聲響都沒有，這本事可不是一般二般地強，皇上只給你封個侯爵，實在是虧待你了。」葉成紹瞇著眼睛冷冷地對護國侯道。

護國侯笑著回道：「謝殿下誇獎，老臣也是奉皇上之命行事。皇上有旨，太子妃被歹人所擄，失蹤多日，著老臣尋找。老臣幸不辱使命，皇上很關心太子妃，說她有孕在身，不適宜長途勞頓，為了皇室後繼有人，為了太子妃和皇太孫的安全，還是請太子殿下允許老臣將太子妃護送回京。」

「護國侯辛苦了，不過，我家娘子既然出來了，回去也是受顛簸，本殿也是尋了幾日才找到她的，把她再放回皇宮，本殿實在是不放心，還請護國侯回京向皇上稟明，本殿就此將娘子帶去北戎了。」到了這個分上，再說多餘的也沒意思，葉成紹乾脆明說道。

護國侯聽了仍是笑道：「請殿下不要為難，老臣皇命在身，不得不從，請殿下成全。」

「本殿也知道侯爺是奉命行事，本殿不為難你。這裡有一封信，請侯爺交給父皇。」葉成紹似乎早就料到會有這一齣，自懷裡拿出一封信來，交到護國侯手裡，又道：「侯爺回去後，只說是本殿將劍架在你的脖子上，逼你就範的，一切罪責，由本殿來承擔。」

他的話音剛落，冷傲晨的長劍就突然抽了出來，真的架在了護國侯的脖子之上。

護國侯沒想到冷傲晨說打就打，他正伸了手去接葉成紹手裡的信，腦子裡在思量著要如何完成皇命又不得罪太子才好，猝不及防就被冷傲晨給制住了，心裡好生惱火，怨懟地看了葉成紹一眼。太子分明就是聲東擊西，用信引開了自己的注意力。

「殿下這是要將老臣往死裡逼嗎？」

護國侯也是上了年紀的人，如今又特別被皇上看重，這一次追尋太子妃的差事，皇上沒有給一直寵信的中山侯，而是給了自己，證明自己在皇上心中的地位比中山侯又高出一二來，因此，護國侯面對太子時的底氣也足了些。

東王世子的行為也太過不講情面，自己與東王也是好友，雖說世子身分高貴，但自己畢竟是長輩，被他用劍架著脖子，又被身後一眾下屬看到，既沒面子又很惱火。他硬著脖子怒視著葉成紹。

葉成紹吊兒郎當地一笑道：「應該侯爺在逼本殿才是，怎麼是本殿在逼侯爺？侯爺你若不是太有眼色，事情也不用弄到這般地步去。大周朝裡，有誰不知道本殿最在乎的是什麼？江山權勢於本殿來說，不過是好玩，但本殿的娘子卻是本殿的命，誰敢對她不利、讓她難過，本殿就會扒他的皮、抽他的筋。本殿出使帶著娘子出來玩耍玩耍，侯爺卻要將本殿的娘子當成通緝犯來抓捕，你說本殿心裡能好過嗎？」

葉成紹的聲音懶懶散散，但說出來的話卻是極具威脅，護國侯聽得一陣心驚膽顫。太子做事有多麼不合常理，他已經領教過多次了，當初蘭兒……經過了那麼多的事情，護國侯自然也是知道葉成紹有多麼在乎太子妃，可想起自家的女兒，心裡更覺得苦澀和可惜，蘭兒明明就先嫁給太子，為何她就沒有得了太子的心呢？且不管太子的地位權勢如何，光他對感情的這份認真，就是天下女子心中最好的良人，蘭兒她……至今仍對太子念念不忘，她的名聲已經沒了，在大周，想要再嫁，已經很難。原本，他也奢想過，葉成紹成為太子後，就能再將蘭兒召回東宮做良娣，可是，貴為異國公主的端雅也沒被太子看在眼裡了，有了她的前車之鑑，誰還敢提這事，不是找死嗎？

太子怪自己沒眼色……是想讓自己睜隻眼閉隻眼，就此放過他們吧，皇上已經老了，將來的大周還是太子的天下，算了，如果，太子能再收了蘭兒到後宮去……

護國侯想了又想，思慮再三，才用一根手指搭在冷傲晨的劍上，將劍移開寸許。冷傲晨倒也不是真要殺了他，不過是嚇嚇他而已，也就任他將劍移開，但劍鋒仍是離他的脖子很近，隨時都可以割斷護國侯的喉嚨。護國侯見此，嘴邊也含了笑。「聽殿下一席話，臣也豁然開朗了。臣的確是老了，眼力不太好，老臣曾經與殿下之間也有翁婿之誼，蘭兒她——」

「她與我何干？」葉成紹一見護國侯渾濁的老眼滴溜溜地轉，就知道他在打什麼主意。這老鬼還真是賊心不死，自己與司徒蘭早就只剩下了厭惡，現在說起她來，不是給自家娘子添堵嗎？不過，話說回來，護國侯作為父親，一片愛女之心也可以理解，如果他能就此放過自己和娘子，這也不失為一個和平解決問題的好辦法，不如給司徒蘭一個前程好了。

護國侯的話還沒說完，就被葉成紹無情地截斷了，他的沈默頓時讓護國侯面黑如鍋底，正要發作，就聽葉成紹又道：「不過，本殿去了北戎後，倒是可以給她議門好親事。讓她以公主的身分嫁到北戎去和親，侯爺覺得是一樁美事嗎？」

護國侯一聽，心思立即轉動了起來。司徒蘭心高氣傲，一般的人還看不上，就是到了如今這種地步，她仍是性子倔得很，一門心思就要打敗藍素顏，且不說太子對她早已厭惡，就是她真的進得了東宮，以她那性子，也只有被太子妃整死的分。如今太子肯給她這麼大的一個恩典，也算是了了自己的一樁心事，蘭兒就算再不願，去了北戎，自己也算是眼不見為淨。做父親的，能為她做到這一步，已經是盡責了。

如此一想，護國侯恭敬地對葉成紹施了一禮道：「臣多謝太子殿下恩典，臣既然將殿下送至了此處，不若再送殿下一程吧！此去北境仍有千里之遙，一路關卡眾多，殿下雖是奉旨出關，但有臣的跟隨，很多事情會更加通暢一些。」

葉成紹聽得一怔，隨即哈哈大笑地拍了拍護國侯的肩膀道：「侯爺果然睿智，好，那本殿就在此先謝過侯爺了。」

冷傲晨也沒想到護國侯轉彎轉得這麼快，一下子就從追兵變成了護衛，這倒也好，有護國侯及他所率的人護送，這一路出大周就要順暢許多，而且，她……也不用藏藏躲躲的，可以好生調養身子，慢慢隨大隊而行了。

當日，護國侯派了最信得過的親信，將葉成紹寫給皇上的那封信快馬加鞭送回京城去了，而他也果然就在小店附近駐紮下來，成為葉成紹和素顏身邊的護衛。

第一百七十七章

一路上，大隊人馬慢慢悠悠地行進著。

皇后因為心繫北戎皇帝，行程又給葉成紹早了半個月，所以，二十天後，皇后已經出了大周邊關，而葉成紹還在大周境內行進。雖然相隔也很遠，但拓拔宏養了一隻海東青，兩邊就靠這海東青互通消息。素顏因為有葉成紹在身邊，馬車行進得又不快，一路上也就沒有先前那麼辛苦了，成日就偎在葉成紹的懷裡，不是睡覺，就是與葉成紹兩個在馬車裡說著閒話。有時，文英也會過來，將葉成紹趕下去，兩姑嫂在馬車裡閒聊。

這一日，文英又鑽進了素顏的馬車，看見素顏還懶懶地睡在被子裡，一進來便將自己的手往被子裡探，被子裡的素顏被她涼得怪叫，嗔道：「好妳個小妮子，是這幾日明昊大哥對妳太好了，妳興奮過度了，就煩擾我來了。」

文英聽得臉一紅。跟著出來的這二十幾天裡，上官明昊對她雖然仍是禮貌有加，客氣依舊，但她能感覺得到，上官明昊看她的眼神已經有了些許的變化。以前，上官明昊的眼睛不太肯往她身上看，只要有大嫂在的地方，那雙溫潤的眸子就跟隨著大嫂而行，可是，看到大嫂成日裡與大哥親暱無間的相處之後，他的眼神雖然黯淡，卻不再總追隨大嫂的身影了。

不管他的心事如何，文英只是裝作不知，一如既往地關懷他，見他落寞時，就扯著他說話，有時還吵上幾句嘴，或者在打尖住店時，故意仗著妻子的身分與他同住一個房間。上官明昊也知道她是為了寬解他，一個女孩子為了自己放棄矜持，他多少也有些感動的，且文英性子爽直可愛，學識也廣博，雖不若素顏那般有些怪才，但她也是熟讀詩書的，兩人也很是能聊得來，有時候，兩個人就待在屋裡，也能聊上一夜，感情逐漸加深。

文英這會子被素顏調笑，臉上就有些掛不住，呵著氣伸手往素顏的脖子裡探。素顏最是怕癢，被她呵得直討饒。「好妹妹、好妹妹，我再不敢說了，妳饒了我這一回吧！唉呀，妳再來，我可要叫明昊大哥來管教妳了。」

「妳還說，再說我就更不客氣了。」文英看素顏說得越發起勁，更作勢要掀了素顏的被子，素顏忙摟緊被子笑道：「啊，不說了、不說了，我錯了……唉呀，妳說，大妹妹，妳什麼時候也跟嫂子我一樣啊，也早些給明昊大哥懷個寶寶，妳生個女兒，我生個兒子，咱們做兒女親家好了。」

文英和上官明昊還沒有圓房呢，還是個黃花大閨女，被素顏這樣一說，目光頓時黯淡了下來，垂著眼眸有些發怔。

素顏敏感的感覺到了文英的變化，想著自己這番話怕是觸痛了她的心事。上官明昊對自己的感情，她是清楚的，文英雖然嫁給了上官明昊，但就是素顏也沒想到，上官明昊還真不是個好色之徒，兩人成婚都近一個月了，文英竟然還是處子之身，這對文英來說，其實也是一種傷害和羞辱吧……素顏收了臉上的笑，坐了起來，愛憐地看著文英，將被子拉過來，與文英一同蓋上，撫了文英的臉頰道：「我家文英又漂亮又賢慧，又大方又爽朗，他現在的眼睛是被蒙著的，沒有發覺文英的好，我相信……」

「大嫂，我也相信，他會喜歡我的。」文英從來就不是個容易認輸的人，她相信，只要自己堅持不懈地付出，上官明昊就算是塊堅冰，也能被自己捂熱了、融化了。

兩人正說著話，外頭又傳來銀燕的聲音。「我說你這人怎麼這樣啊，太不識好歹了吧，本郡主好心好意地送壺熱茶給你，你竟然給倒了，你什麼意思？」

「誰讓妳送了？多事。」冷傲晨的聲音淡淡的，但話卻是一如既往能氣死人。

果然就聽得銀燕暴怒的聲音。「我就要多事怎麼著？我就愛管你的閒事怎麼著？哼，你不喝是吧，我再沏一壺去，一直吵到你喝一杯為止。」

「神經病！」冷傲晨聲音懶懶的，看也不看她一眼，騎馬繼續而行，更莫說要接她手裡的水袋了。

葉成紹巡視了一遍隊伍後，打馬追到了素顏的馬車，跳下馬去，鑽進了馬車。文英見他上來，便下去了。

葉成紹身上帶著一股冷風，車簾子打開的一瞬，素顏不由打了個冷顫。葉成紹見了，忙扯了錦被給她蓋，握住她的手，感覺那隻手冰涼冰涼的，便將她的手捂進自己的手心裡。

「娘子，外面風大，妳不要老把簾子掀開了，妳看妳這手……到了北邊，風裡就含了沙，且莫說會著涼，就是那沙子迷了眼睛也很不舒服的，妳怎麼就不肯聽呢，我都說過好幾遍了，真要覺著無聊，一會子咱們早些個紮營，妳下來走動走動好吧。」

「好好好，葉大媽，你現在是變得越發囉嗦了，我耳朵都快長繭了。」這一路上，原本吊兒郎當、性子懶散無忌的葉成紹沒事就對素顏絮叨，生怕她有半點閃失，素顏扛他不住，乾脆給他改名為葉大媽了。

「娘子，又調皮，我可是大周的堂堂太子殿下呢，妳……妳這話要是讓外面的人聽見……」葉成紹無奈地幫素顏拿了個大迎枕子塞在她身下，將她的手攬過去，抱在懷裡，讓她靠得舒服一些。

「早聽到了，不信你這會子打開簾子看，青竹肯定在偷笑。」素顏偎進他懷裡，安心地閉著眼睛寐著，呵呵笑道。

葉成紹聽了笑道：「我才不信呢，青竹怎麼可能會笑話我？」

「爺，麻煩你們的聲音小一點吧，不只是奴婢，您這馬車邊上可是有不少人，忍笑忍得好辛苦啊。」葉成紹的話音未落，青竹就在馬車邊說道。

卻說皇后，終於到了大周關外。

拓拔宏護送著她在大周邊境內一路通暢無阻，交了通關文書，過到幽門關後，就是北戎。幽門關外是莽莽戎原大山，此處山高陡峭，地勢險要，行跡很少，山谷間修築了一條不太寬闊的山道，即使在和平年代，此道也很少有人行走，只有每年冬季，北戎人到大周搶掠大周邊境百姓時，才經過此路。

皇后心繫北戎，一入北境便急著趕路。此時天色已晚，她要求連夜過戎原峽谷，好早日與北戎皇帝相見。

拓拔宏不太同意。「公主，戎原峽谷太過險要危險，若山谷兩旁的山上埋有伏兵，那公主的安危很難保障，還是在幽門關外駐守一晚後，第二天一大早再走才好。」

依柔聽了，挑眉看著拓拔宏。「我原就是北戎公主，此地是我的祖國，你說這山道兩旁會有伏兵，那這要伏擊我的人就是北戎人。這一路，我在大周並沒有遇到任何威脅，難道到了自己的家鄉反倒會有人殺我？」

皇后的眼神含著探究和審視。拓拔宏此次主要的任務就是接依柔公主回北戎，為了讓公主能順利回國，他並沒有將北戎朝裡爭鬥的詳細情況告知公主，此時公主已經產生了懷疑，拓拔宏也知道，再瞞下去，公主會因沒有防範而被人所害，便道：「公主，此次戍守北戎邊境的是左賢王的親信木英藤，左賢王是皇后娘娘的哥哥，他一直反對公主回國即位，支持自己的兒子齊龍阿繼承皇位，臣是怕……」

「左賢王齊戰？我小的時候他是很疼我的，你是說，他會害我嗎？」她聽了心情有些沈重，眼裡卻是揚起一絲親切的情感，垂了眸，看著自己身上的衣著。她一身大周皇后的命服，裝束華貴雍容，可這個樣子回去，只怕會引得北戎人的不滿吧，應該換一套衣服才是。

「公主，您離開北戎已經有二十多年了，人心是會變的。」拓拔宏擔憂地提醒公主，見她的眸光落在自己身上的服飾，眸中光芒一閃。公主身上的這身大周皇后命服讓他看得很刺眼，若不是為了能順利離開大周，他早就勸公主換掉了，甚至，他有將這一身華貴的服飾撕碎的衝動。那個該死的、虛偽無恥的大周皇帝，竟然將草原上最美、最高貴的鳳凰給騙走了——

「公主，您能回來，皇上定然是最開心的，只是，您的到來會損害到一些人的利益。有的人，為了自己的權勢是不擇手段的，您一定要儘量重新獲得朝中眾多大臣們的支持，這身衣服……臣認為，還是換掉的好。」拓拔宏乘機說道。

依柔微微一笑，眼裡露出一絲嚮往之色。「也是，我很多年沒有穿過北戎的衣服了，就依將軍之言，我現在就去換一套衣服。阿宏，我歸心似箭，換好衣服後，我們還是立即啟程吧，我好想立刻就站在父皇面前，看到父皇慈愛的臉龐。」

拓拔宏聽了還想勸，依柔又道：「你打算接我回國時，就沒有考慮周全嗎？難道你怕木英藤？」

「公主，臣不是怕木英藤，只是……戎原峽谷確實地勢太過險惡，連夜行軍實在不妥。臣好不容易才將公主從大周接回，臣不想公主受到絲毫損傷，哪怕只是驚嚇，也是臣的罪過。」拓拔宏的聲音有些激動。他沒想到公主如此固執，非要在這件事情上堅持，連夜穿過戎原峽谷實屬不智之舉。

依柔聽了笑容更深了，搖了搖頭對拓拔宏道：「阿宏，你太謹慎了。我相信，木英藤可不是傻子，這裡是他的防務範圍，一旦我在此地出了事情，不管是不是他指使，或是他動的手，父皇也會將此事怪罪到他的頭上去。左賢王就算權勢再滔天，又能越得過父皇去嗎？我雖離開北戎二十多年，父皇的脾氣我還是清楚的，只要我在戎原峽谷裡有任何損傷，木英藤都承受不起父皇的雷霆之怒。依我看，木英藤不但不會在戎原峽谷於我不利，反而會派兵保護和接應我。」

一聲阿宏聽得拓拔宏一怔，久藏在心底的感情，頓時有如在胸腔裡奔湧沸騰起來。二十幾年了，公主有二十幾年沒有叫過他阿宏，曾幾何時，他與公主雙雙縱馬奔騰在大草原上，在怒江河畔嬉戲遊玩，在雪山腳下射獵比賽，那時的依柔公主美麗得像一隻火鳳凰，又像最聖潔的精靈，她常常就是這般喚他……

「阿宏，我要山菊，你幫我採一束來……阿宏，今天看誰能射到那隻小狐狸，我要是贏了，就幫你用狐狸皮做一個圍脖喔……阿宏，我好煩，你陪我去騎馬……阿宏……」

那時的公主聰慧狡黠，為了要他讓自己，總是拋出他無法拒絕的誘餌。她給他做的那個圍脖，至今他仍沒捨得戴過一次，將之藏在身上，隨身帶著，想念她時，他就會拿出來摩挲一番。

「公主……」拓拔宏說話時，鼻音很重，身影發顫，他俊美的眸子變得凝黑幽深起來，深深地看著依柔公主。

「阿宏，我去換衣服了。」拓拔宏眼裡難以掩藏的深情讓依柔感覺壓抑又愧疚，她移開目光，不與他對視，聲音儘量保持鎮定。

依柔一身雪白的北戎女服走到拓拔宏面前時，拓拔宏再一次被她的美麗震住。如今的公主，脫了少女時的稚氣與單純，時間的流逝讓她的美變得更加豐富，她變得更加嫵媚而知性，渾身上下透著成熟的風韻，散發令人難以抵擋的誘惑。她天生就是穿胡服的，雪白的胡服穿在她身上高貴而聖潔，令人不敢有半分褻瀆的念想。

拓拔宏忍不住讚道：「公主，您真美。可是，您不是最喜歡穿紅色的胡服嗎？」

拓拔宏的讚美讓依柔公主很是開心，但後面的半句話卻讓她原本清亮的眼神為之一黯，微垂眸子道：「我再也不穿紅色胡服了。阿宏，難道我穿白衣不適合嗎？我感覺就很好看啊。」說著，在拓拔宏身前轉了一個圈，掩去了眼中的黯淡，笑著對拓拔宏道。

「好看。公主在阿宏的眼裡就是天下最美最美的女子，無論穿什麼衣服都好看。」拓拔宏的心中一酸。曾經，公主與大周皇帝相遇時，穿的就是紅色胡服，公主是因為被那個該死的皇帝傷得太深，所以不再穿紅色，還是紅衣只為他而著呢？

依柔聽得格格大笑，像多年前做過很多次那樣，她一下跳到拓拔宏面前，一拍拓拔宏的肩膀道：「阿宏，還是你最夠意思，最挺我。走吧，我們出發。」

拓拔宏寵溺地看著依柔，臉上帶著如青澀少年般羞赧的笑容，傻傻的，但眼裡全是幸福。

在依柔的堅持下，拓拔宏率領他的部下及大周護送皇后的隊伍，連夜出發，向戎原峽谷行進。

走進峽谷時，天色漸暗，隊伍裡點起了火把。依柔並沒有坐在馬車裡，而是一身雪白的胡服騎在駿馬上，與拓拔宏並肩而行。

峽谷裡，兩旁山峰矗立，高聳入雲，一陣陣強風吹過，風聲如同鬼哭狼嚎，聽得人頭皮一陣陣發麻。依柔臉色沈靜，神情淡定地坐在馬上，而拓拔宏則是提起了十二分的戒備，將自己的氣息調整到迎戰狀態，眼神警惕地注視著四周的動靜。

全隊人馬也是緊張戒備。這裡確實地勢險惡，只要有人在山谷裡設下一小隊埋伏，依柔公主都有可能會遭遇不測。大家提著心，小心行進著，谷中時有蒼鷹呼嘯著從山頂上飛過，時不時又會傳來幾聲狼嗥，聽得令人毛骨悚然，但自始至終，他們也沒有遇到預料中的危險。就如依柔公主所言，並沒有人在此地設伏。

終於穿過了戎原峽谷，出谷時，從谷口處迎來一隊北戎軍隊，為首的挺立在高頭大馬之上，看見有人自谷中出來，立即就打馬迎了上來。到了依柔面前，那人停馬未動，仔細地看了依柔公主兩眼。拓拔宏冷冷地看著那人，並沒有作聲。

那人似乎終於確定了依柔公主的身分，立即翻身下馬，大步走到依柔公主面前，單膝跪地行禮道：「臣木英藤見過公主。臣等候公主多時了，終於看到了公主，臣心中欣喜萬分。」

依柔聽了，笑著看了拓拔宏一眼，聲音沈著地對木英藤道：「木將軍請起，辛苦了。」

拓拔宏心知公主是在告訴他，她所料未錯，不由也微微一笑，對公主點了點頭，但戒備之心並沒有半點消除。

木英藤站了起來，對公主道：「天色太晚，臣在山谷外為公主安下了營帳，請公主今夜且先歇息一晚，明日臣再派人護送公主回京。」

依柔聽了眉頭微揚，眼中閃過一絲凌厲，臉上卻仍是笑得親和。「多謝將軍，如此甚好，本公主也累了，請將軍帶路而行。」

離山谷近二十里處，果然看到一個帳篷群。木英藤殷勤而恭敬地請公主下馬進帳篷，帳篷外，燒起了好幾堆篝火，火上燒烤著一隻全羊，香噴噴的烤羊肉味遠遠的聞著就讓人忍不住流口水。木英藤將依柔公主帶至一頂最好的帳篷裡，帳篷裡的設施一應俱全，厚厚的潔白毛毯鋪在地上，帳篷裡燒了幾盆銀霜炭，溫暖而舒適。看得出來，木英藤為了迎接公主還是花了不少心思的，準備得很是周詳。

案桌上擺上了一隻燒好的羊肉，還有很多北戎美食，木英藤陪著公主吃了一頓豐盛的宵夜後，才告辭出去。

公主喝了點北戎的山果酒，臉色顯得俏皮暈紅，拓拔宏有些不安地看著公主道：「臣今晚就守在公主身邊，請公主且去歇息吧。」

依柔聽得嫣然一笑，狡黠地看著拓拔宏，神情裡微帶著一絲醉意。「阿宏啊，你還認為木英藤會殺我嗎？你沒看到他對我很恭敬？本公主雖然離開北戎二十二年，但公主的威嚴還是在的，本公主就不信他木英藤有那個膽子，敢對本公主下手。」

「小心能駛萬年船。公主，不怕一萬、就怕萬一，臣守在這裡臣心裡才安。請公主不要顧及臣，快去歇息吧。」拓拔宏被醉態可掬的公主惹得心中一蕩，強自壓住心裡澎湃的激情，垂了眸子不看她，堅持地說道。

「那好吧，由得你了，本公主且去歇息了。」公主笑靨如花，柔身走向帳篷裡早就鋪好的地鋪前，真的就和衣鑽進被窩裡睡了。

拓拔宏看著躺在地上的依柔公主，深吸了口氣，將自己激蕩著的心境平復下來，轉過身去，靜靜坐在離公主不遠處，打坐運功起來。

這一夜過得很平靜。

依柔睡得很香，早上醒來時，睜開眼便看到離自己不過五尺之遙的拓拔宏。阿宏還是如以前一樣，守護在自己身邊……她的心裡一陣感動。多年前，她總認為阿宏對她做的一切都是天經地義的，是應該的，在大周待了二十幾年，尤其是被她所愛的男子弄得傷痕累累之後，她才體會出來，阿宏對她的感情有多深，對她有多麼放縱和寵溺。阿宏的心像海一樣，能包容她的一切，不管她有多麼任性驕縱，阿宏從來都是依著她、護著她的……是她對不起阿宏。

「阿宏，早上好。」依柔沒有起來，在被子裡喊了一聲。

拓拔宏早就覺察她已經醒了，也感覺到她在看著自己的背影，他一直沒有回身，只是靜靜地坐著，聽見她這樣問好，拓拔宏的嘴角勾起一抹甜甜的笑意，站起身來向依柔走去，在她面前伸出手來。

依柔含笑看著拓拔宏，眼裡滿是調皮。她看著他伸來的手，卻沒有伸出手去。拓拔宏堅持著，眼裡也全是笑意，但依柔還是敏銳地捕捉到他眼底的慌張，她笑著，突然伸出手拉住拓拔宏的手向下一扯。

拓拔宏的手強勁有力，她的手掌一觸到他的掌心，他就牢牢握住了，身子卻如一座小山一樣，泰然不動。依柔原本想將他扯得摔倒，惡作劇卻沒有成功，不由癟癟嘴，就著他的手站了起來。

「阿宏，我的侍女呢？我要梳頭。」依柔在拓拔宏面前毫無形象地伸了個懶腰，懶懶地說道。

「臣幫公主梳吧。」拓拔宏眼裡全是笑。這樣的公主似乎又回到了多年以前的樣子，喜歡惡作劇，小小地調皮，在他面前放肆而大方，他的公主並沒有變，還是以前的那個依柔。

依柔聽得秀眉一揚，怔怔地看了拓拔宏好一會兒的時間後，才道：「阿宏……」聲音裡帶著一點不可置信，更多的是感動。

「公主可以試試，看臣的手法生疏了沒有。」拓拔宏寵溺地看著依柔說道。

依柔聳了聳肩。「那好吧。不過，你不要忘了喔，我現在不是少女了，而是有了一個兒子的婦人，可別給我紮個少女頭出來，我可不依。」

拓拔宏聽了神情微黯，但隨即又亮了起來，笑道：「就是再過二十年，公主在阿宏的心裡，還是年輕又漂亮的。」是婦人又如何，這一次將她接了回來，就沒打算讓她再回到那個無恥的男人身邊去。用這種話來打擊他，以為他還會退卻嗎？失去過一次的男人，更懂得抓住機會，更懂得擁有的不易和美好，曾經錯過一次，這一次，再也不能錯過了。

拓拔宏解開依柔長長的髮，手指在她烏黑的髮間穿梭，他的手指修長，指骨很粗，動作卻輕柔得很，不像是在給公主梳頭，倒是像在侍奉一件最珍貴的藝術品。

他的手法熟練而輕巧，不多時，便為依柔梳了一個很漂亮的北戎皇室髮髻。

花嬤嬤這次也同依柔一起回來了，昨晚她在另一個帳篷裡歇著，這下已經起來了，候在帳篷外面。花嬤嬤原就是依柔的奶娘，與拓拔宏也很熟識，當年拓拔宏苦追依柔時的樣子，她是最清楚的，公主在大周皇室的二十多年，過的是什麼樣的日子，花嬤嬤也是最清楚的，自從一進到北戎境內，花嬤嬤就感覺到既親切又激動，這才是公主的家啊，拓拔宏這樣的男人才配得上公主啊，那個大周的狗皇帝太不知道珍惜了，竟然讓草原上最美的鳳凰為他受苦了二十幾年，那樣的男人還要了做甚？公主完全可以再嫁給拓拔宏！

第一百七十八章

聽見帳篷裡的動靜，花嬤嬤站在外頭仍沒有作聲。她巴不得拓拔將軍能與公主多待一些時間。當年拓拔將軍苦追公主的事情，花嬤嬤是最清楚的，最難能可貴的是，時隔二十多年，拓拔將軍對公主的感情仍是一如既往，這樣的男子才值得公主託付後半生呢。而且，花嬤嬤的私心裡也不太願意再回大周，人老了，就特別念舊，就想要落葉歸根，在大周陪伴和服侍了公主二十幾年，公主的喜怒哀樂她是最清楚的，再回大周，公主仍然不會過得幸福，只有讓公主在北戎找到真愛後，公主才可能徹底斷了對大周皇帝的念想。所以，花嬤嬤才不想打擾拓拔宏與公主的相處呢！

「花嬤嬤，外面可備好了早膳？」花嬤嬤正暗自尋思時，就聽得依柔在帳篷裡呼喚道。

她忙收斂心神，躬身鑽進了帳篷，看見公主梳著北戎的髮髻，穿著一身雪白胡服，不由眼睛一亮，定定地看著公主，半晌才眼眶濕潤地說道：「公主，您還是穿胡服好看。」

依柔聽了笑著走了過來，攬住花嬤嬤的肩膀道：「奶嬤，這二十多年，讓妳跟著我在大周受苦了，如今我們終於回北戎了，奶嬤應該高興才是，可不能哭喔。」

花嬤嬤的鼻子更加酸了，她拍著依柔的背道：「嗯，老奴沒有哭，剛才外面風大，沙子迷了眼了。公主回北戎是天大的喜事，再過幾天，公主就能看到皇上了，老奴也能看到老主子了。老奴已經把飯菜備好了，老奴這就去端了來，公主就和拓拔將軍一起用吧。」

依柔鬆開花嬤嬤，含笑瞋了花嬤嬤一眼，點了頭，並沒有反對。拓拔宏笑著對花嬤嬤點了點頭，道：「嬤嬤辛苦了。」

花嬤嬤對他行了一禮後，轉身出去了。沒多久，木英藤在外求見。拓拔宏對依柔道：「他倒是來得早，公主，您是現在見他，還是用過飯後再見？」

依柔的大眼眨了眨，揚了眉對拓拔宏道：「你怕他不夠尊敬我嗎？好，就依你的意思，讓他在外頭等著，本公主用過飯以後再召見他。」

公主還是同以前一樣聰慧而狡黠，拓拔宏寵溺地笑著點了頭，親自走了出去，對木英藤道：「公主還未用膳，請將軍等一會兒再來吧。」

依柔在帳內聽到拓拔宏的話，嘴角勾起一抹戲笑。阿宏如今比過去可是圓滑多了，可不再是那個愣頭小子，明明就是他讓自己給木英藤下馬威的，他卻出去唱白臉，木英藤就算心中有氣，也不好對他發作吧？

木英藤果然沒說什麼，也沒有離開，而是很恭敬地在帳外等著。拓拔宏與依柔用完早膳後，依柔才召了木英藤進帳，木英藤向依柔問好行禮之後，便安排了她今天的行程，依柔也愉快地答應了他的安排。

大隊人馬再一次啟程，木英藤果然又派了兩千人的軍隊護送依柔回上京。

從幽門關去上京的路還有千里開外，到了孜安境內，就是一片莽莽草原了。

越往前走，依柔的心情就越發激動。故國家鄉的風情讓她親切又陶醉，以前生活在這片土地上時不覺得，離開了才知道，自己有多麼熱愛它，有多麼捨不下這裡的一切。行途中，她不止一次淚濕衣襟，過去的種種回憶如海潮般在腦子裡翻湧，她想見皇帝的心情更加迫切了。

木英藤只是將公主護送出了戎原境內後，就將人馬撤了回去。孜安境內除了大草原，也有一座橫斷山，地勢比戎原大山好一點，但同樣是設伏的好地方。拓拔宏的神經又一次開始繃了起來，好在孜安離麗圖不遠了，麗圖是他駐防的地方，只要過了孜安，公主就安全了。到了上京，那些人就算想對公主不利，也只能做小動作，不能明目張膽地動用軍隊。

他緊張，依柔卻不以為然，她像個孩子似地興奮著、激動著，有時會離開大隊伍，縱馬在草原上奔馳，有時會跳下馬車，在草地上嬉戲，笑得很開心恣意，一點也不像是個三十多歲的女人，更沒有半點大周皇后的僵板，她彷彿又回到了才十六、七歲的青春少年時。每每此時，拓拔宏就靜靜地、含笑地跟在她身後，任她胡鬧，在她玩累了的時候，再護著她回到隊伍裡。

如此一來，他們的行程也變得緩了一些。

大周鴻臚寺卿是葉成紹的親信蔣利雄，他作為大周的外使，並沒有按外交禮節來要求皇后。出了大周境內，他就對皇后的事情睜隻眼閉隻眼，只要皇后開心，他才懶得去用那些虛禮約束皇后呢。如今大周很多臣子心裡都清楚得很，太子很可能會成為一統北戎和大周的第一代聖主，緊跟太子，那才是最有前途的事情，將皇后侍奉好了，將來太子也會承他的情。

一路上，儘管拓拔宏緊張又警惕，但如同戎原峽谷一樣，過孜安橫斷山時，仍是一路平順得很，並沒有人在孜安設伏。

拓拔宏的心終於放下來了一半。只要到了麗圖，公主就安全了。

這一天，大隊人馬總算到了孜安與麗圖的交界處，前面便是一片水草豐美的草原。

依柔這兩天身子有些不適，沒有騎馬，而是改坐了馬車，與花嬷嬷窩在馬車裡。

隊伍行至麗圖時，突然前面傳來了一陣狼嗥聲。阿木圖是隊伍裡的先鋒，他立即警惕地將大手一抬，讓隊伍停了下來。大白天，又是行人來往密集的官道上，怎麼會有狼嗥？這事有點不對勁。

馬車突然停了，依柔懶懶地掀開車簾子向外面看去，立即就看到拓拔宏那張堅毅的臉。

「公主，前面有些情況，您在馬車裡不要出來，臣去處理一下。」

說完後，他就打馬奔到了隊伍最前方，緊接著就聽到一陣細密的腳步聲，他心頭劇震。是狼群的聲音！聽這腳步聲，這是個大狼群，狼群一般不會在白天主動攻擊人，更不會攻擊一大群人，而且是帶著武器的軍隊，難道是出現了什麼讓人意料不到的情況，所以狼群才會全體出動？

阿木圖正巡視著遠處。「將軍，好生奇怪，聽聲音怕是有上百頭狼啊！這麼多狼如果同時攻擊我們，就算我們都有槍箭，只怕也會有人受傷，尤其是馬匹受驚嚇，如果到時馬隊一亂，狼群再分而圍之，那公主只怕會有危險。」

狼是群攻性動物，且狡詐凶殘，如果只有十幾頭狼還好說一點，但幾百頭狼，就是拓拔宏在草原上生活了幾十年，也是第一次看到。

「命令弓箭手布陣，護住公主和大周的文官。」

這次皇后是輕裝簡從而來的，大周雖然也派了一支五百人的人馬護送，但文職官員也占了很多，且大周的軍隊並不常見狼，更少與草原上的狼群打過交道，一般人見到那樣多的狼同時出現，肯定會在心裡就產生恐懼，戰力也就會減弱。拓拔宏去大周時，並沒有帶多少兵，還分了一部分去護衛太子妃藍素顏，所以如今剩下的也不過是二百來人，加上大周的五百人，算得上是有七百人，對付兩百頭狼，雖不致會失敗，但麻煩還是很大。

腳步聲越來越近了，阿木圖猛抽了一口氣，聲音裡帶著不可思議。「將軍，你看，真的是狼，很大一群狼，足有兩百頭之多啊！怎麼可能？為什麼會有這麼多狼突然出現？」

拓拔宏向前方望去，黑壓壓的一片、烏雲一般的狼群，正向這邊風捲雲湧般狂奔過來，帶著一陣如颶風一般的灰塵。果然，一些馬兒開始狂躁不安起來，好幾個大周的文官騎在馬上搖搖欲墜，根本扯不住馬兒，一陣馬嘶鳴聲隨之響起，大周隊伍中開始出現混亂了，一名大周文官甚至已經掉下馬來。

還好，大周的隊伍裡，有個武將是葉成紹親自選拔出來的，他大聲呵斥著大周的軍士，讓他們鎮定。很多大周的士兵也是頭一回看到這般恐怖的場面，他們到底還是行伍之人，總算是見過一些血腥的場景，制得住胯下的馬兒，只是臉色蒼白，眼裡滿是恐懼之色。

北戎的將士就要好多了，他們打馬列隊，幾十人一排，搭弓上箭，嚴陣以待。等狼群逼近將近三百步時，阿木圖一聲令下，第一排士兵箭矢齊發。

狼群裡傳來一陣陣慘嚎聲，跑在最前面的一排狼有不少邊跑邊栽了個跟頭，後面的狼群踩踏著前狼的屍體，仍是不要命地往前衝。

前面一排軍士彎腰抽箭之時，後面一排兵士的箭已經接上，幾十枝鐵矢齊發，又有一批狼中箭倒下。要是平日，這些狼見到同伴死了這麼多，必定會被震懾住，另外想辦法攻擊或退走，但這群狼卻是悍不畏死，繼續向前衝著。

又有一批箭矢發射了出去，狼群的數量急劇減少了，但仍有不少頭狼衝到了隊伍前面來了。

一頭猛狼一躍七尺高，首先就向在前面射箭的一名軍士撲了過去，那名軍士兩手拿著弓箭，猝不及防之下，竟然被牠一下子咬到了膀子，頓時人一歪，就被那頭身長將近五尺的狼給撕扯下了馬。狼一擊得手，立即就鬆開他的肩膀，轉而撕咬他的脖子，那軍士一聲慘叫，被狼拖出好遠。兩旁的軍士根本無暇顧及他，因為前面的狼群已經撲得更近了，有些軍士只好扔了弓箭抽出長刀，向奔襲過來的狼劈去，人狼頓時展開了近搏戰，狼嗥聲、人的慘叫聲、怒罵聲，摻雜在一起，空氣中瀰漫著濃烈的血腥味。

拓拔宏濃眉緊皺地站立在隊伍中間。今天這狼絕對不是偶然出現的，狼是最狡詐的動物，沒有必勝的把握，是不會隨便攻擊數量上比牠們還要多的軍隊。動物原本就怕人，何況還是帶著武器訓練有素的軍隊，狼群在遭受重創後，仍然不顧一切地進攻，只能說明牠們是被什麼人給控制了。

光用箭矢怕是不能將狼擊退，他自懷裡掏出一粒黑色的珠子出來，向狼群劈摔去，頓時，一聲巨響，那顆彈珠在狼群中發出劇烈的爆炸，黑壓壓的狼群頓時被炸飛。狼群似乎在這震天的爆炸中驚醒過來，頓時不少還活著的狼有些發呆地怔在原地，等看清楚周遭的一切時，一匹領頭狼仰天長嘯一聲，僅存為數不多的狼便全都跟著那領頭狼轉身而去。狼群來得快，去得也快，不多時便無了蹤影。

這一次遇狼完全有點措手不及，拓拔宏的濃眉皺得更緊，打馬立即回到了依柔的馬車前，在馬車外問道：「公主，可曾被嚇到？」

問了一聲，卻沒有得到回應，他有些擔憂起來，又喚了一聲，還是沒聽見回音，心裡立即有了不好的感覺，猛地一掀馬車簾子——馬車裡空空如也，既沒有公主的身影，也沒有看到花嬤嬤。

拓拔宏心頭劇震，回頭大聲喝道：「公主呢？你們有誰看到了公主?!」

守在馬車周圍的原是大周的軍士，他們被狼群嚇到，心思全在狼身上，雖然守在馬車邊，但也沒有注意到人不見了，被拓拔宏一呵斥，也是嚇得不得了，忙向馬車看去，果然皇后真的突然失蹤了。

先前他們雖然心神都在狼身上，但他們都圍在馬車邊，並沒有看到有外人靠近馬車，但現在皇后不見了是事實，一個一個嚇得面無人色，比剛才狼群的襲擊更讓他們膽顫心驚。

皇后若真失蹤了，他們這些跟來的人一個也莫想活。頓時，大周的將士們都驚慌起來。蔣利雄氣得大罵這些將士，拓拔宏更是氣得抽劍就向其中一名大周軍士刺去，那軍士猝不及防，還是葉成紹派來的那名將軍手快，仗劍架住拓拔宏的劍，說道：「將軍，就是他們犯了錯，要殺要罰也是本將說了算，請將軍自重。」

拓拔宏憂心公主，懶得跟他們理論，收劍縱馬就尋了出去。那將軍也跟著尋了出來。

剛才襲擊隊伍的人很懂得御狼之術，這種奇異之術在草原上幾乎絕傳了，看來，想要殺公主之人花了很大的心思，也做了周詳的準備，得儘快地找到公主，不然，公主很可能就會有危險……

拓拔宏心急如焚，又悔又愧。早就下定決心要護得公主周全，卻在公主人還沒有到達上京就讓公主失蹤了，自己真是個混蛋，沒用的混蛋！

他帶著自己的親信人馬輕裝簡從，縱馬在草原上尋找。方才狼群來自北方，那擄了公主的人肯定不會朝北方走，因為那樣太容易被自己的人馬發現，所以，拓拔宏判斷，公主肯定是被人擄了向西方而去。

一路上，他仔細察看著，卻並沒有看到任何的蛛絲馬跡，心中更是憂急。

他帶人狂奔十幾里路後，怎麼也找不到公主的半點痕跡，急得額頭上的青筋都要冒出來了。這一次來襲的敵人很是狡猾，大草原上想要潛伏逃走而不留下半點痕跡很是難得，怎麼說也應該有些馬蹄腳印之類的存在，但他追了這麼遠，仍是一無所獲，難道公主能憑空飛了不成？

拓拔宏停下馬，翻身跳下，伏身在地，耳朵貼在地面上仔細聆聽著，然後，他眼中精光一閃，縱身躍起，快速上馬，兩腿一夾，打馬揚鞭又追上前方。這一次，他有了方向。他伏地聽到了前方不遠處有很奇怪的腳步聲，時有時無、時輕時重，分不清是人還是動物，但可以肯定一點的是，那腳步聲來自一個數量眾多的群體。

拓拔宏急得揚鞭催馬，一路狂奔，終於在過了一個山坡之後，他看到了前方黑壓壓的一片，心裡頓時如被殛擊，眼裡露出極度恐慌之色。

前面竟然又有一群狼，而且，數量比方才那一群更大，遠遠望去，足有四百頭之多。今天似將這片大草原上的狼全都聚集起來了，那個御狼之人究竟是誰？誰有那麼大的本事？要聚集如此多的狼，可並不是一時半刻就能做到的，那個人必須對公主的行程很熟悉，時間也掌握得很好，不然，狼群也不可能會如此聽話地就在這片草原上乾等著。

他鞭一揚，要繼續追向狼群，阿木圖卻在身後大聲道：「將軍，不可，那是狼群啊！足有四百頭之多的狼群，我們這些人追過去，只能是送死，根本就不可能逃脫得了，更不要說是救人了。」

阿木圖還有一句話沒說，如果公主真是被狼群所擄，那肯定凶多吉少，怕是連骨頭都不剩了。

拓拔宏頭都沒有回，只是丟了一句。「你若是怕，就轉回去。」自己打馬就往狼群衝去，心裡升起一股壯烈的悲痛，若是公主真被那群狼給吞噬了，他就是拚盡最後一滴血，也要盡可能地多殺那群狼。最重要的是，那個御狼之人定然也在周圍不遠處，一定要找出那個人來，將他碎屍萬段。

阿木圖無奈地嘆了口氣，一咬牙，還是打馬跟了上來。他身後的那一隊屬下，也毫不猶豫地打馬跟上。

拓拔宏衝到狼群附近，卻被眼前的景象怔住了。

狼群中，一個白衣女子如天山神女一般，正悠閒地站著。她周身，狼群昂頭仰望，竟像是被她天仙般的美貌迷住了一般，狼眼裡竟然有虔誠臣服之色。而那白衣女子輕輕抬手，撫摸著離她最近的一匹領頭狼的腦袋，似是在低聲細語，與那領頭狼訴說著什麼。那領頭狼溫順地挨到她的白裙之下，頭部親暱地蹭著她的腿，似乎也在與她交流著什麼。

拓拔宏憂急而悲痛的心情頓時化為震驚，堅毅的眼睛被淚水蒙住。

多年以前，草原上有一個傳說，他們的北戎公主就是神女下凡，能統御草原萬物，讓萬獸臣服。他雖然伴隨公主多年，但從未親眼看到過公主御過狼群，今天一見之下才知道，那個傳說果然不是空穴來風，公主還真的能駕馭狼群。

拓拔宏沒有打擾依柔，他巡視著四周，暗暗追尋那御狼之人的蹤影，但是，朗朗晴空之下，卻並沒有看到那御狼之人的半點痕跡。

這時，就見公主似乎與那匹領頭狼交流完了，輕輕抬手，向北方一指，那領頭狼便發出「嗷」的一聲狂嗥，然後，昂首挺胸向北方奔去。幾百頭狼頓時如潮水般跟隨領頭狼一同向北方湧去，草原上，再次傳來震天的狼吼。

拓拔宏詫異地看著那群狂奔而去的狼群，打馬向依柔奔去。

第一百七十九章

靠近依柔時，他再一次怔住，只見依柔淚流滿面，眼裡含著沈重的悲傷。拓拔宏的心一緊，翻身下馬，快步走向依柔，顧不得行禮，忙問道：「公主……」

依柔似乎發現拓拔宏，她憂傷地看著拓拔宏，泣不成聲。「阿宏，花嬤嬤……她……她被狼吃了！」

拓拔宏聽得大震。花嬤嬤在依柔公主心中的地位他也是清楚的，自小便守在公主身邊，與公主半僕半親、情同母女，守護幾十年的親人突然悲慘地死去，公主有多悲傷可想而知。拓拔宏的心也變得酸澀了起來，伸出手，想攬住公主瘦弱的肩，卻又遲疑著，不敢伸出去，怕冒犯了公主。

依柔似在極力強忍著內心的悲痛，眼睛哀悽地看著不遠處，嘴角露出一絲堅毅之色，似是在對拓拔宏說，又似在自言自語。「我一定要為花嬤嬤報仇，花嬤嬤不會白死的。」

拓拔宏心疼地看著依柔。「公主，您……是被人擄來這裡的嗎？」

依柔公主木然地搖了搖頭，好半晌才抬頭看向拓拔宏道：「狼來的時候，我的腦子一片混亂。二十多年沒有回過草原，很多技藝都生疏了，但當時那情形，一看便知是有人在動用御狼術攻擊我們，我想幫助你們，就帶著花嬤嬤自行下了馬車。你們都在與北面的狼激戰，我卻感覺得到，自西面、南面、東面都有狼群奔襲而來。大周的將軍沒有看到過這麼多狼，如果讓近千頭狼同時進攻我們的隊伍，那些軍士會死得很慘的。

「所以，我偷偷帶著花嬤嬤離開了隊伍，一點一點地回憶起御狼之術，與那個人對抗起來。一開始，由於我的技藝生疏，第一個回合就輸了，他讓狼群偷襲了我和花嬤嬤，好在他似乎不想立即殺了我，只是花嬤嬤她……都是我的錯，我不應該帶她出來的。」說著，依柔眼中的淚水再一次噴湧而出，柔弱的樣子讓拓拔宏的心都快要碎了。

「公主沒有錯，是臣無能，沒能保護好公主，臣有罪！」拓拔宏真的好想將公主擁入懷裡呵護。他愧疚萬分，公主還是如同從前一樣地善良而體貼，近七百頭狼，如果同時進攻，不只是大周的軍士會死，就是他自己帶著的這隊人馬也會難逃狼口，若不是公主將這四百頭狼引開並制伏，後果真的不堪設想。與其說是他們在保護公主，不如說是公主救了大家。

「阿宏，你不必自責，是敵人太過凶殘狡猾，用御狼術殺人，是會遭天譴的。」依柔搖了搖頭，眼睛幽幽地看向北方。「我天生就懂狼語，自小就會御狼之術，但我幾乎沒有用過，小的時候也就是跟狼說說話、談談心，還從來沒有御狼殺過人。這一次，我要破戒了。」

拓拔宏聽得心驚。方才依柔與狼交流了好一陣，難道就是要狼去捉拿那個會御狼之術的凶手嗎？

「公主，人不犯我，我不犯人，是他們先下毒手的，這不算是傷天害理。那種人，用狼來殺人，原就是喪心病狂，留下也會禍害蒼生。殺他是為民除害，草原上的神靈會理解您的。」拓拔宏安慰道。

依柔微抬眼眸看向拓拔宏。「阿宏，你總是最會安慰人……」話還未完，自遠處再一次傳來一聲狼嗥，依柔公主的眼睛一亮道：「狼完成任務了。阿宏，隨我來。」

說著，她翻身上馬，鞭一揚，向北面奔去。拓拔宏忙也騎馬跟上，果然行至五里路不到，就再一次看到了狼群。那頭高大威猛的狼嘴裡拖著一個身材魁梧的男人，正向南面奔馳而來。依柔的臉上終於有了一絲笑容，伸了兩指在嘴裡發出一聲古怪的哨聲，那領頭狼像是得到了獎賞一樣，興奮地向這邊跑來。

領頭狼將口中的那人扔在依柔的馬前，拓拔宏一看，竟然是木英藤。他竟然穿著大周軍士的服飾，稍微化了一點妝。怪不得他對隊伍的行程如此熟悉，肯定就混在隊伍裡。

拓拔宏氣得拔劍就向木英藤刺去，依柔忙阻止道：「問問他背後是誰。」

「還用說嗎？肯定是左賢王。」拓拔宏憤怒地說道。

木英藤其實早在依柔控制住狼群後，就一直縱馬而逃，沒想到，還是被狼給發現，捉了回來，左肩早就被狼咬碎，一身血肉模糊。聽到拓拔宏的話，木英藤冷笑道：「北戎朝裡，反對公主的多了去了，本將軍不用別人指使，早就想殺了這個女人。身為北戎國的公主，竟然嫁給了敵國之主，成為敵國皇帝的女人，是這北戎民族的恥辱，本將軍這是為北戎民族除去內奸！這個女人不死，她的兒子就會繼承北戎皇位，那北戎被大周滅掉就在眼前。拓拔宏，我看不起你，你這個窩囊廢，女人裙下的軟蟲，你把這個女人找回來，是何居心，你想成為這個女人裙下之臣後，掌握北戎內政嗎？」

依柔聽得一怔，眼裡露出一絲痛苦而愧疚。當年她任性私自嫁給大周皇帝，確實是傷害了她的臣民，但兩個國家一定要戰爭嗎？老百姓是討厭戰爭的，大周富庶，但北戎也有自己的特產，若兩國能交好，相互貿易，不是能雙贏，何必非要打打殺殺呢？

「我就是回國繼承皇位的，北戎是我父皇的天下，我作為他的女兒，繼承他的皇位是天經地義。我是個女人，女人嫁人也是天經地義的，嫁給誰，由不得你來置喙。阿宏，放開他，他殺了花嬤嬤，我要讓他為花嬤嬤償命，他不是會御狼嗎？那就讓狼結束他的生命吧。」

說著，依柔便不再看木英藤一眼，打馬離開了，身後傳來木英藤一陣陣的慘叫聲。

後面的路反而順暢多了。木英藤被剛剛回國的公主用御狼術殺死之後，左賢王再也沒派人出來行暗殺之事。

十天之後，依柔終於到達上京，北戎皇帝親自迎出宮城外。遠遠看到白髮蒼蒼的父皇，依柔再一次濕了眼眶，她跳下馬車，提起裙子飛奔過去。

北戎皇帝身子健朗，老眼中淚水奪眶而出，顫著聲道：「依柔，我的女兒……」

父女相見，眼淚雙流，場面感人至極，一旁跟隨著的大臣們，也是揮袖拭淚，只是左賢王臉色陰沈地看著依柔公主。

老皇帝扶了依柔進了皇宮，父女二人話著別離，很是唏噓感慨了一陣。老皇帝問清楚了依柔一路上的經過，聽聞木英藤竟然御狼殺她未果時，氣得一掌拍在桌上，站起來道：「左賢王的心很大啊！他想謀朝篡位很久了，柔兒，妳沒回來時，他讓自己的兒子認了妳母后為義母，非要朕傳位於他的兒子，真是作夢！我蕭家的天下，怎麼可能給他?!」

依柔一聽到母后，眼裡再一次淚水盈盈，她顫聲道：「父皇，孩兒先去見見母后。」

皇帝聽得微怔，眼光有些躲閃，依柔看了就覺得奇怪。「父皇，是不是母后還在生我的氣？」

「妳母后……她從妳離開北戎後，就變了一個人，性子跟以前完全不同了。」皇帝嘆了口氣說道。當年依柔不聽父母勸告，偷偷離開北戎遠嫁大周，皇后痛失愛女，思念成疾，一怒之下因愛生恨，對依柔怨念很深。依柔回來，也不知道皇后還會不會認她這個女兒？這一點，皇帝也沒有辦法，確實是女兒做錯了。

依柔聽得心中一抽，酸澀而愧疚。年輕時的任性輕狂，深深傷害了父母，如今在外面弄得滿心滿身傷痕累累，還是只有回到父母的懷抱才感覺心安，踏上這一片土地的那一刻，她才有了遊子歸家的感覺。母后……不行，一定要讓母后回心轉意。

依柔衝動地站了起來，拉住皇帝的手，急切地說道：「父皇、父皇，讓依柔去見母后，我要見母后，母后是愛依柔的，她不可能不認依柔。」

皇帝被依柔哭得心酸，輕道：「柔兒，妳車馬勞頓，早就累了吧，還是先歇一歇，父皇先幫妳去說合說合，再帶妳去見母后吧。」

「不，父皇，依柔想念母后，現在就要去見母后。」依柔哀哀地看著皇帝說道。

皇帝被她求得心軟，只好說道：「那妳跟我來，一會子妳母親若是對妳發脾氣，妳一定要忍住，不要生她的氣啊。」

依柔聽了點點頭。到了皇后宮裡，皇帝偏過身子，讓依柔自己先進去。

抬起眼，依柔滿眼震驚，那個滿頭銀髮的老婦人是自己曾經豔若桃李的母后嗎？她臉上皺紋密布、眼窩深陷，目光渾濁無神，若不是還隱約有當年的影子，加之又是坐在皇后宮中的主位上，依柔差點認不出自己的母后。

她的心頓時像被刺進了一把尖刀，痛得讓她無法呼吸，看得淚眼迷濛。依柔靜靜地走了過去，撲通一聲，在皇后的面前跪了下來，哀痛地喚道：「母后……我是依柔，您的依柔回來看您來了。」

皇后有些木訥地抬起頭來，眼神迷茫地看著跪在自己面前的這個女子，她瞇著眼、歪著頭，左右上下地打量著，好半晌，才看清楚眼前之人，她頓時顫抖著站了起來，緩緩地走下臺階，有點不自信地問：「妳是依柔？」

依柔抬起頭來，仰望著皇后，跪步移向皇后身邊，雙手抱住皇后的雙腿，哽咽著喊道：「阿姆，我是依柔啊……我是依柔，您最疼愛的依柔，我回來看您來了，阿姆……」

皇后聽了笑了起來，伸出手來，撫著依柔的臉道：「妳是我的小依柔？是我最乖巧聽話的小依柔？不，妳不是，依柔遠嫁到大周去了，她再也不要我了，妳是假的，妳不是我的依柔！」

「阿姆，我真的是依柔啊！」依柔用力抱著皇后，搖晃著她的身體，皇后垂眸再看了她一眼，突然臉色大變，揚起手來，重重的一巴掌甩在依柔的臉上，依柔的左臉立即出現又紅又腫的指印，但她沒有去摸自己的臉，仍是哭著抱緊皇后的腿道：「女兒不孝，您打得好……」

「妳滾、滾！我沒有妳這樣的女兒，北戎沒有妳這樣的公主！」皇后的眼中露出凶戾之色，抬手又是一巴掌打在依柔的臉上，用力將依柔推開，罵道。

依柔再一次跪著撲向皇后的懷裡，哭道：「阿姆，我錯了，依柔知道錯了……這二十二年，依柔無時無刻不思念著阿姆，依柔在大周過得不好，過得很不好，依柔錯了，當年不該不聽阿姆的話，是依柔傷了阿姆的心，阿姆，您打依柔吧，妳打死依柔吧，依柔絕無怨言……」

皇后渾濁的眼裡終於泛起淚光，她將臉偏過去，儘量不看依柔哭泣的樣子，硬著心腸將她往外推。

依柔被推開後，再一次又抱住了皇后的腿，哭道：「阿姆，依柔後悔了，不該輕信那個男人……阿姆，他後宮裡有好多好多女人，他把依柔的兒子送給了別人，讓依柔見不到自己的親生兒子，阿姆，他不許依柔回來，不許依柔的兒媳還有孫子回來，阿姆，我錯了……」

皇后的眼淚終於掉了下來。依柔的聲聲呼喚把她的心都揉碎了，她不是不愛依柔，只是愛之深、責之切，但天下做母親的，再心狠，又能狠到哪裡去？依柔的話讓皇后心疼不已，自己捧在手心裡疼著的女兒，竟然被那個男人如此作踐，使得她又氣又痛，終於顫著手，將依柔摟進懷裡，拍打著依柔的背，哭罵道：「妳個傻子啊，當年就讓妳別上當，如今受盡了折磨才知道回來，妳……我打死妳這個不爭氣的。」

再如何罵、如何打，到底還是認了依柔，母女倆抱頭痛哭。這時，老皇帝氣沖沖地自殿外衝了進來，對著依柔吼道：「妳剛才說什麼？大周那狗皇帝不讓朕的孫媳婦回來，還不讓朕的曾孫回來？依柔妳起來，慢慢跟朕細說，究竟是怎麼回事？」

依柔就將素顏懷孕後，皇帝不許她跟葉成紹一同回北戎的事情都說了一遍，皇后一聽孫兒媳有了身孕，喜得臉上的皺紋都散開了些，在殿內來回地走動著，一會子問：「有幾個月了？」

聽到答案後，又說：「馬車裡顛得很，妳可得囑咐他們，要放慢行程，千萬不要傷著了我的孫兒媳婦。」

聽說素顏一切都好後，皇后便吵著讓皇帝派人馬去接孫子、孫媳，又對皇帝念叨著。「好了，太好了，總算一家團圓了。皇上，以後再也不許紹兒和依柔離開北戎了，讓那個大周的狗皇帝孤家寡人地過日子去吧！」

又轉過頭問依柔：「柔兒，聽說紹兒文韜武略，很有才華和能力對吧？以後北戎的天下就是他的了，再讓他親手把大周的天下也奪過來，氣死那個死男人！」

皇帝搖了搖頭，扶住皇后道：「妳太高興了，坐下說話吧，這事還早著呢！」

不久，皇帝查悉左賢王的叛逆之心，而皇后雖然認了左賢王之子為義子，但左賢王見依柔回國後，就一家團圓親密起來，心中大震，竟然在依柔回來後的第十天時，舉兵叛亂，不過被早就有所準備的皇帝一舉殲滅，左賢王的叛亂很快就被平息了。

拓拔宏一直留在上京，經常進宮陪伴依柔。皇上見他對依柔仍是一往情深，便私下裡跟依柔說，要讓依柔招拓拔宏為駙馬，但依柔不肯，皇后勸了多次也沒有用。

因為有北戎皇帝派兵去迎接，終於在三個月後，葉成紹帶著身懷六甲的素顏到達了北戎上京皇宮。依柔喜出望外，親自迎到皇城外，將自己的兒子、兒媳接回了宮裡。

葉成紹第一次拜見自己的外公，北戎皇帝看著一表人才、丰神俊朗的葉成紹，直點頭，連連說好，很是歡喜和欣慰，得知葉成紹姓葉，北戎皇帝哈哈大笑，讓他更名為蕭成紹。葉成紹無所謂，反正他原本應該姓冷，但生下時，大周皇帝就不肯認他，姓氏於他來說，根本就是個恥辱，姓什麼都好，只要能讓老人家開心就好。

北戎皇宮裡雖然也有鬥爭，但因為北戎皇帝專情得很，一生只有皇后一個女人，所以也清靜安全得多了，那些一開始蠢蠢欲動、想要接替依柔公主繼承皇位的宗室中人，在看到皇上對左賢王的鐵腕和無情後，也就打消了那些不該有的念頭。

北戎皇帝雖然年邁，但做事雷厲風行，在北戎說一不二，沒有人敢反對皇帝的旨意，加之葉成紹又肯改姓為蕭，等於直接承認了他是北戎人，而且，葉成紹為人個性爽朗直率，與北戎人豪邁的個性很合得來，很快就融入了北戎朝廷大員之中，與北戎權貴關係融洽得很。

素顏將帶去的護膚產品贈送給北戎權貴的夫人、小姐，結果不出所料，她生產的產品在北戎也大受歡迎，她的香脂外交很快就使得她在北戎上層社會裡站住了腳，得到了北戎權貴的認同和好感，很快也與北戎皇室中人交好起來。

四個月後，素顏在北戎皇宮裡順利產下一個胖兒子。葉成紹寫了書信送回大周。

大周皇宮裡，皇帝神情萎靡地坐在乾清宮的龍椅上，正在讀葉成紹的來信。

「父皇安好，兒臣在北戎過得很好，外祖雙親對兒臣很是疼愛，您的兒媳為您生下了皇長孫，外祖為之取名蕭戎周。就這個名字您可以看得出，外祖已有兩國相合之意，兒臣在北戎正在努力，將來，大周和北戎一定會在兒臣手上統一，成為這片大陸之上最為強大的國家。

北戎政事繁多，母后不擅理政，外祖年邁體弱，兒臣這幾年暫時不會回國，望父皇一定要治理好大周，等兒臣將北戎一切事物理清，並站穩腳跟後，就會回大周來接替皇位。

再一就是，有件事情要知會您一下，兒子已經同意母親與拓拔叔叔的婚事了。父皇，您後宮佳麗三千，就不要再為難母后了，母后她跟在您身邊並不幸福，如果您還愛著母后的話，就為她祝福吧！喔，兒臣會阻止母后建立後宮的，這點您請放心，母后說，她沒有您花心，再嫁也只有一個皇夫。」

皇上讀後，便是一口鮮血吐了出來，人就昏迷了。

太后心急如焚，忍不住在宮裡大罵，但罵歸罵，她也知道一切都沒有了可以挽回的餘地。如今她也看得通透了，兒孫自有兒孫福，很多事情不是她能管得了的。當年，就因為她插手了皇帝與依柔之間的事情，最終傷害了依柔，讓她一去便不返。皇帝的昏迷再一次證明，其實他是很愛皇后的，只是有些傷害已經造成了，一切都不可能重新再來。

皇帝醒來後的第一件事就是要去北戎。他不相信依柔真能夠忘得了他們的過去，忘得了他們的從前，他們有成紹、有孫子了……

太后得知皇帝拖著病體丟開國事，任性要前往北戎一事後大怒，對著皇帝就是一巴掌。「沒用的東西！哀家要打醒你，你想讓天下人笑你是棄夫嗎？你不要臉面，大周還要臉面呢！」

皇帝被太后打懵了，怔怔地看著太后，太后心疼地搖了搖頭道：「你以為她真的是擔心北戎皇帝病重才回去的嗎？她是被你傷透了心才回去的！這二十幾年裡，她拋家棄國地跟了你，你給了她什麼？後宮的女人層出不窮，她雖有個皇后的身分，但她在大周半點根基也沒有，後宮的妃子都拿她當靶子，冷刀暗箭沒少往她身上招呼，別人都有娘家依靠，而她能靠的只有你，可你呢？你保護她了嗎？紹兒生下後，雖然也有陳家在中間作梗，有哀家的為難，可是如果你堅持，又怎麼會讓她有兒不能認，母子變成姑姪，十幾年眼睜睜看著別人欺負自己的兒子，罵自己的兒子是陰溝裡的老鼠，你知不知道那是一種什麼樣的痛？

「站在大周皇太后的立場上，哀家不喜歡她，但站在一個女人的立場上，易地而處，我也會傷心透頂，離你而去的。皇兒，算了吧，她也不年輕了，就讓她過著安定幸福的日子吧！那個男人我見過，對她癡情得很，一定會好好待她的，你……就大度一點，拿出大周皇帝的氣魄和胸襟來，派人送賀禮過去，你們就算是……好聚好散了，也算是在她心裡還留下一點念想，不然，你能留在她心裡的就只有痛苦的回憶了。」

皇上聽得虎目含淚。依柔走後，他才知道自己有多愛她，有多麼捨不得她，有多麼後悔，心像是被人用鐵絲穿透，捅了個洞，一股寒氣絲絲鑽入，又冷又痛，像是要被冰凍了一般，那痛卻又清晰地傳到了五臟六腑、四肢百骸……他大叫一聲，再一次暈了過去。

再次醒來，皇帝似乎老了十歲，整個人沒有了精神。好在沒多久，又有人送來了葉成紹的信和孫子的畫像，他才覺得溫暖了些。

皇帝看著自己孫子的畫像發呆，然後讓人送了信去北戎——皇帝病危，速歸。

老婆沒有了，兒子不能沒有；有孫子，就表明自己和依柔不會就此斷下去，他們之間有血脈相連、相承。

依柔，今生我對不起妳，如果有來生，我不會再犯同樣的錯……

葉成紹給大周皇帝的回信也很簡單：「你第二個孫子出生後，就是兒臣的歸期。」

卻說冷傲晨，去了北戎後不久，就被北戎皇帝賜婚，非要他娶銀燕郡主不可。他哪裡肯，宣旨的當天就潛逃走了，只給素顏留下一封信。

「妳可以不喜歡，可以不在意，但不可以強逼我喜歡別的女人。今生也許我不會再見妳，但若有一天，妳厭倦了宮廷生活，我會帶妳一起去看海，一起去觀天山的日出，看大雁湖的日落晚霞，看浙海的潮汐，一起去大沙漠看海市蜃樓……一起去賣玉顏齋的胭脂。」

素顏將信收在床頭櫃前的多寶格裡，小心珍藏起來。她珍藏的是一個俊美無儔的男子最珍貴的心意。

銀燕在冷傲晨失蹤的第二天也失蹤了，阿木圖隨後追了出去，但三個月後，阿木圖一身疲憊，失落地回到了北戎。他幾乎找遍了北戎，也沒有找到銀燕的身影，不過，他不甘心，還會再次出去尋找，銀燕是他的，他一定要找到，好好呵護她一輩子。

上官明昊與文英還是若即若離地生活在一起，他奔走於北戎與大周之間，成了兩國交好的使者。

依柔再嫁的消息傳遍了大周，但皇帝出乎意料地沒有雷霆震怒，反而很有風度地送去了成親的大禮，其中有一件火紅的胡服。依柔接到那件衣服時，再一次失聲痛哭。

兩年後，依柔公主在北戎登基，葉成紹被立為北戎太子。又過了一年，素顏再次為葉成紹生下一對雙胞胎兒子。這一年，葉成紹帶著素顏回了大周，將自己的皇長子送給了大周皇帝，而後，只待了一年，又回到了北戎。

五年後，依柔傳位於葉戍紹，同時，封藍氏素顏為北戎皇后。

依柔與拓拔宏離開了上京，雙雙遊山玩水去了。

不久，大周皇帝駕崩，大周左相司徒衛起兵造反，葉成紹親率二十萬北戎鐵騎，踏平了大周京城，活捉了以前的護國侯、現在的左相司徒衛，但並沒有將司徒家滿門抄斬，而是留下司徒衛的女兒司徒敏，讓她仍襲了護國侯的爵位。

自此，葉成紹才真正統一了大周和北戎，而素顏成為了周戎國的第一任皇后，她又利用自己在現代帶來的知識，興修水利、興農重商，並重視手工業作坊的建設。

葉成紹在位十五年，當他們的大兒子蕭戎周到了二十五歲時，葉成紹將皇位傳給了兒子，自己也帶著素顏遠離了皇宮，過著悠閒的富家翁生活。

至此，故事就真的完結了。

——全書完

文創風 085 4

人說在家從父、出嫁從夫，
但她還沒確定丈夫的真心，
可是不從的；
不過只要他心中只有自己，
那什麼都好說了……

文創風 086 5

相公的身分是說不得的秘密，
知情的和不知情的，都緊盯著他倆，
這要怎麼生活啊？
不如遁到別院去逍遙，
順便賺點錢……

文創風 087 6

俗話說小別勝新婚，
葉成紹才離開多久，她便思念得緊，
可他在兩淮辛苦，
她也不能在京城窩著，
也是要為兩人將來盤算一下……

文創風 088 7 完

做個大周的皇太子是挺不錯，
但若這皇太子過得不如意，
也不必太眷戀；
此處不留人，自有留人處，
天下可不只大周才有皇太子可當啊……

國家圖書館出版品預行編目資料

望門閨秀 / 不游泳的小魚著. --
初版. -- 臺北市 : 狗屋, 民102.04-
冊 ; 公分. --（文創風）
ISBN 978-986-328-061-3（第7冊：平裝）. --

857.7　　102004461

著作者　不游泳的小魚
編輯　戴傳欣
校對　黃薇霓　林若馨
發行所　狗屋出版社有限公司
地址　台北市104中山區龍江路71巷15號1樓
電話　02-2776-5889～0
發行字號　局版台業字845號
法律顧問　蕭雄淋律師
總經銷　知遠文化事業有限公司
電話　02-2664-8800
初版　102年5月
國際書碼　ISBN-13　978-986-328-061-3
原著書名　《望门闺秀》，由瀟湘書院（www.xxsy.net）授權出版

定價230元
狗屋劃撥帳號：19001626
網址：love.doghouse.com.tw　E-mail：love@doghouse.com.tw